A CORAGEM

DE KATIE

CB030840

A CORAGEM
DE KATIE

Série A Herança do Condado Lancaster – Livro 1

Beverly Lewis

Tradução A. C. Reis

Editora Pausa

Copyright 1997 by Beverly Lewis

Originally published in English under the title The Shunning by Bethany House Publishers, a division of Baker Publishing Group, Grand Rapids, Michigan, 49516, U.S.A.

Editora
Silvia Tocci Masini

Preparação
Lígia Alves

Revisão
Carla Neves

Diagramação
Charlie Simonetti

Capa
Koechel Peterson & Associates, Inc., Minneapolis, Minnesota

Dados Internacionais de Catalogação na Publicação (CIP)
(Câmara Brasileira do Livro, SP, Brasil)

Lewis, Beverly
   A coragem de Katie / Beverly Lewis ; tradução A C Reis. -- São Paulo : Editora Pausa, 2019. -- (Série a herança do condado Lancaster ; Livro 1)

   Título original: The shunning.
   ISBN 978-85-93745-98-0

   1. Ficção norte-americana I. Título. II. Série.

19-30077   CDD-813

Índices para catálogo sistemático:

1. Ficção : Literatura norte-americana   813

Iolanda Rodrigues Biode - Bibliotecária - CRB-8/10014

Em memória de Ada Ranch Buchwalter
(1886-1954), que deixou sua comunidade Plain e
se casou com o homem que se tornaria meu avô.

Eu *nasci* de outras coisas.

Tennyson — *In memoriam*

Nenhum homem vivo pode me mandar para as sombras antes da minha hora; nenhum homem nascido de mulher, covarde ou corajoso, pode fugir a seu destino.

Homero — *Ilíada*

PRÓLOGO: KATIE

Verdade seja dita, dei mais trabalho que meus três irmãos juntos. Era mais cabeça-dura também.

Enquanto eu crescia, meu *Dat*, meu papai, provavelmente fez seu sermão, "à noite você dorme com o que fez de dia", quase diariamente. Mas eu não me orgulhava disso, e, quando completei 19 anos, estava pronta para deixar as travessuras para trás e andar na linha "reta e estreita". Assim, com o coração cheio de boas intenções, fui batizada num lindo domingo de setembro, logo após o sermão de duas horas.

O celeiro estava repleto de parentes e amigos amish naquele dia, três anos atrás, quando cinco garotas e seis rapazes foram batizados. Uma das moças era Mary Stoltzfus — tão próxima quanto uma irmã de verdade. Ela tinha apenas 17 anos, mais jovem que a maioria das garotas *Plain* ao receber o sacramento, mas também a mais honesta e gentil. Ela não via necessidade de adiar o que sempre pretendera fazer.

Após o terceiro hino, ouviu-se o som de choro. Sendo a mais nova da minha família, e a única filha, eu não deveria ter ficado surpresa demais ao descobrir que era minha mãe.

Quando a mulher do diácono desatou minha touca de oração, o tradicional *kapp*, alguns pombos que estavam nas vigas do celeiro bateram as asas. Imaginei se aquilo podia ser algum tipo de sinal. Então, chegou o momento das conhecidas palavras do bispo:

— Na sua fé, que você confessou diante de Deus e de todas estas testemunhas, é batizada em nome do Pai, do Filho e do Espírito Santo. Amém.

Ele colocou as mãos em concha sobre minha cabeça, e o diácono despejou a água de um cálice de estanho. Permaneci imóvel, ajoelhada, enquanto a água escorria pelo meu cabelo e rosto.

Após ser cumprimentada pelo bispo, ele me disse para "levantar". Um Beijo Sagrado me foi dado pela esposa do diácono, e, com esperança renovada, eu acreditei que aquele ato público de submissão me tornaria uma mulher amish genuína e íntegra. Como minha mãe.

Querida *Mam.*

Seus olhos continham toda a luz celestial. Castanho celestial, era como eu os chamava. E eram mesmo, principalmente quando ela estava no meio de uma de suas histórias hilariantes. Nós estávamos debulhando ervilhas ou descascando milho e, de repente, suas histórias começavam a verter de sua boca.

Elas eram sempre iguais — *Mam* não distorcia a verdade, pelo que eu podia perceber. Ela era rigorosa com a honestidade. E com a justiça também — mamãe nunca cobrava demais dos turistas pelas geleias deliciosas que adorava fazer. Suas histórias, ah, como ela adorava contá-las... Só pelo prazer de contar. E as mulheres, reunidas para fazer colchas ou conservas, prestavam atenção a cada palavra, não importando quantas vezes já as tivessem ouvido.

Eram histórias de infância e de depois — de quando os cavalos fugiram com ela um dia, de como era desajeitada na costura, e de como foi criar três garotos levados, um após o outro. Então sua voz ficava macia como veludo quando ela dizia "Isso tudo foi antes de a pequena Katie aparecer", como se minha chegada fosse algo maravilhoso. Para mim parecia, ao ouvi-la tecer suas histórias para o restante das mulheres, que devia ser assim que o Senhor Deus recebia as pessoas em Seu Reino. O amor da minha mãe era mesmo celestial. Parecia verter dela em mim.

Então, horas depois de as mulheres terem atrelado seus cavalos à charrete da família e voltado para suas casas, eu ia até o celeiro e me sentava no monte de feno, pensando. Pensando muito no modo como mamãe sempre dizia as coisas. Provavelmente não havia nada o que refletir sobre o modo como ela falava de mim — pelo menos era isso que Mary Stoltzfus dizia. E ela devia saber do que estava falando.

Desde minhas primeiras lembranças, Mary normalmente estava certa. Mas eu nunca fui muito de aceitar as opiniões dela. Mesmo assim, nós fazíamos tudo juntas. Às vezes até gostávamos dos mesmos garotos.

Ela era muito inteligente, tirava as melhores notas de todo o oitavo ano na escola de uma única sala que todas as crianças amish frequentavam.

Após o oitavo ano, Mary terminou seu aprendizado e começou a se preparar para, um dia, se tornar esposa e mãe. Dois anos mais velha, eu tinha começado antes dela. E assim nós abandonamos a infância, deixando tudo para trás — para ficarmos em casa com nossas mães, fazendo sabão e limpando, cuidando das hortas de caridade e indo aos Cânticos todas as noites de domingo. Sempre juntas. As coisas eram assim conosco, e eu esperava que sempre fossem.

Mary e Katie.

Meu irmão Eli às vezes gostava de nos provocar. "*Atormentar* é a palavra certa", Mary dizia, e era verdade. Por exemplo, quando ele estava no celeiro lavando as vacas, preparando-as para a ordenha. Gritando para chamar nossa atenção, ele dizia os nomes juntos, como se nós duas tivéssemos um nome só:

— Mary-Katie, venham aqui me ajudar! Mary-Katie!

Nós nunca reclamávamos; as pessoas sabiam que nós duas não éramos iguais. Sim, nós gostávamos de usar nossos vestidos roxos bons nos jantares e nos Cânticos, mas, na verdade, Mary e eu éramos tão diferentes quanto uma batata e uma ervilha.

Até mamãe dizia isso. Ela nunca colocava Mary em nenhuma de suas histórias. Acho que a pessoa tinha que ser da família para ouvir seu nome nas histórias da minha mãe, porque a família era tudo para ela.

De qualquer modo, nenhuma garota devia ser criada do jeito que minha mãe fazia comigo. Cheguei à conclusão de que ser a favorita da mamãe era ao mesmo tempo uma bênção e uma maldição.

Na juventude, meus irmãos — Elam, Eli e Benjamin — eram mais malvados do que todos os reis maus da Bíblia juntos. Um verdadeiro trio de malfeitores. Principalmente Eli e Benjamin. Elam se endireitou no ano passado, perto do Dia de Ação de Graças, quando se casou com Annie Fisher da Travessa Hickory. A responsabilidade de cultivar a terra e cuidar da mulher — e logo de um bebê — costuma acalmar a maioria dos homens.

Se eu tivesse que escolher um irmão favorito, porém, seria provavelmente Benjamin. Mas isso não quer dizer muita coisa, a não ser que ele é o que menos me aborrece. Ele e aquela generosidade que às vezes demonstra.

Domingo passado, por exemplo. O jeito como ele ficou, parecendo tão desamparado, durante o jantar, após o sermão, quando o Bispo Beiler e todos os seus cinco filhos vieram comer conosco. O bispo tinha anunciado nosso casamento — dele comigo — nesse mesmo dia, logo após a pregação. Então o anúncio era oficial. Nosso namoro secreto tinha sido revelado, e as pessoas podiam começar a espalhar a notícia no distrito da nossa igreja, do modo como as coisas eram feitas havia trezentos anos.

Os boatos sobre todo o aipo que mamãe e eu tínhamos plantado em maio cessariam. Eu iria me casar com John Beiler no dia 21 de novembro, uma quinta-feira, tornando-me madrasta de seus cinco filhos pequenos. E, sim, serviríamos centenas de talos de aipo no meu banquete de casamento — o bastante para mais de duzentos convidados.

Dias depois que o casamento foi anunciado, Benjamin apareceu com seu rosto mais gentil. Hoje ele até me ajudou a subir no sótão, para eu procurar o vestido de casamento de *Mam*, que eu precisava ver antes de terminar de costurar o meu. Ben ficou lá, pairando sobre mim como se eu fosse uma criancinha, enquanto eu tirava o vestido longo do grande baú preto. Azul-escuro, com capa e avental brancos de pureza, o vestido era o mais bonito possível para um traje de casamento amish.

Sem aviso, as palavras de Ben me atingiram... e se espalharam pelo ar frio e mofado.

— Você pensou bem sobre casar com um viúvo que já tem uma família pronta?

Arregalei os olhos para ele.

— Ora, Benjamin Lapp, essa é a coisa mais ridícula que já ouvi.

Ele balançou a cabeça em movimentos curtos.

— É por causa de Daniel Fisher, não é? — A voz dele ficou mais suave. — Porque Daniel se afogou.

O modo como ele disse aquilo — delicado — me deu vontade de chorar. Talvez ele estivesse certo. Talvez eu fosse me casar com John porque Dan Fisher tinha morrido; porque não poderia haver outro amor para mim como o de Dan. Ainda assim, fiquei aturdida por Ben tocar no assunto.

Esse era o irmão que sentava atrás de mim na escola e puxava meu cabelo sempre que podia, que me fazia limpar o celeiro mais vezes do que eu conseguia contar... e que ficou contra mim na noite em que *Dat* me pegou tocando o violão velho de Daniel no palheiro.

Mas agora os olhos de Ben estavam cheios de perguntas. Ele questionava em voz alta minha felicidade futura, imagine só.

Ergui a mão e toquei seu rosto corado.

— Não precisa se preocupar, mano — sussurrei. — Nem um pouquinho.

— Katie... tem certeza? — A voz dele ecoou no silêncio.

Eu lhe dei as costas e procurei algo no baú, evitando seu olhar.

— John é um homem *gut* — eu disse com firmeza. — Vai ser um marido ótimo.

Senti os olhos de Ben perfurando um buraco na parte de trás da minha cabeça, e ele ficou quieto por um momento demorado e desconfortável.

— *Jah*, ele vai ser ótimo, mesmo — ele concordou, enfim.

O assunto foi deixado de lado. Meu irmão e todos os outros teriam que guardar para si o que pensavam sobre mim e sobre o homem de 40 anos com quem eu iria me casar em breve. Eu sabia muito bem que John Beiler tinha uma coisa importante em mente: ele precisava de uma mãe para seus filhos. E eu, tendo sido abençoada com abundante amor materno, era a pessoa certa para distribuir esse sentimento.

Respeito pelo marido, afinal, era honroso. Com o tempo talvez algo maior pudesse nascer de nossa união — de John e eu. Talvez até... amor.

Eu só podia rezar e esperar que Dan tivesse ido para sua recompensa eterna, e que um dia eu fosse considerada merecedora de me juntar a ele.

Pensamentos a respeito de Dan e das ruas de ouro ainda passavam pela minha cabeça muito depois de Ben se afastar. O sótão tinha ficado muito frio. Dobrei novamente o vestido da mamãe e procurava o lugar em que o tinha encontrado quando topei com um vestidinho rosa. Um vestido de bebê feito de cetim. Em meio aos tesouros de nossa família estava o vestido infantil mais lindo que eu já tinha visto, embalado em papel de seda.

Afastei o papel e comecei a tocar o tecido. Bebês amish usavam vestidos simples em tons pastel. Nunca eram estampados. E nunca, jamais, eram de cetim. Onde, em todo o mundo, minha mãe tinha conseguido aquela coisa linda?

Com cuidado, analisei o corpete, deixando meus dedos se demorarem em sua maciez. De repente, tive vontade de dançar. E, por mais rebelde que aquela ideia fosse, sucumbi ao impulso. Eu me levantei e comecei a rodopiar pelo sótão, com uma roupinha de cetim colada no meu rosto.

Fiquei perdida no mundo da minha imaginação fértil — sedas coloridas, joias reluzentes, espelhos dourados. Virando e rodopiando, eu voava, leve como uma nuvem de verão, sobre as tábuas do piso. Mas com minha dança vieram os antigos embates, meu cabo de guerra pessoal entre o simples e o sofisticado. Como eu desejava coisas lindas! Lá estava eu, com 22 anos, casamento anunciado com o bispo... e lutando as mesmas batalhas de sempre.

Em minha frustração, comecei a cantarolar uma música triste, que Dan Fisher e eu tínhamos feito com o violão dele — aquele mesmo que *Dat* tinha me proibido de tocar. Aquele que eu tinha escondido de seus olhos severos todos esses anos.

Com frequência eu oferecia minha música e minha vontade de coisas sofisticadas no altar do arrependimento. Eu fazia preces demoradas e intensas, mas, apesar de tudo, me pegava olhando de soslaio para o espelho de mão enquanto me perguntava: *Como ficaria meu cabelo sem o coque, ou repartido no meio?*

Às vezes, quando criança, eu tirava meu *kapp* de organdi branco e deixava minhas madeixas avermelhadas caírem livres abaixo dos meus ombros. A tentação era maior quando eu devia estar espanando ou limpando a escada. Pelo menos o Senhor Deus tinha feito o favor de dar uma cor bonita ao meu cabelo — tons de castanho avermelhado —, e, quando o sol que entrava pela minha janela pegava nele do jeito certo, eu parecia ter fitas douradas na cabeça. Em momentos como esse, eu detestava ter que prender meus fios num coque e escondê-lo com a touca.

E havia o problema da música — minhas canções especiais. Algumas lentas, outras rápidas; todas proibidas. Minha igreja ensinava que a música devia vir dos hinários, com o objetivo único de adorar a Deus. Qualquer outra coisa era pecado.

Eu tinha tentado seguir a *Ordnung*, as regras não escritas do distrito da nossa igreja. Com cada fibra do meu corpo, tentei ser uma jovem submissa. Mas encontrar aquele vestidinho sofisticado tinha provocado tudo outra vez — minha teimosia e o conflito com meu pai por causa da música. Eu ousaria casar com o Bispo John tendo aqueles pecados me devorando a alma?

Olhei para o baú em que estava o vestido de casamento da mamãe. Pensativa, fui até ele, tocando o tecido pesado com uma mão e segurando o vestidinho de cetim na outra, comparando os dois. Eu tinha ouvido que havia noivas modernas, fora do mundo *inglês* não amish, que vestiam cetim, renda e véus de tule.

O vestido azul de casamento de minha mãe estava, na verdade, longe de ser lindo. Exceto pela capa e pelo avental brancos, ele era idêntico aos outros vestidos que ela usava na igreja. Segurei o vestido à minha frente, segurando o decote alto com o queixo, imaginando como seria experimentá-lo. Mas *Mam* era muito maior que eu quando se casou com *Dat*. Eu sabia que caberiam duas de mim dentro dele, de tão grande que era.

Use as roupas de sua mãe, tenha a vida de sua mãe.

Dan Fisher tinha dito isso uma vez, depois que confessei meu capricho bobo para ele.

— Sabe como é, só pela diversão — insisti, surpresa com o que ele tinha dito sobre a vida de minha mãe. Como se houvesse algo de errado nisso. Mas não perguntei nada. Deixei como estava.

Dan pode não ter percebido, mas o que eu queria ter dito era: *como seria vestir roupas "inglesas"; não da mamãe nem de outra mulher Plain, mas roupas modernas, sofisticadas?*

Guardei o vestido de casamento amarrotado e peguei a roupinha de cetim. Olhando com atenção, vi um nome bordado a mão no forro das costas.

Katherine Mayfield.

No mesmo instante, senti uma inveja se formar contra esse bebê, essa Katherine, quem quer que ela fosse. O que o vestido dela estava fazendo no nosso sótão?

Não cobiçareis.

Foi como se eu ouvisse essas palavras dos lábios de papai. Ele as tinha gravado em mim, junto com muitas outras, desde a minha infância. Palavras como "Se você não estimular o fogo no início, não vai ter que se preocupar em apagar um incêndio".

Meu pai era assim. Sempre ralhando comigo por uma coisa ou outra enquanto eu crescia. Mas agora... Agora que eu era uma mulher adulta, meus maus hábitos continuavam muito vivos. Parecia que eu nunca seria boa, pelo menos não para meu pai. Provavelmente, também não para Deus.

Meia hora depois, meus irmãos me encontraram soluçando no sótão ao lado do baú, ainda agarrada ao vestidinho cor-de-rosa. Daquele momento em diante, nada mais foi igual para mim. Nem para qualquer um de nós em Hickory Hollow.

Capítulo um

D ias de novembro, sendo como eram no sudeste da Pensilvânia, vinham com uma intensidade gelada toda própria. O vento, agudo e frio, agitava o xale de lã preto de Rebecca Lapp. O avental comprido pesava com a lenha para o fogão enquanto ela subia os degraus dos fundos da casa de pedra da fazenda.

A casa extensa tinha sido construída em 1840 pelo ancestral de seu marido, Joseph Lapp, e seu amigo pedreiro. Agora, mais de um século e meio depois, estava pouco mudada. Ela permanecia — imponente e alta — intocada pelo mundo exterior com suas engenhocas e bugigangas. Aqui, as coisas continuavam como sempre foram — lentas e tranquilas —, cadenciando os dias como uma *Grossmutter amish*, com serenidade e elegância.

Algum tempo depois, como era o costume dos amish, um anexo tinha sido construído na ala leste, chamado *Grossdawdi Haus* — a "casa do vovô", para parentes idosos.

O céu tinha se tornado roxo com o sol se preparando para descer do firmamento, e Rebecca entrou na cozinha quente para enfiar a madeira cortada no seu grande fogão de metal preto. Isso feito, ela tirou o xale comprido e o pendurou no cabide de madeira da despensa, ao lado da porta dos fundos.

As batatas, pulando na fervura, encostaram na lateral da panela preta quando ela as testou com o garfo — cozidas à perfeição. Virando-se, ela percebeu que a mesa não estava posta e esticou o pescoço na direção da sala da frente.

— Katie, o jantar! — ela chamou a filha.

Então, com a habilidade de quem já tinha cozinhado e assado uma variedade de produtos da fazenda por mais tempo do que se lembrava,

Rebecca alcançou um pegador e se inclinou para inspecionar o presunto curado em casa que estava no forno.

— *Jah*, ótimo — ela sussurrou, sorrindo com aprovação ao inalar o aroma doce.

Minutos depois, como se tivessem ensaiado, Eli, Benjamin e o pai deles entraram, tiraram os chapéus pretos de aba larga, os casacos pesados e as botas de trabalho e se encaminharam para o fogão a lenha preto no centro da enorme cozinha.

— Tá começando a nevar — disse Samuel, esfregando as mãos. Ele puxou uma cadeira para perto do fogão, se sentou e esticou os pés para a frente, aquecendo-os.

— Está vindo uma onda de frio — Rebecca respondeu, olhando para a comprida mesa de cavalete, protegida por um encerado simples em xadrez verde. — Katie-e-e! — ela chamou de novo.

Como ainda assim não teve resposta, a preocupação vincou a testa de Rebecca. Sua expressão deve ter desconcertado Samuel Lapp, pela forma como falou a seguir.

— *Ach*, qual o problema? Você acha que a filha está doente?

Rebecca olhou para o lampião pendurado sobre a mesa e imaginou o que poderia estar detendo Katie. Ela não costumava se atrasar.

De seu lugar, perto do fogão quente, Samuel começou a chamar a filha.

— Katie, o jantar! Venha logo, não se atrase!

Como a filha não desceu a escada com seu chamado, Samuel ficou zangado. Rebecca sentiu que ficava pálida. Aparentemente, Eli percebeu.

— *Mam?*

Ela ficou parada ali, imóvel, como se esperasse que uma resposta caísse do céu.

— Onde Katie pode estar? — ela conseguiu dizer, enfim, segurando com as duas mãos a travessa com presunto fatiado fumegante.

Samuel deu de ombros e passou a mão pela barba espessa.

— Ela não estava em casa?

Rebecca se virou, encarando os filhos com um olhar inquisidor.

— Meninos, vocês a viram?

— Acho que não a vi quase a tarde toda — Eli disse.

— Benjamin? Quando foi que você viu sua irmã pela última vez?

Ele passou os dedos pelo cabelo louro.

— Eu não...

— Bem, você a viu ou não? — Rebecca insistiu, quase se arrependendo no mesmo instante do tom duro que usara com o filho mais novo.

Samuel foi até a pia e abriu a torneira, olhando pela janela enquanto a água corria por suas mãos vermelhas e calejadas.

— Eli e Benjamin estavam picando talos de milho comigo — ele explicou por sobre o ombro. — Não precisa começar com acusações.

As palavras do marido doeram, mas Rebecca manteve a boca fechada. Uma esposa submissa devia temer o Senhor e respeitar o marido, o que significava deixar Samuel dar a última palavra. Ela se virou lentamente, colocando a travessa de presunto sobre o fogão.

Ainda com as meias nos pés, Samuel foi até a sala da frente.

— Katie... jantar! — ele gritou ao pé da escada.

Foi nesse momento que Benjamin pareceu se lembrar.

— Oh, acho que ela pode estar no sótão. Eu a ajudei a subir um tempo atrás.

O coração de Rebecca deu um salto. *O sótão?*

— O que ela quer lá em cima? — Samuel murmurou, obviamente aborrecido com a demora, e voltou para a cozinha.

— Ela queria ver o vestido de casamento da mamãe, eu acho.

Rebecca observou o filho.

— Bem, você pode subir lá e trazer sua irmã? — ela pediu, com cuidado para não demonstrar seu desespero crescente.

Seguindo Eli, que segurava a lamparina a óleo, Benjamin, cujo estômago vazio roncava, subiu a escada.

— O que você acha que está errado? — Eli perguntou quando chegaram ao patamar.

— Com Katie? — Benjamin olhou para o irmão, que estava no degrau acima dele.

— Não. — Eli bufou. — Com a mamãe.

Benjamin podia imaginar.

— Katie vai se casar na semana que vem. A mamãe vai perder a única filha. Esse é o problema.

— *Jah*. — Ficou claro que Eli não sabia direito o que Ben quis dizer. Mas os dois sabiam de uma coisa: casar era um modo de vida em Hickory Hollow. Você encontrava uma garota boa e honesta do Povo e ficava noivo. A mãe devia estar muito feliz com o Bispo John. Katie também. O viúvo a estava salvando, por assim dizer. Com 22 anos, uma garota amish — não importava quão cabeça-dura e determinada — não seria esperta se fosse muito exigente. A irmã deles tinha espantado mais de um rapaz só por conta disso.

Eli subia a escada para o sótão, mas parou na metade.

— Continue — Ben murmurou, pensando no presunto macio e suculento que o esperava. — O tempo está passando.

Eli levantou a mão, silenciando-o.

— Espere... escute.

— O que foi? — Ben inclinou a cabeça.

— Está ouvindo?

Ben apurou os ouvidos, olhando fixamente para o alçapão do sótão acima deles.

— Ora, eu... Parece que Katie está chorando lá dentro.

Sem aviso, Ben passou por Eli — subindo a escada por cima dele —, quase derrubando a lamparina da mão do irmão.

Na cozinha, enquanto Samuel lia os anúncios de leilões no jornal *Die Botschaft*, Rebecca abriu a gaveta mais próxima da pia e pegou cinco conjuntos de talheres — um para cada membro da família Lapp que estaria ao redor da mesa naquela noite.

Jah, pôr a mesa era tarefa da filha, mas não importava muito quem colocava os pratos sobre o velho tampo. Afinal, Kate tinha estado ocupada com seus planos de casamento.

Imagine só, a filha dela ia terminar com o Bispo Beiler e suas crianças. O Senhor Deus tinha mesmo um modo de cuidar dos Seus. E depois do que tinha acontecido com o primeiro amor de Katie, o pobre Daniel Fisher, que se afogara naquele acidente de barco. Sim, Rebecca se sentia muito abençoada pelo modo como as coisas estavam se encaminhando.

Ela se sentou, lembrando da primeira vez que as mãos gordinhas de Katie puseram a mesa. A lembrança foi tranquilizadora; uma visão de dias havia muito passados.

A primeira mesa posta por Katie tinha sido quase uma surpresa. Com apenas três anos e meio, a garotinha estava muito feliz consigo mesma, sabendo que conquistaria a aprovação da sua mamãe. O passar dos anos acabaria mostrando que, na verdade, o que as pessoas pensavam dela tinha pouco a ver com o que de fato entusiasmava Katie Lapp.

A lembrança doce de Rebecca serviu para empurrar o medo secreto de volta às profundezas de sua mente. Aquele lugar em que ela aprendera a mantê-lo, longe de todo pensamento consciente.

O segredo.

Ela suspirou, tentando não pensar nas consequências, caso fosse descoberto. Katie... no sótão? O pensamento fez um arrepio desagradável descer por sua coluna. Rebecca levantou e tocou seu *kapp*, deixando a mão escorregar pelo laço branco enquanto ia até a porta dos fundos e parava dentro da despensa.

Senhor Deus do céu, perdoe-me. Ela tinha rezado com essas palavras, em silêncio, todos os dias dos últimos vinte e dois anos, imaginando se Deus teria ouvido. Talvez, ao observar sua dedicação e seu coração contrito, Ele a tivesse perdoado. Nesse caso, o que Deus estava fazendo agora? O que Ele estava permitindo que acontecesse?

O olhar de Rebecca passou pelo quintal amplo e seguiu até o celeiro. Camadas de neve cobriam o barranco de terra que levava até a construção de dois andares. A tempestade de gelo tinha trazido um vento furioso, cuja voz estridente assobiava, agourenta, em suas orelhas. Ela o sentia bater na porta como um invasor, e ficou grata pelo fogão seguro no centro da cozinha, que aquecia o cômodo espaçoso.

Rebecca se afastou da janela fria e olhou para o relógio, desejando que Katie se apressasse e descesse. O jantar estava esfriando.

Lá em cima, um sopro de ar do sótão recebeu Benjamin quando ele empurrou o alçapão que fechava a entrada. Com pouco esforço ele se içou da escada para o ambiente que usavam como depósito. Ali, se deparou com uma visão estranha. Com o tronco jogado sobre um baú retangular, sua irmã estava sentada no chão frio, a cabeça enterrada nos braços.

A tampa do baú estava fechada, e Benjamin não viu nenhum sinal do vestido de casamento de sua mãe. Mas na mão da irmã havia um pedaço de tecido estranho, que ele não conseguiu entender o que era. Seria um retalho para fazer uma colcha? Não, de onde ele estava o tecido parecia quase brilhante — sofisticado demais para as colchas que Katie costumava fazer com Mary Stolzfus e as muitas primas e amigas da Travessa Hickory.

Sem saber o que fazer, ele permaneceu ali, observando Katie choramingar ao seu alcance. Ele não se lembrava de já ter tocado a irmã, a não ser quando brincavam juntos, na infância. Ben não sabia se deveria tocá-la agora. Além do mais, toda dobrada daquele jeito, ela nem estava olhando para ele, não o tinha visto subir. Ela provavelmente tomaria um susto enorme se a tocasse.

Enquanto Benjamin ainda se perguntava o que fazer, Eli espiou pela abertura no chão, os olhos azuis arregalados.

— Ei, Ben — ele sussurrou. — O que há com ela?

Nesse momento, Katie começou a se mexer. Enxugando o rosto marcado de lágrimas com o longo avental, ela pareceu ausente por um momento. Então se virou na direção deles, e, sob a luz da lamparina, Ben percebeu que ela estava tremendo.

— A mamãe está esperando para jantar — ele disse, observando-a com atenção.

Katie apoiou as mãos no baú e se levantou. Ben estendeu a mão para ajudá-la.

— Está gelado aqui em cima — ele disse. — Por que você ficou tanto tempo?

Katie ignorou a mão estendida e a pergunta e ajustou o *kapp*. Então, lentamente, ela se endireitou, ficando ereta, o maxilar rígido.

— Eu vou descer. Caiam fora vocês dois!

Ben e Eli fizeram o que ela mandou e se apressaram a descer a escada — Ben ainda pensando nas lágrimas de Katie. Ele tinha ouvido que as mulheres ficavam todas chorosas antes do casamento. Seu irmão mais velho, Elam, tinha dito algo assim no ano passado, alguns dias antes de ele e sua noiva apertarem o nó.

Ele coçou a cabeça, confuso. *As lágrimas devem significar que Katie vai sentir nossa falta a partir da semana que vem*, ele concluiu. Ben abriu um sorriso. Mas ele não podia deixar Katie saber o que pensava. Do modo como ela estava agindo, não dava para saber o que a irmã diria. Ou faria.

Capítulo dois

K atie demorou para sair do sótão. Ela esperou até que os irmãos sumissem, então reabriu o baú e recolocou a roupinha de bebê em seu lugar.

Já no andar de baixo, após lavar o rosto e as mãos várias vezes, Katie se sentou em seu lugar habitual à mesa — à direita da mãe.

— Desculpe, papai... mãe. — Ela sentia o rosto quente, os olhos inchados.

É claro que não iria mentir. Mas não tinha nenhuma intenção de explicar a razão *real* de seu atraso. Ninguém podia saber de sua terrível obsessão. O conhecimento de um pecado exigia confissão, ela sabia disso. O que talvez fosse bom para a alma, mas era impossível nas circunstâncias atuais. Confissão significava se afastar, nunca mais repetir a transgressão...

O fato de Katie não ter olhado nenhum deles nos olhos preocupou Rebecca. Mas Samuel pareceu não notar. Ele inclinou a cabeça para a bênção silenciosa sem fazer a menor referência ao atraso de Katie.

Após o "Amém", Samuel se serviu primeiro. Depois, Eli e Benjamin não perderam tempo para atacar a tigela com batatas na manteiga. Quando a travessa de presunto foi passada, todos pegaram porções substanciais. Em seguida vieram feijões e *chow-chow* — um molho de feijão doce —, creme de milho e pão com manteiga de maçã. Uma fatia grossa de bolo de passas com especiarias encerrou a refeição.

Eventuais arrotos de Eli e Samuel indicavam que os esforços culinários de Rebecca tinham sido um sucesso. Além disso, havia apenas o ruído dos talheres arranhando os pratos de plástico, os grunhidos de satisfação dos homens e o som acolhedor do fogo estalando no fogão.

De vez em quando, Rebecca arriscava um olhar de lado para Katie. A garota ainda não tinha dito nada desde que se sentara para comer. *O que a está afligindo?* Rebecca se perguntou, seus pensamentos em polvorosa. Mas era o medo que a devorava por dentro que causava indigestão.

Enfim, Samuel se recostou e cruzou os braços sobre o peito, gesto que indicava que tinha terminado de comer. A princípio Rebecca não soube dizer se ele iria falar. Depois, em tom calculado, ele fez a pergunta que ocupava a cabeça de todos.

— Então, você encontrou o vestido de casamento da sua mãe?

Katie pegou seu copo. Lenta e deliberadamente, ela bebeu um gole.

O silêncio desceu como um véu sobre as paredes cinzentas.

Os segundos se estenderam.

Rebecca não aguentava mais.

— Katie, você está doente? — Ela passou um braço ao redor da cintura fina da filha, e Katie ficou rígida, ainda sem falar.

Samuel não tolerava desrespeito, e Rebecca sabia o que estava para acontecer. Fogo no mato seco durante uma ventania.

— Sua mãe e eu estamos falando com você — ele ralhou, sem erguer a voz.

Mesmo assim, não veio nenhuma resposta da garota com olhos castanhos de outono e cabelo avermelhado preso num coque sob a touca branca solene. Katie recusava-se a erguer os olhos, até que Eli a chutou por baixo da mesa. Um chute ágil e firme na canela.

— *Ach!* — Ela olhou feio para o culpado do outro lado da mesa.

Eli fez cara de deboche.

— Você não tem nada a dizer?

— Eli! — o pai interveio. — Agora chega!

A mão de Rebecca apertou a cintura de Katie. O incêndio estava para se alastrar. Ela se preparou para o calor.

— Eu... ah, *Dat* — Katie começou, afinal. — Tem uma coisa que eu preciso dizer...

Rebecca sentiu a tensão deixando seus músculos, que estavam contraídos como uma cobra de jardim. Sua filha — apenas nove dias antes do casamento — tinha evitado um provável desastre: provocar a ira de seu pai.

— Há uma coisa que eu preciso contar para vocês... vocês dois — Katie continuou. Ela olhou primeiro para Samuel, depois para Rebecca, que tinha juntado as mãos como se rezasse. — Desde que eu era pequena, ser *Plain* tem sido penoso para mim. — Ela inspirou fundo. — Mais penoso para mim do que para a maioria, pelo que parece.

— Você é completamente amish. — A voz do pai soou sem emoção, mas sem deixar margem para dúvidas. — *Plain* é como o Senhor Deus quer que você seja. Você deveria ter vergonha de dizer essas coisas depois de ser batizada... Tomando os votos de joelhos e tudo o mais.

Rebecca apertou mais as mãos, em uma prece silenciosa.

— É melhor eu falar com o Bispo John. — Katie sentiu que seus olhos se enchiam de lágrimas. — Eu preciso falar com ele... sobre... — Ela fez uma pausa, inspirando fundo mais uma vez. — Sobre o casamento.

— Ora, Katie — a mãe interveio. — Espere um dia ou dois, sim? Isso vai passar, você vai ver.

Katie fitou a mãe.

— Mas eu pequei contra papai... e... a igreja.

A expressão de Samuel ficou sombria.

— Filha?

— É a música... Todas essas músicas na minha cabeça. Não consigo esquecê-las — ela disparou. — Eu me esforcei, mas a música continua me tentando. — Ela apertou os lábios e não disse nada sobre as outras tentações, o desejo por coisas lindas, que não passava.

Rebecca deu tapinhas na mão da filha.

— Quem sabe uma conversa com o Bispo Beiler possa fazer bem a todos nós.

— Sozinha, mamãe. Preciso falar com ele sozinha.

A camisa verde e os suspensórios marrons de Samuel acentuaram o vermelho que lhe subia pelo pescoço e chegava ao rosto.

— Quem sabe, se você tivesse destruído aquele instrumento do mal na primeira vez em que a peguei com ele, o tal violão não estaria acabando com você agora.

Ele continuou tentando dominá-la com o olhar penetrante.

— Você vai confessar isso antes da próxima pregação. Se estiver falando sério quanto a se afastar do pecado e mortificar a carne, vai encontrar um modo.

— Eu venho tentando todos esses anos, pai. Eu bem que gostaria de esquecer a música. — Porém, enquanto falava, uma desobediência obstinada crescia dentro dela, exigindo passagem. Katie não *queria* esquecer a música, não sua amada música. Não a coisa preciosa que ela e Daniel Fisher tinham compartilhado com tanta alegria.

A obstinação deu lugar à culpa. Ela acabara de mentir para o próprio pai. Um pecado fez nascer outro, e uma penitência era devida. Katie sabia o que precisava ser feito se quisesse, algum dia, ver Daniel nos campos da glória. Uma confissão particular com Yoder, o ancião diácono e pregador da comunidade. Sua primeira confissão.

Samuel ajustou os óculos de aro de metal e estudou Katie, à sua frente na mesa.

— Eu a proibi de tocar música muitos anos atrás e a proíbo agora — ele disse. — Acaso pode sair água doce e água amarga da mesma fonte?

Ele empurrou a cadeira para trás, fazendo com que rangesse no chão de linóleo. Significativa em sua ausência foi a prece silenciosa que sempre concluía a refeição. Com um grunhido, caminhou na direção da sala de estar. Eli e Benjamin desapareceram em algum canto da casa, como se ansiosos por fugir daquela cena vergonhosa.

Debaixo de um foco de luz, mãe e filha estavam a mundos de distância. Rebecca queria que seu tremor parasse, aliviada pelo fato de o rompante da filha não ter nada a ver com o passado — com aquele segredo horrível que poderia engoli-los. A todos eles.

Mesmo assim, sentada ao lado de sua única filha — a filha dos seus sonhos —, havia um consolo. Aquele problema poderia ser remediado com facilidade. Um suspiro escapou de seus lábios, e, com os olhos fechados, ela murmurou uma prece de agradecimento — pela confissão de pecado feita por Katie. Por ter tido vinte e dois anos abençoados com essa filha preciosa.

Ela fitou os olhos de Katie e limpou as lágrimas de suas faces, decidida a fazer uma visita ao sótão assim que a louça estivesse lavada.

Em silêncio, com a ajuda de Katie, Rebecca se dedicou a tirar a mesa. Ela aqueceu a água trazida do poço pela bomba a bateria e começou a enxaguar os pratos. Então, a essa mesma água quente ela adicionou o detergente. Depois mergulhou um punhado de talheres na espuma, deixando que o calor a acalmasse. *Tudo vai ficar bem*, ela disse a si mesma, *depois que o casamento tiver passado.*

As duas mulheres terminaram a louça rapidamente, lavando e secando cada prato e copo sem a conversa despreocupada de costume. Devagar, Rebecca guardou as sobras enquanto encontrava coragem para falar.

— Então você vai repensar tudo... sobre falar com o bispo?

Katie varria as migalhas no chão.

— Você não compreende, mãe? — Ela se virou para Rebecca. — Eu não quero desistir do casamento. Só estou me perguntando se eu sou a melhor escolha para mulher de um bispo.

Os olhos de Rebecca buscaram os da filha.

— O tempo de perguntas passou há muito, Katie. O dia do seu casamento está quase aí.

Os lábios de Katie tremiam sem controle.

— O que está preocupando você, minha filha? — Ela estendeu a mão para Katie e puxou o corpo esguio para seus braços.

Soluços demorados e profundos sacudiram o corpo de Katie enquanto Rebecca tentava consolá-la.

— Pronto, pronto — ela sussurrava. — É só o nervoso da expectativa. Todas nós mulheres sentimos isso, mas com o passar do tempo você vai aprender a esconder. — Ela fez uma pausa. Depois, querendo desfazer a tensão, acrescentou: — Pois eu acho que você também vai se sentir assim antes do nascimento do seu primeiro filho.

Rebecca sentiu Katie se afastar, uma expressão curiosa substituindo as lágrimas.

— O que foi, Katie? O quê?

Katie se endireitou, alisando o avental e o vestido.

— Eu quase me esqueci de perguntar uma coisa para você.

— *Jah?*

— Mãe, quem é Katherine Mayfield?

Rebecca se sentiu fraca, como se suas pernas não fossem mais sustentá-la. *Não pode ser*, ela pensou.

— Eu vi o nome bordado num vestidinho de bebê... lá no sótão. *Ach*, é tão lindo. Mas de onde apareceu uma coisa dessas, mamãe?

Sem aviso, a força abandonou totalmente as pernas de Rebecca. Ela cambaleou pela cozinha em direção ao banco da mesa.

— Mamãe! — Katie exclamou, estendendo a mão para ajudá-la.

Rebecca caiu sentada no banco e puxou o avental. Então pegou um lenço branco e, com movimentos curtos e bruscos, começou a se abanar. Tudo a acometeu naquele momento — a preocupação de anos, o segredo havia muito guardado...

Katie correu para entreabrir a porta dos fundos.

— Pronto, mamãe — ela exclamou quando o ar gelado passou pela despensa, chegando à cozinha. — Melhor assim, não?

Apesar da corrente de ar, Rebecca sentiu uma onda de calor engolfar sua cabeça. Ela tentou levantar os olhos para ver mais uma vez aquele rosto amado.

Um suspiro profundo emergiu. *Katie, minha menina. Minha menina preciosa...*

Em meio à visão borrada, ela viu Katie fechando a porta, deixando lá fora o sopro do inverno, e depois correndo até ela, preocupada e afobada. Por mais que tentasse, contudo, Rebecca Lapp não conseguiu evitar que aquela sensação peculiar de formigamento lhe subisse pelo pescoço até a cabeça atordoada.

Ela caiu para a frente, sem mais nenhuma consciência...

Capítulo três

—*D**at*, venha cá. Rápido!

Ao som da voz desesperada de Katie, Samuel, acompanhado de Benjamin e Eli, correu para a cozinha.

— Não sei o que pode ter acontecido! — O coração de Katie batia com força. — Nós só estávamos conversando, a mamãe e eu, e... — A mãe dela era forte como qualquer outra mulher de fazendeiro em Hickory Hollow, vigorosa e roliça o bastante para um desmaio de fraqueza ser descartado. — Vou pegar folhas para um chá.

Relutante em sair de perto da mãe, Katie correu escada abaixo, até o porão frio, onde fileiras de armários bem organizados guardavam frutas e vegetais em conserva. Ela encontrou as folhas de hortelã secas num pote e rapidamente pegou um punhado, ainda perplexa com o que teria feito sua mãe desmaiar.

Katie tinha mencionado conversar com o bispo. Será que a ideia de ela não ir adiante com o casamento preocupava sua mãe a ponto de deixá-la doente?

Ela recolocou o pote de hortelã em seu lugar na prateleira e fechou a porta do armário, refletindo sobre o acontecimento estranho.

— Katie, você está vindo? — gritou Benjamin.

— Estou — ela respondeu, subindo apressada a escada íngreme do porão.

Na cozinha, Katie preparou o chá de hortelã, olhando de vez em quando para a mãe, que tinha recobrado a consciência e apoiava a cabeça numa mão, enquanto Eli a abanava com o lenço.

Dat estava ao lado de *Mam*, pensativo, silencioso. Ele parecia mais baixo agora, com seu corpo magro curvado sobre a esposa. Katie imaginou se ele continuava aborrecido com a confissão constrangedora, mas verdadeira, que ela tinha feito à mesa. De qualquer modo, ela se sentia contente por ter se confessado. Pelo menos um de seus pecados seria enfrentado. E, se ela ia adiante com o casamento, faria sua primeira confissão em particular no dia seguinte, ou no próximo.

Katie agitou a água quente na esperança de apressar o processo de infusão. Ela fitava Rebecca com apreensão. Disparar aquelas palavras impensadas — dizer que precisava conversar com o Bispo John — tinha provocado tal dano! Não era sua intenção transtornar ninguém sem necessidade; agora ela desejava ter guardado para si seus pensamentos.

— Ande logo, Katie — Benjamin disse, aproximando-se para ver por que estava demorando tanto.

Ela se moveu com rapidez, misturando mel na água quente. Quando enfim terminou o tempo necessário para as folhas soltarem seu sabor calmante de hortelã, Rebecca já tinha subido para se deitar.

Ao entrar no quarto dos pais um pouco depois, ela encontrou a mãe ainda completamente vestida, mas coberta com as colchas mais quentes que havia no baú do enxoval feito a mão que ficava ao pé da cama. Ela mostrou a xícara com o pires e o pai pegou tudo, fazendo um breve movimento de cabeça.

— Você precisa de mais alguma coisa, mamãe?

— Isso basta — o pai respondeu por ela.

Katie saiu sem dizer mais nada.

Rebecca se recostou nos travesseiros da cama com um leve sorriso no rosto ao aceitar a xícara que Samuel lhe estendia e tomou um gole.

— *Des gut.*

Ele pegou o lampião de querosene na mesa de cabeceira.

— Vou descer e alimentar o fogão — ele disse. — Não posso deixar que pegue um resfriado, não com o casamento da sua filha chegando.

— Não precisa se preocupar.

Samuel meneou a cabeça, pensativo.

— O corpo fica doente facilmente com uma friagem dessas.

Rebecca forçou uma risada, que ficou presa em sua garganta, e começou a tossir — como se a profecia dele estivesse se cumprindo.

Samuel Lapp era um marido querido e cuidadoso. Um bom provedor das necessidades básicas — abundância de comida da terra deles, um teto sólido sobre suas cabeças... Fornalha a gás, eletricidade, telefones e luxos assim eram para os ingleses. Os amish usavam cavalos e charretes como meios de transporte, gás propano para suas geladeiras e bombas a bateria nos poços de água que serviam suas casas. A família Lapp obedecia tenazmente, sem reclamar, às tradições da Antiga Ordem, assim como o fizeram gerações antes dela.

— Como podemos sentir falta do que nunca tivemos? — Samuel perguntava com frequência aos seus amigos ingleses no Mercado Central de Lancaster.

Rebecca observava o marido, esperando que ele saísse do quarto sem falar mais nada. Ela ficou um pouco surpresa quando ele hesitou junto à porta, voltando para o lado dela em seguida.

— Você está mal de saúde? Devo buscar um médico? — A preocupação dele era genuína. — Não vai demorar mais de um minuto para selar o velho Melaço e dar uma corrida até a casa dos Miller.

Peter e Lydia Miller — menonitas que se entregaram ao estilo de vida "inglês" — moravam a cerca de um quilômetro e meio de distância na Travessa Hickory e cediam o uso de seu telefone em caso de emergência. Samuel tinha recorrido a eles em várias ocasiões. Afinal, eles eram parentes — primos em segundo grau do lado de Rebecca — e absolutamente modernos.

— Não vou precisar de médico nenhum. Estou cansada, só isso — ela disse com a voz suave, para tranquilizá-lo. — E seria uma vergonha que a prima Lydia se preocupasse comigo por nada.

— *Jah*, tem razão.

Sombras dançavam na parede em frente à cama modesta com estrutura de madeira. Rebecca observou as silhuetas alongadas enquanto bebia o chá. Ela suspirou, depois sussurrou o pensamento que atormentava sua alma dia e noite.

— Nossa Katie... tem feito perguntas.

Um músculo se alternou no maxilar de Samuel.

— *Jah?* Que perguntas?

Rebecca tirou um travesseiro de suas costas e o abraçou.

— Eu tenho que voltar ao sótão. Esta noite.

— Você não vai até lá esta noite. Tire isso da cabeça. Agora descanse, ouviu?

Rebecca meneou a cabeça.

— Você está se esquecendo do vestidinho cor-de-rosa — ela disse, suas palavras quase inaudíveis. — Um belo vestidinho de bebê... feito de cetim. Katie deve ter encontrado.

— Bem, isso vai ter que esperar. Amanhã será um novo dia.

— Nós não podemos esperar — Rebecca insistiu, ainda falando em tons contidos, relutante em discutir com o marido. — Nossa filha não pode saber... É melhor que ela *nunca* saiba.

Samuel se inclinou e a beijou na testa.

— Katie é e sempre será nossa filha. Agora tente descansar.

— Mas o vestido...

— A menina não vai descobrir nada por causa de um vestidinho — Samuel insistiu. Ele pegou o travesseiro que Rebecca estava abraçando e o colocou ao lado dela, onde deitaria sua cabeça mais tarde. — É melhor eu ir ver as crianças.

Ele carregou o lampião até o corredor, depois fechou a porta, deixando Rebecca na total escuridão... para pensar e sonhar.

As crianças...

Houve um tempo em que Rebecca desejara mais filhos. Muitos mais. No entanto, depois do nascimento de Benjamin, dois abortos e um natimorto arruinaram seu corpo. Embora sua família estivesse bem completa, ela imaginava como a vida teria sido com mais do que três... ou quatro filhos crescendo ali. Todos os seus parentes, e praticamente toda família do distrito da igreja, tinham pelo menos oito filhos. Alguns tinham mais, até quinze.

Era uma coisa boa trazer vidas novas para a comunidade. Não dizia o Bom Livro que "Crianças são uma herança do Senhor, e o fruto do ventre é a recompensa que Ele dá"? Crianças trazem alegria e risos para o lar, e ajudam a transformar trabalho em brincadeira.

E havia muito trabalho numa casa amish, ela pensou, rindo baixo. Cortar feno, plantar batatas, semear alfafa ou capim. As famílias de Hickory Hollow sempre trabalhavam juntas. Era necessário. Sem a conveniência de tratores e outros equipamentos agrícolas modernos, tudo demorava mais. Mas esse era o modo aceito por pais, avós e bisavós.

No início do século XVIII, William Penn tornara tudo isso possível para os ancestrais de Samuel e Rebecca Lapp. Comunidades amish muito unidas receberam terras boas e começaram a formar colônias na Pensilvânia. Ela pensou novamente no tataravô de Samuel, que tinha construído aquela mesma casa em que Rebecca estava deitada no escuro, tremendo em seu quarto frio.

Depois de algum tempo ela sentiu o calor subindo pelo piso, vindo do fogão a lenha bem debaixo do quarto. Com certeza aquilo era obra de Samuel. O sempre gentil e atencioso Samuel. Ele tinha sido um bom marido durante todos esses anos. Um pouco sincero demais às vezes, mas firme e trabalhador. Um homem de Deus, que seguia os ensinamentos da igreja amish, que amava o próximo como a si mesmo... e que havia muito tinha concordado em guardar o segredo dela pelo resto da vida dele.

—Como está a mamãe? — Katie perguntou assim que Samuel saiu do quarto empunhando o lampião. Era evidente que ela tinha ficado no patamar da escada, esperando por alguma notícia sobre o estado da mãe.

— Vá cuidar dos seus deveres. — Samuel nem pensou em sorrir, mas sua intenção era tranquilizar a filha. — Não há nada com que se preocupar. Nada mesmo.

Ele foi até sua cadeira de balanço de encosto reto, puxou-a para perto do fogão e sentou-se nela, resmungando. Fingiu ler uma coluna no jornal semanal amish enquanto deixava seus pensamentos vagarem.

O que Rebecca tinha dito no quarto — algo a respeito de Katie ter encontrado o vestido de bebê? Ele sempre quisera se livrar daquela coisa chique. Não fazia sentido guardar a prova em casa. Não era sábio — arriscado demais —, principalmente com aquele nome inglês bordado do jeito que estava.

Mas ele nunca se vira em condições de obrigar Rebecca a se separar do vestido, não com ela se sentindo do modo como se sentia. Quanto a ele, bastava a lembrança daquele dia, pois não colocava os olhos no vestidinho desde o dia em que sua filha tinha vindo do hospital de Lancaster para casa.

Minutos antes, ele ficara sabendo que Katie tinha dado com aquela roupinha — encontrando-a no sótão. Como, pelo Senhor Deus, após todos esses anos? Teria Rebecca ignorado seu pedido? Era uma esposa boa e fiel, sua Rebecca, mas, quando se tratava de Katie, não havia como argumentar com ela. A mulher tinha um lugar mais mole no coração para a filha. Com certeza Rebecca tinha lhe obedecido e feito o melhor pra esconder o vestido. Claro que sim.

Contudo, agora que Katie tinha descoberto a roupinha, ele lembraria Rebecca de encontrar outro lugar para escondê-la. A primeira coisa a fazer amanhã. *Jah*, era isso que ele faria.

Eli e Benjamin não estavam muito preocupados com a mãe, Katie reparou ao entrar na cozinha. Os dois tinham começado um jogo de damas no chão quente perto do fogão, e mal ergueram os olhos quando ela se aproximou.

Ela foi até o armário onde a *Biewel* alemã e outros livros eram guardados. Reverente, pegou a Bíblia velha e gasta e a levou para o pai, colocando-a à frente dele, depois se sentou no banco de madeira ao lado da mesa. Ela pegou a agulha de costura e um fio escuro.

Será que a mamãe gostaria de companhia? Katie se perguntou enquanto passava o fio no buraco da agulha. Ela se sentiria melhor se visse com os próprios olhos como sua mãe estava depois de desmaiar minutos antes.

Com a agulha parada junto à bainha de seu vestido de noiva, Katie olhava para os irmãos sem vê-los. Ela sempre gostava de saber das coisas em primeira mão. E a teimosia do pai tinha causado mais aflição do que ela queria admitir.

Ela ficou sentada ali por uns bons cinco minutos, dando pontos delicados, ouvindo o chiado contínuo do lampião a gás enquanto uma melodia proibida zunia em sua cabeça. Conteve o impulso de cantarolar.

Levantando os olhos da costura, ela reuniu coragem para falar com o pai.

— Eu quero subir e ver a mamãe, *jah?*

Samuel levantou os olhos de sua leitura.

— Agora não.

— Amanhã, então?

— *Jah*, amanhã. — Com um suspiro alto, ele pegou a Bíblia para a leitura noturna das Escrituras e as orações.

Sem que fosse preciso lhes ordenar, Eli e Benjamin deixaram o jogo de lado e se viraram para o pai, que folheava a Bíblia. Ele conhecia o Bom Livro como a palma de sua mão, e, pelo jeito de seu rosto, Katie desconfiou de que ele já tivesse algo em mente para a leitura dessa noite.

Ele primeiro leu em alto alemão, depois, por hábito — e talvez para enfatizar —, traduziu o trecho para o inglês. Katie baixou a costura e tentou se concentrar nos versículos que o pai lia. Mas, com a mãe recuperando-se sabe-se lá do que no quarto, foi bem difícil.

— Romanos, capítulo 12, versículos 1 e 2. — A voz do pai possuía uma autoridade que todos eles tinham aprendido a respeitar. Ele começou a ler: — "Rogo-lhe portanto, irmãos, pelas misericórdias de Deus, que se ofereçam em sacrifício vivo, sagrado e aceitável a Deus; este é seu culto racional."

"Enão se amoldem a este mundo: mas transformem-se pela renovação da sua mente, para que possam comprovar a boa, agradável e perfeita vontade de Deus."

A perfeita vontade de Deus. Essas palavras doeram na consciência de Katie. Como a vontade boa e perfeita de Deus podia agir nela? Katie nutria um pecado — um pecado contínuo —, com pouco arrependimento, e até mesmo sentia má vontade para com a necessária contrição.

Após o incidente no sótão, ela sabia, sem nenhuma dúvida, que era espiritualmente inapta para criar os filhos inocentes de John Beiler... Ou, do mesmo modo, para lhe dar mais filhos. O que ela estava pensando? Como poderia ficar ao lado dele no dia do casamento, e nos anos que viriam, bancando a esposa devota e submissa, um exemplo de obediência para o Povo?

Essas perguntas a incomodavam, e, depois que o pai terminou a curta oração, Katie acendeu um segundo lampião e foi para seu quarto, onde se despiu para dormir. Antes de puxar a roupa de cama, decidiu visitar Mary Stoltzfus, em vez do Bispo John. A primeira coisa que faria após a ordenha, no dia seguinte, seria conversar sobre tudo com sua querida e melhor amiga. Mary saberia dizer o que era certo.

Isso decidido, Katie se parabenizou pela resolução, se enfiou entre os lençóis frios de algodão e apagou o lampião com um sopro.

Por volta de meia-noite, sons abafados foram ouvidos no sótão. A princípio, Katie pensou que devia estar sonhando. Mas às cinco horas, quando o chamado do pai para despertar e ajudar com as tarefas ressoou pelo corredor, ela se lembrou dos ruídos no andar de cima. Seu coração deu um salto com a ideia de investigar o sótão; uma oportunidade inesperada de segurar de novo o lindo tecido de cetim, de senti-lo em suas mãos como um doce proibido. Talvez sentir aquela delícia mais uma vez pudesse saciar seu desejo.

Só mais uma vez, ela pensou ao escovar o cabelo longo e espesso sob a luz do lampião. Pela força do hábito, ela separou o cabelo em duas mechas junto às têmporas, depois as puxou para trás, formando um coque.

Vista-se com modéstia, decência e decoro, não use tranças no cabelo, nem ouro, nem pérolas, nem roupas caras...

Ela colocou o *kapp* branco no alto da cabeça, suas amarras penduradas. Sobre grossas ceroulas de lã, colocou seu vestido marrom de trabalho e um avental preto.

Hoje, talvez, Katie Lapp — que em breve seria a esposa do bispo — pudesse recomeçar tudo. Talvez hoje as coisas fossem diferentes. Talvez hoje ela pudesse ser o tipo certo de mulher aos olhos de Deus. Com todo o seu coração, toda a sua mente e alma, ela tentaria.

Katie ouviu a voz do pai no andar de baixo; a da mãe também, quando se debruçou no vão da escada, atenta. Ela se reconfortou ao perceber que a mãe estava de pé, sentindo-se bem, ela esperava, e preparando um nutritivo café da manhã.

Se não demorasse, poderia ter tempo de visitar o sótão antes da oração matinal. Katie correu de volta para o quarto, pegou a lamparina e subiu, na ponta dos pés, a escada até o sótão.

Ela subiu os degraus o mais rápido que podia e, chegando no alto, empurrou o pesado alçapão de madeira. Então, passando pela abertura retangular, parou para tomar fôlego antes de se aproximar do velho baú.

Em silêncio, Katie colocou o lampião no chão e abriu a tampa. Com o coração martelando e os ouvidos apurados para escutar seu nome no caso de o pai chamá-la, vasculhou as camadas superiores de roupas no baú, explorando a área em que tinha descoberto o vestido de bebê de cetim. Sem encontrar sinal da roupinha, procurou um pouco mais embaixo, com cuidado para não amarrotar tudo.

Quando localizou o vestido de casamento da mãe, descobriu que o lugar ao lado estava vazio — evidentemente. Era como se alguém tivesse tirado, de propósito, aquela peça tão estimada.

Mais determinada do que nunca, Katie continuou sua busca, puxando cobertores leves, colchas e toalhas de mesa brancas de crochê, e cobertores desbotados de algodão, passados de geração a geração.

Havia, ainda, as bonecas sem rosto que Rebecca tinha feito para ela quando criança, mas nada do vestidinho de cetim. Simplesmente não estava lá. A roupa chique de bebê tinha sumido.

Mas onde estaria? E quem a tinha pegado?

Ela sentiu uma tristeza profunda oprimindo sua alma. *Talvez assim seja melhor*, Katie pensou, atordoada pelo impacto das emoções que se debatiam dentro dela.

Tentando afastar seus pensamentos sombrios, Katie começou a guardar os lençóis e outras coisas no baú antes de sair do sótão e se juntar à família na sala de estar. Seus irmãos e *Dat* — e *Mam* — já estavam de joelhos, esperando por ela.

— Obrigado, Deus, por toda a sua ajuda para nós — Samuel disse assim que os joelhos de Katie tocaram o chão duro. — Perdoe os nossos pecados e ajude-nos hoje com a terra... *sua* terra. Amém.

Um ritual com menos de dois minutos pela manhã e à noite, as orações formavam um padrão importante sob a trama intricada da vida familiar deles.

Quando se levantou, Katie ficou feliz ao ver a luz nos olhos de sua mãe; e o rosto dela não estava mais branco como giz. Mas o rosado na face da mãe lembrou Katie da busca frustrada no sótão. Quase no mesmo instante, sua felicidade se dissipou no ar — como um fósforo que é soprado. Ela tinha sido traiçoeira ao retornar ao sótão na esperança de se conceder mais um momento de prazer pecaminoso. Tinha infringido as leis de Deus. E também a *Ordnung*.

— Bom dia, mamãe. — O cumprimento saiu esganiçado. Katie beijou Rebecca no rosto, e as duas mulheres foram para a cozinha. — Estou feliz de ver que sua cor voltou.

Rebecca sorriu e assentiu.

— Uma boa noite de sono era tudo de que eu precisava. — Ela colocou a chaleira para ferver no fogão a lenha. Tinha levantado antes de todo mundo, o que era um bom sinal. E, com o próximo comentário da mãe, Katie teve certeza de que ela tinha voltado a ser a mesma de sempre.

— Você desceu bem atrasada. — Ela deu um olhar perspicaz para Katie. — Está se sentindo bem?

Sem dúvida a mãe estava se referindo à cena da noite anterior, durante o jantar. Mas Katie sabia que não adiantava voltar ao assunto do violão e das músicas que adorava cantar, nem abordar sua futura confissão. E não ousou mencionar seu casamento, dali a apenas oito dias. Não depois do desmaio que a mãe tinha sofrido na noite anterior.

Mary Stoltzfus seria quem a ouviria. Conversar com ela seria muito mais fácil. Mais simples, também. Tanto para a mãe quanto para ela mesma.

— *Jah*, estou bem. — Katie inspirou fundo. — Eu estava fuçando no sótão esta manhã — ela começou. — Foi por isso que me atrasei.

Ela notou as sobrancelhas da mãe se levantando de surpresa.

— Bem, é melhor você se apressar agora. — A mãe lhe estendeu um prato de torradas com geleia. — *Dat* deve estar se perguntando por que você está demorando.

Katie levou o prato até a mesa. Na despensa, sentou numa banqueta e calçou suas botas de trabalho, então pegou um casaco velho do cabide.

— Lembra do vestidinho de bebê de que eu falei ontem? — ela disse para a mãe, mal conseguindo conter a ansiedade de saber mais sem divulgar seu pecado. — Não consegui encontrar agora.

— Vestido de bebê?

— *Jah*. — Katie espiou pelo vão da porta, mas Rebecca tinha virado o rosto para a pia. — Você não lembra?

— As coisas estão um pouco confusas — foi a resposta hesitante.

Mas foi uma resposta suficiente para Katie saber que não era sua mãe andando no sótão na noite anterior.

— Desculpe-me por descer tarde — ela disse. — Não vou me atrasar de novo, mamãe.

Katie correu para fora levando uma torrada, sentindo-se melhor por ter se confessado. Mesmo assim, a lembrança do vestido de cetim a perseguia. Onde tinha ido parar? E quem poderia tê-lo pegado?

Rebecca esperou o som da porta sendo fechada para ir até a janela olhar. Vários conjuntos de pegadas marcavam a neve que cobria as pedras de arenito vermelho. As pedras formavam um caminho em diagonal, que atravessava o quintal e chegava ao pátio do celeiro, por onde passavam as carroças de feno e de mercadorias saindo do celeiro e voltando durante a colheita.

Ela observou Katie andando apressada até a porta do celeiro, as abas do casaco esvoaçando no frio. Parecia que, ultimamente, a jovem se confessava cada vez que a encontrava. Na noite anterior, sobre a música e não se casar com o bispo por causa disso, e de novo esta manhã, sobre estar atrasada para a oração matinal. E, depois que o diácono ou o pastor fosse chamado, ela se confessaria de novo.

Rebecca suspirou, sem saber o que pensar. Ela se perguntou se tudo isso era mais do que o nervosismo pelo casamento. Dava para ver que Katie não era a mesma. Ela tinha até mudado o nome de seu pônei de Tobias para Cetim.

Rebecca pensou em conversar em particular com o bispo, mas abandonou a ideia e voltou ao fogão para começar a fazer o mingau de fubá e um pouco de batata.

Cuide da sua casa e não coma do pão da preguiça. As palavras do provérbio passaram por sua cabeça. Não havia tempo para ficar à toa em casa.

Na hora do café da manhã haveria ovos, linguiça de fígado e cereal cozido; pão, manteiga e geleia de abacaxi, junto com manteiga caseira de maçã — a favorita de Katie.

Várias vezes, antes de Katie e os homens voltarem, Rebecca foi até a porta da cozinha e olhou para fora. Alguma coisa estava atraindo Katie até o sótão. Ela dissera que tinha voltado lá esta manhã, certo? Por quê?

Era o vestido de bebê? Se fosse, o que a interessava nele?

Rebecca refletiu um pouco, tranquilizando-se ao saber que o vestido estava bem escondido, longe do baú do sótão, para nunca mais ser encontrado.

O segredo da família estava a salvo.

Ela inspirou fundo e saboreou a cena tranquila pela janela. O sol continuava adormecido além da encosta a leste, onde um bordo da Noruega abria seus galhos sobre a casa da nascente,[1] feita de pedra e estuque. Um banco de madeira queimado pelo sol, perto do tronco grosso da árvore, servia como recordação de dias alegres e ensolarados como mel dourado.

....

[1] Pequeno abrigo construído sobre uma nascente ou fonte para proteger a água. Também usada para preservar alimentos, pois o fluxo de água fresca mantém a temperatura amena. (N.T.)

Dias dourados. O pensamento trouxe uma pontada de tristeza. *Os melhores dias.* Dias passados dedicando-se à sua linda filhinha bebê. Ela tinha dado a Katie dois anos de total aceitação e adoração, como era o costume. Então, no que pareceu um piscar de olhos, sua bebê se tornou uma criança que era moldada em uma pequena e obediente amish.

Não pareceu passar mais do que um fio de tempo até que uma garotinha bem-comportada, ainda que um pouco rebelde, com covinhas no rosto e tranças presas ao redor da cabeça, começasse a descer a rua até a escola de uma única sala. Então, quando Rebecca olhou de novo, Katie saía para os Cânticos com seus irmãos e voltava tarde da noite com um pretendente ou outro — os "anos de diversão", como eram chamados.

Foi nessa época que Daniel Fisher entrou na vida dela — pelos degraus dos fundos da cozinha. E, se não tivesse ido velejar em Atlantic City no fim de semana em que completara 19 anos, Katie estaria costurando o vestido que usaria para se casar *com ele.*

No entanto, dezoito meses após o afogamento de Daniel, Katie fez seu voto para Deus e a igreja — seu juramento batismal —, a promessa de seguir as regras transmitidas oralmente, as quais deveria obedecer até sua morte.

Katie, sua garota querida, de opiniões fortes. Com certeza ela não deixaria que sua ideia tola a respeito de música atrapalhasse sua chance de se casar. Mais um ano e ela estaria definitivamente encalhada. O estigma de *alt Maedel* (solteirona) era quase impossível de evitar entre o Povo. Não ir adiante com o casamento com o Bispo John seria uma verdadeira tolice — se não um desrespeito. Uma transgressão do pior tipo.

Rebecca endireitou os ombros e, de propósito, deu as costas para a janelinha da porta. Ela cuidaria para que Katie se concentrasse na tarefa principal — preparar-se para o casamento. O vestidinho de bebê precisava ser enterrado, junto com as lembranças de Daniel Fisher.

Quando chegasse a hora, Rebecca verificaria o novo esconderijo, debaixo do baú do enxoval. Talvez o vestido não estivesse tão bem escondido como ela pensava. Até Samuel conversara com ela a respeito pela manhã.

Atormentada pelo medo, ela renovou sua convicção de esconder o segredo. Ele precisaria ir com ela e Samuel para seus túmulos. Com certeza, era *necessário.*

Capítulo quatro

Quando Katie chegou à fazenda Stoltzfus, Mary cozinhava frangos com a mãe. Outras dez mulheres estavam sentadas ao redor da grande mesa da cozinha, conversando e bebendo café. Um mutirão da colcha! Só podia ser isso, Katie concluiu. Elas só podiam estar trabalhando na colcha de casamento de Katie.

Por que outro motivo eu não seria convidada?, ela pensou. Era bastante incomum que a noiva não participasse do seu próprio mutirão da colcha. Mas Katie desconfiou de que, como iria se tornar esposa do bispo, o Povo tinha planejado algo muito especial, em respeito à posição dele. Algo parecido com uma surpresa, que era mais típico dos menonitas do que de seus primos, os amish.

As bordas da colcha estavam dispostas na grande sala de estar, que tinha poucos móveis, onde as mulheres, com idades entre 18 e 80 anos, ficariam sentadas em cadeiras de espaldar reto e dariam milhares de pontos intricados, enquanto conversavam a respeito de suas hortas e jardins, dos novos bebês e das próximas reuniões de trabalho. Rebecca contaria histórias de família e algumas das mulheres poderiam contribuir com as últimas fofocas. Elas fariam concursos de quem sabia dar os pontos mais apertados, enquanto riam, cantavam hinos e conversavam sem parar. Mais tarde haveria montes de comida, quem sabe até o delicioso sorvete de abacaxi de Abe e Rachel Stoltzfus — o ápice de um evento desses, principalmente para Katie, que com frequência lutava contra seu desejo por doces.

— Algo errado? — Mary sussurrou, observando com atenção Katie, que se aquecia junto ao fogão de metal preto. — Você parece desanimada.

Katie deu de ombros e olhou de lado para a amiga.

— Está tudo bem. — Ela não estava disposta a mencionar a estranha comoção no sótão que tinha resultado em seu sono agitado. — Não posso ficar. — As mulheres logo iriam querer começar a colcha. — É melhor eu ir.

— Mas você acabou de chegar. — Havia uma interrogação na voz de Mary.

Suas palavras, contudo, foram ignoradas, e Katie se virou para dizer adeus às mulheres — tão conhecidas e queridas quanto sua própria família. Lá estavam Rachel Stoltzfus, mãe de Mary, e Ruth Stoltzfus, a avó idosa de Mary por parte de pai, bem como a tia-avó de Katie, Ella Mae Zook, também conhecida como a Mulher Sábia, sentada ao lado de sua filha enérgica, Mattie Beiler (que era casada com o irmão mais velho do bispo), e Becky e Mary Zook, noras de Ella Mae. Katie também viu suas primas Nancy, Susie e Rachel Zook; Naomi, Mary e Esther Beiler. Mais mulheres eram esperadas.

Todas cumprimentaram Katie com entusiasmo, ansiosas para falar do casamento que estava próximo. Mas nenhuma mencionou o grande corte de tecido e forro estendidos, esperando que os quadrados pré-cortados fossem costurados, formando uma colcha bem colorida. Nem o fato de Rebecca, mãe da noiva, ainda não ter chegado.

Katie tentou ser amável, mas, na primeira oportunidade, saiu correndo e começou a atravessar o gelo em direção à charrete de sua família. Ela não ficou surpresa que Mary Stoltzfus também saísse pela porta da cozinha, seguindo-a de perto.

— Katie, espere!

Mas ela continuou em frente, atenta a seus passos enquanto atravessava o quintal.

Mary ofegava quando a alcançou, as bochechas coradas do frio e do esforço.

— Você parece preocupada com alguma coisa.

Katie se deteve e se virou para a amiga.

— Nós precisamos conversar... e logo.

— Eu vou daqui a pouco. *Jah?*

— Não. — Katie negou com a cabeça. — Não na minha casa. Nós vamos ter que nos encontrar em outro lugar, um lugar discreto.

Mary lhe deu um olhar desconfiado.

— Eu pensei que você estaria em casa, costurando seu vestido de casamento.

Katie forçou um sorrisinho.

— Está quase pronto.

— Pensei que você já tivesse terminado a esta altura.

— *Jah*, eu sei. — Sem se explicar, Katie foi até a charrete parada na entrada a oeste da casa. Mary correu atrás dela.

— Podemos conversar agora. — Ela olhou, apreensiva, para a casa. — Se você estiver com pressa.

— Não tenho pressa. Conversaremos mais tarde.

— Katie, alguma coisa está muito errada. Dá para ver.

Diante do olhar arregalado de compaixão de Mary, Katie sentiu as lágrimas subindo, borrando sua visão.

— Não é nada, sério. — A voz dela ficou rouca.

Mary estendeu suas mãos enluvadas, e Katie cedeu ao peso que trazia dentro de si. Ela enterrou o rosto no ombro macio da amiga.

— *Tudo* está errado — ela exclamou. — Oh, Mary... Tudo.

Pegando a mão de Katie, ela a puxou para trás do cavalo, onde não seriam vistas de dentro da casa.

— Eu sabia. Você não entende? Amigas são para isso. O Senhor reúne as pessoas por um motivo. Por isso Ele reuniu nós duas, Mary e Katie.

Ao ouvi-la mencionar a amizade de infância, Katie sentiu os olhos ficarem mais embaçados.

— *Himmel*, não é... — Mary fez uma pausa; sua expressão estava grave. — Essa conversa... não é sobre o casamento, é?

Katie hesitou. Mas o que ela tinha para dizer não era para os ouvidos da comunidade. Se houvesse a menor chance que alguém as ouvisse...

— Agora não — ela insistiu.

— Então, *é* mesmo sobre seu casamento com o bispo, não é? — Mary especulou, com delicadeza.

Ver aquele rosto redondo, angelical, tão preocupado foi um consolo. Mas Katie sentiu o coração apertar quando encarou aqueles olhos azuis que tudo sabiam. Aquele olhar. Vasculhava fundo na alma dela, reforçando a sensação de que Mary sempre parecia saber o que era certo e bom.

— Vamos conversar esta noite — foi tudo o que Katie conseguiu dizer. — Eu venho até aqui depois do jantar.

Relutante, ela subiu na charrete e colocou o cavalo idoso a caminho da Travessa Hickory. Virou à direita no fim da entrada dos Stoltzfus, que ficou marcada por sulcos profundos e gelados produzidos pelas rodas do veículo na crosta de neve.

Melaço puxou a charrete ladeira acima enquanto uma melodia tocava na cabeça de Katie. Ela tentou, durante algum tempo, deixar de lado suas dúvidas e reflexões, para permitir que o campo tranquilo a acalmasse.

Pairava no ar o cheiro da fumaça de madeira queimando, e os corvos resmungavam de um lado para outro no céu. Um passarinho cantou uma série gutural de notas e saiu voando. Em algum lugar perto do limite de uma floresta pouco densa, no lado oposto da estrada deserta, um cervo solitário provavelmente a observava — embora Katie não pudesse vê-lo nem ouvi-lo —, alertando-a de modo primitivo de que não era seguro passar por aquele trecho remoto da estrada no meio da comunidade amish. A área era tão isolada que não havia a mínima marca no mapa de Lancaster sugerindo a existência de Hickory Hollow — lar de duzentas e cinquenta almas.

Uma fazenda após outra ia surgindo, como uma colcha de retalhos marrons e cinzentos, enquanto Katie ia sacolejando no trecho de três quilômetros da estrada principal. Na charrete, ela se debatia com a ideia de que alguém pudesse conhecê-la tão bem como parecia ser o caso de Mary. Se a amiga não fosse a mais doce e gentil que havia, Katie teria rejeitado de pronto a ideia de que uma pessoa pudesse entrar em seu coração e saber as coisas quase antes dela própria.

Mas agora há pouco Mary tinha avaliado a situação e imaginado que era o casamento o que incomodava Katie. Cinco anos antes, ela tinha previsto que Katie nunca amaria um homem como tinha amado Daniel Fisher. Ela tivera até mesmo a ousadia de dizer que, quando eram pequenas, Katie era a favorita de sua mãe. Sim, quisesse ela ou não, Mary Stoltzfus quase nunca estava errada.

Tremendo de frio, Katie apertou mais o casaco à sua volta. Era possível alguém conhecer outra pessoa assim tão bem? Uma mulher não devia ter seu santuário particular, aquele lugar secreto no coração e na cabeça em que ninguém mais podia entrar?

Ela estalou as rédeas e apressou Melaço. *Talvez desta vez Mary esteja errada*, ela pensou. *Talvez ela esteja errada sobre estar assim tão certa.*

Em casa, Rebecca estava atrasada. O mutirão da colcha iria começar em breve, mas primeiro o mais importante. Ela tinha algo a fazer antes de sair. O momento era conveniente, já que Katie ainda não tinha voltado com a charrete da família. E Samuel e os garotos haviam saído para comprar nozes e castanhas para o casamento.

Apressada, ela abriu a porta que dava acesso ao porão frio. Ali, com a ajuda das mulheres do distrito da igreja, ela tinha armazenado oitocentos potes de comestíveis. Ela, por sua vez, também tinha ajudado suas vizinhas a fazer suas conservas. Pilhas de batatas, cebolas, nabos e batatas doces estavam armazenadas separadamente, mais do que o suficiente até a próxima colheita. Havias fileiras e mais fileiras de potes cheios de conserva de beterraba, *chow-chow*, *relish* de tomate e salada de feijão, além das deliciosas geleias de Rebecca.

Mas não era comida para servir em sua mesa que tinha levado Rebecca até o porão frio. Na verdade, comida era a última coisa em que ela pensava enquanto descia os degraus estreitos. Em sua mão, ela levava uma roupa de bebê embrulhada em papel.

Ela tinha ficado preocupada com o outro esconderijo — a parte de baixo do baú de cobertores. Na noite anterior, depois que Samuel dormira, ela tinha ido até o sótão, encontrado o vestido — ainda abrigado em seu embrulho — e grudado, com fita adesiva, aquela coisa linda na parte de baixo do baú do enxoval. Estava tão preocupada que alguém — qualquer um — pudesse encontrar a pequena peça de roupa que, quando Katie saiu inesperadamente com a charrete, depois do café da manhã, Rebecca decidiu aproveitar a casa vazia. Ela encontraria um local melhor, mais seguro, para colocar o vestido.

Com tristeza, a ideia de destruir a roupinha lhe passou pela cabeça, mas, ao se aproximar do fogão a lenha, outro pensamento não a deixou jogar o vestido no fogo. Um lampejo assustador de racionalidade — e de contradição.

E se algum dia isto for tudo o que você tiver?

Ela tentou afastar aquela ideia disparatada, mas em seu lugar veio um caroço na garganta que quase a sufocou. Perplexa, deixou o vestido cair. Quando se inclinou para pegá-lo, um aperto afundou seu peito e ela sentiu como se o coração fosse se partir.

Com cuidado, ela tirou a roupa de seu embrulho e começou a orar em silêncio, apertando o tecido macio de cetim no rosto.

Oh, Senhor Deus, Pai celestial, mantenha este vestido longe de olhos que poderiam atrapalhar e perturbar suas muitas graças e bondade em nossas vidas através de Jesus Cristo. Amém.

As palavras saíram numa mistura de alemão da Pensilvânia e emoção doméstica. Rebecca nunca fazia suas orações do modo que as "pensava". O Senhor merecia respeito e reverência, afinal. Oh, ela sabia de outras pessoas que achavam certo se aproximar do trono da graça do mesmo modo que se conversa com um bom amigo. Mas esse tipo de coisa parecia uma verdadeira heresia para o modo de pensar de Rebecca.

Nos fundos da escura despensa do porão, além dos armários de alimentos e pudins em conserva, Rebecca viu um lindo conjunto de armário e bufê. Ela encontrou um lampião a querosene e o acendeu. Em seguida, apressou o passo até chegar às encantadoras peças de mobília, feitas a mão por Samuel cinco anos antes, quando Katie e Daniel passavam tanto tempo juntos. Os móveis sólidos de pinho tinham sido levados para o porão. Não eram necessários para o casamento que se aproximava, embora tivesse havido alguma conversa sobre o bispo querer leiloar a mobília de sua falecida esposa a fim de abrir espaço para as coisas de Katie. Essa ideia fora descartada, contudo, quando a pequena Nancy, de 9 anos — sentimental a respeito dos pertences da mãe —, pedira para manter a mobília que um dia seria seu próprio dote. Então o armário de Katie permaneceria no porão por enquanto.

Talvez a noiva de Eli pudesse aproveitá-lo. Ou a de Benjamin. Em segredo, os dois meninos estavam cortejando garotas, Rebecca tinha quase certeza. Um casamento duplo poderia acontecer em novembro do ano seguinte.

Este ano, contudo, seria o de Katie. Ela se mudaria para a casa de John, onde usaria a mobília dele — tudo de que um casal podia precisar. O dote típico de uma noiva, como um armário para a cozinha ou um bufê para a sala, não seria necessário. Uma mesa articulada também não.

Mas haveria um dote, e Rebecca tinha planejado algo muito especial. Além da colcha nupcial, de lençóis e toalhinhas de crochê, ela daria mil e oitocentos dólares para a filha.

Embora não tivesse dito nada para Samuel, ela estava certa de que ele concordaria. De muitos modos, o dinheiro, que vinha acumulando juros ao longo dos últimos vinte e dois anos, era um dote apropriado, e Rebecca se viu pensando nas circunstâncias peculiares a respeito dele.

O céu matinal ameaçava chuva no dia em que ela e Samuel entraram no assento traseiro do carro grande e chique de Peter e Lydia Miller para ir até o centro de Lancaster. A viagem pareceu supreendentemente rápida — apenas vinte minutos —, se comparada ao típico trajeto de charrete, que levava cerca de duas horas, dependendo do tráfego.

Rebecca sentiu-se grata pela carona numa hora daquelas. Suas contrações estavam próximas demais, e ela receava que estivesse entrando em trabalho de parto prematuro. Após dois abortos consecutivos, e no oitavo mês de gravidez, sentia-se fraca de preocupação. Fazia pelo menos um dia que não sentia o bebê se mexer.

Casada desde os 18 anos, ela ainda era bem nova. Nova demais, aos 24, para encarar outra perda. Em alguns dias, antes desta gravidez, ela se pegava quase desesperada de tristeza e saudade. Quase dois anos tinham se passado desde que Benjamin, seu caçula, chegara com tanta facilidade que Mattie Beiler, a parteira falante demais, quase não estava pronta para pegá-lo. Mas agora havia algum problema. E sério.

A prima Lydia prometeu rezar por um parto seguro enquanto Peter, seu marido, parava o carro junto à entrada de emergência para eles descerem. Mas, para desalento de Lydia, Rebecca tinha insistido em ir sozinha. Nem mesmo as parentes mais próximas de Rebecca sabiam de seus medos ou do fato de que o bebê tinha parado de chutar. Ela só precisava da companhia de uma pessoa nesse dia. Samuel.

Um auxiliar alto e jovem foi até eles na porta com uma cadeira de rodas. Samuel respondeu às perguntas da funcionária da recepção enquanto Rebecca permanecia absolutamente imóvel, rezando por movimentos vitais em seu útero — em vez daquele peso inerte e silencioso.

Segurando as lágrimas, ela pensou nos seus pequeninos em casa — o feliz Benjamin, saído das fraldas, com 2 anos; Eli, um garoto autoconfiante e determinado já aos 3 anos. Seu mais velho, Elam, um garoto forte e belo que, aos 5, já ajudava Samuel a ordenhar as vacas e arar a terra.

Oh, mas ela queria mais filhos. Uma garotinha... talvez duas ou três. Samuel, afinal, tinha conseguido seus meninos primeiro — três de uma vez —, e Rebecca amava-os de todo o coração. Mesmo assim, algo estava faltando. Uma filha para aprender os velhos costumes com a mãe, e um dia dar muitos netos e netas para ela e Samuel.

O novo bebê também veio com rapidez. Natimorto.

Rebecca não quis permanecer no hospital depois do parto. Seu corpo estava fisicamente forte, mas suas emoções, em frangalhos. Como ela poderia encarar o Povo — seus parentes amados e amigos próximos — de braços vazios?

Sejam férteis e multipliquem-se, disse o Bom Livro. A esterilidade era quase uma maldição, e, na comunidade *Plain*, a infertilidade era uma praga implícita.

As palavras do médico foram cuidadosas, mas incisivas.

— Seja grata pelos filhos que já tem, Sra. Lapp.

Os filhos que já tem... O que significava que os três meninos seriam os únicos filhos que ela e Samuel teriam.

As enfermeiras foram gentis, compassivas até. Algumas, Rebecca notou, desviavam rapidamente os olhares curiosos do seu *kapp*, tentando não encará-la. Ela podia suportar a curiosidade delas, mas não sua piedade. Esse sentimento já vinha em excesso de dentro dela, e bastava.

Samuel foi gentil como nunca, ficando ao lado dela depois que o pior tinha passado, sendo forte por ela, que jazia deitada sob o lençol branco, inconsolável.

Mas, "falando providencialmente" — como Samuel mais tarde diria —, a angústia daquelas horas sombrias se transformaria num dia de júbilo. Tudo pareceu se encaixar, até o encontro com a adolescente e sua mãe.

Tudo.

A própria sucessão de eventos pareceu, de algum modo, programada. Um encontro divino, ela sempre pensara. Quem esperaria que acontecesse algo tão extraordinário — poucas horas após ela perder a filha de sua própria carne? Mas aconteceu, e ninguém — *ninguém* — jamais notou a diferença.

O dinheiro — quinhentos dólares em dinheiro — apareceu mais tarde, uma surpresa.

Mas tinha estado ali o tempo todo, enrolado nas dobras do cobertorzinho da bebê. Rebecca o tinha descoberto no envelope em alto-relevo cor de creme, com as palavras "Por favor, use este dinheiro para a vida nova da minha bebê" escritas numa letra cursiva linda, enfeitada, que assinava "Laura Mayfield".

Perguntando-se se não tinham se envolvido em algo ilegal, Samuel a princípio não quis ficar com o dinheiro. Mas este logo foi esquecido, depositado no banco para ganhar juros, à espera de uma emergência ou alguma outra necessidade. A nova bebezinha — sua preciosa Katie — imediatamente se tornou o centro de suas vidas. Foi ela, não o dinheiro, que logo os conquistou. Para Rebecca, Katie era parte de seu corpo do mesmo modo que Elam, Eli e Benjamin. Ela amamentou a bebê até a infância, acalentou-a e amou-a na doença e na saúde... como tinha feito com seus filhos. Katie também era sua carne e seu sangue. Do mesmo modo. E, de alguma maneira — talvez por causa da forma como a menina tinha chegado para eles —, era até mais especial.

As lembranças trouxeram lágrimas, e Rebecca se virou, ergueu o lampião e enxergou um berço de pinho colocado em cima do armário. Ansiosa para vê-lo outra vez, ela colocou o vestidinho na prateleira de baixo, subiu num dos velhos baldes de água que havia por perto e se esticou para pegar o berço. Quando o pegou, notou, inesperadamente, um vaso branco dentro dele.

Rebecca sorriu, lembrando-se das flores. Lydia Miller tinha vindo visitá-la naquele dia de junho após a chegada da pequena Katie a Hickory Hollow. Ela aparecera com um buquê de flores coloridas tiradas de seu próprio jardim. Rebecca ficara surpresa e, verdade seja dita, um pouco estarrecida por ver as flores vibrantes arrancadas da terra. Ela e suas amigas nunca colhiam flores do jardim, pois acreditavam que deviam ser vistas e admiradas no local em que Deus as colocou. Por causa disso, não havia utilidade para um vaso de flores na casa dos Lapp.

Dias depois, com as flores secas e mortas, Rebecca guardara o vaso no porão. Anos mais tarde, ela o colocara dentro do berço de Katie.

O vaso alto, estreito e fundo, seria um excelente esconderijo. Com cuidado, Katie enrolou o vestido de bebê e o enfiou no recipiente vazio, imaginando o que a prima Lydia diria se soubesse como seu presente estava sendo usado.

Rebecca nem pensou em como tiraria o vestido dali, ou mesmo se chegaria o dia em que ela iria precisar — ou querer — fazê-lo. Bastava que o vestido estivesse escondido.

Capítulo cinco

K atie voltava lentamente pela Travessa Hickory. Os *plique-ploque- -pliques* repetitivos dos cascos do cavalo acalmavam sua alma e tranquilizavam sua mente. Ao ar livre, na estrada vazia, com apenas Melaço para ouvi-la, ela se permitiu o prazer de cantarolar. A melodia era velha. Conhecida e querida, a última música que ela e Dan tinham composto juntos. Ao contrário das outras, esta tinha letra. Mas Katie não conseguia cantá-la. Daniel — seu amor, sua vida — estava morto. Afogado no Oceano Atlântico, deixando-a para trás.

Envolvidos demais um com o outro para dar atenção a detalhes triviais, eles não deram um título para a canção na época. Passaram seus últimos dias ensolarados rindo e cantando — como se o tempo fosse se estender para sempre.

Num desses lindos dias, eles subiram numa pedra enorme, enfiada no meio do riacho Weaver, a quilômetros da Travessa Hickory. Ali, com a primavera brilhando ao redor deles, a canção lhes viera com facilidade, nascida de seu amor e suas risadas, e do dia quente e preguiçoso.

Katie se pegou cantarolando alto demais, em parte desafiando os anos. Anos que lhe tinham roubado Dan — alguém com quem dividia seu amor pela música. Anos solitários, nos quais tinha tentado — e fracassado — dominar sua teimosa necessidade de cantar, de dar ao seu coração uma voz, acompanhada pelos alegres acordes do violão de Dan.

E agora seu pai insistia que ela confessasse — a um dos diáconos e ao Pregador Yoder — o pecado que mantinha viva a lembrança de seu amado.

A ideia parecia absurda. Pensar em revelar a coisa linda que a mantinha ligada a Dan. Ora, isso seria uma traição pura e simples.

Ela parou de cantarolar e pensou em suas opções. Caso se recusasse a se confessar em particular, uma confissão *sentada* seria necessária. Ela deveria aguardar até o fim do próximo sermão e permanecer sentada no meio da congregação dos membros. Ali, antes da refeição comunitária, teria que declarar — na frente de todos — que havia pecado.

Talvez, ela refletiu enquanto Melaço apertava o passo ao se aproximar de casa, para se tornar pura diante de Deus e da igreja, ela devesse admitir que havia pecado repetidamente ao longo dos anos — mesmo após seu pai a ter flagrado, adolescente, dedilhando o violão no palheiro e a proibido de tocar. Mas ela não tinha certeza se contaria a parte das transgressões repetidas. Já era ruim o suficiente cantarolar músicas proibidas enquanto voltava para casa de um mutirão em sua homenagem, onde as mulheres faziam a colcha nupcial dela e do bispo.

Katie suspirou, seu hálito espalhando-se no ar frio. De qualquer modo, seria esperado que ela dissesse estar dando as costas para o pecado, o que deveria ser dito de todo o coração. Mas ela deixaria Dan de fora. Não era justo culpar alguém cujo corpo jazia frio num túmulo úmido. Disso ela tinha certeza.

A confissão, particular ou pública, seria só dela. Katie teria que pedir ao diácono ou ao Pregador Yoder que a perdoasse. Era isso ou falar diante de toda a congregação. Porque, se ela não se confessasse por sua conta, com certeza seu pai iria até o Bispo John e relataria sua desobediência.

No dia de seu batismo, anos antes, Katie concordara com esse processo de correção pela igreja. Nesse ritual havia muito professado, era como se fazia. O arrependimento precisava ser público. Se ela demorasse muito a fazer sua confissão, para consegui-la, então, o bispo teria que trazer outra testemunha — possivelmente o pregador ou um dos diáconos. O evangelho de Mateus dava instruções muito claras: "Leve consigo mais um ou dois, para que pela boca de duas ou três testemunhas cada palavra seja confirmada".

Ao pensar em alguém contando a John sobre seus pecados, Katie sentiu o rosto ficar quente de vergonha. Ela não queria que seu futuro marido, bispo ou não, soubesse desse modo. Uma decisão tinha que ser tomada por ela própria. Ela devia desistir de suas inclinações musicais e abandonar o violão, agora escondido no fundo do palheiro. Katie devia abandonar tudo e esquecer a ligação amorosa entre Dan e ela. Para sempre.

As batidas abafadas dos cascos do cavalo na estrada coberta de neve embalaram Katie, instilando-lhe um sentimento de serenidade, apesar da confusão dentro de si. Ela podia confiar nos costumes. O arrependimento endireitaria tudo. De algum modo, e ainda que só de pensar nisso ficasse aflita, ela teria que se confessar. Por sua posição futura no Povo; pelo bem do Bispo John e de seus filhos queridos, se não por qualquer outro motivo.

Ela se recostou no assento de couro duro da charrete e suspirou. Se soubesse o que dizer para Deus, teria dito naquele momento, no ar gelado, do jeito que as primas menonitas de sua mãe faziam, com frequência, nas reuniões de família. Embora os eventos sociais fossem poucos e esparsos, Peter e Lydia Miller eram as pessoas mais gentis e amigáveis que existiam. E eles pareciam se sentir à vontade para falar com o Senhor durante a oração da refeição ou em qualquer outro momento. Quando voltavam para casa dessas reuniões, *Dat* não perdia tempo em dizer para Katie e os garotos como parecia superficial o relacionamento dos Miller com o To-do-Poderoso. *Mam* concordava.

Outra charrete cinza se aproximava pela pista da esquerda, em sentido contrário, e ela viu que era a neta mais velha de Mattie Beiler, Sarah, que provavelmente ia para o mutirão da colcha. Elas trocaram um aceno e um sorriso. Katie seguiu em silêncio por algum tempo, até que, à distância, ouviu seu nome.

— Katie! Katie Lapp... é você?

O pequeno Jacob Beiler estava brincando com uma corda e uma pequena carroça ao lado da estrada, fingindo ser o cavalo, ao que parecia. Seus profundos e inocentes olhos azuis, emoldurados pela franja da cor do trigo maduro, observavam-na, ansiosos, debaixo do chapéu preto, enquanto ele corria até o meio da estrada, acenando para ela parar.

*L*á vem minha nova mãe!, Jacob pensou, encantado. *Mal posso esperar até ela ir para nossa casa. Espero que cozinhe bem.*

Katie Lapp sempre se sentava ereta na charrete, Jacob pensou, segurando as rédeas quase como o pai dele fazia, os olhos brilhando. Mas ela era diferente de todas as outras mulheres *Plain*, não dava para ignorar. Talvez fosse o cabelo. Era meio avermelhado...

Jacob pensou nisso por um momento. O cabelo dos pais dela não era assim. E os irmãos dela eram loiros... *como eu.*

Ela também era bonita de verdade, e muito divertida. E cantarolava músicas. Ele sabia disso porque a tinha ouvido cantarolando quando passara pela estrada, algo que nunca tinha ouvido sua mãe fazer. Mas, também, ele era só um bebê quando a mãe morrera. Mesmo assim, ele tinha certeza de que sua mãe nunca, jamais, tinha cantado, a não ser durante a pregação. Nenhuma das outras mulheres que ele conhecia cantarolava ou mesmo cantava músicas. Katie era a primeira. Ele mal conseguia esperar que ela se tornasse sua mamãe verdadeira e que fosse morar em sua casa...

K atie fez Melaço parar por completo.

— Ora, ora... Olá, Jacob. Precisa de uma carona para casa?

O garoto de 4 anos subiu na charrete, içando a longa corda e a carrocinha.

— *Jah.* O papai deve estar imaginando o que aconteceu comigo. — Ele bateu as mãos protegidas por luvas cinzentas de lã e apertou o casaco pesado à sua volta.

Katie se perguntou se a mãe dele tinha feito as luvas antes de morrer. Ou se eram reaproveitadas. Com quatro irmãos mais velhos, era o mais provável.

Ela cobriu as pernas com um cobertor pesado, pegou as rédeas e as estalou.

— Está muito frio para alguém do seu tamanho estar brincando aqui fora, não acha?

— Não. Papai diz que sou mais forte que os garotos da minha idade. — Os olhos dele brilharam enquanto falava.

— Acho que ele tem razão. — Ela olhou para o corpinho magro a seu lado.

— Papai deve ter sempre razão. — A voz dele vibrou com um orgulho saudável. — Deus faz os bispos assim, sabe?

Katie sorriu. Ela imaginou como seria ouvir o filho mais novo de John tagarelar, todo dia, sobre coisas de garotinhos. Ela ouviria feliz as tagarelices dele. Feliz... só que...

Entregar seu amor a Jacob e seus irmãos e irmãs significava desistir de algo além da música. Na semana passada, quando ela e John foram até Lancaster dar entrada nos papéis do casamento, ela mal tinha conseguido se segurar para não ficar encarando as roupas coloridas que as mulheres "inglesas" vestiam. Katie conseguiria desistir de seu aparentemente interminável desejo de se maravilhar, de sonhar e imaginar "e se"?

E se um dia ela ousasse usar um vestido rosa ou amarelo; deixar o cabelo solto ou preso em lindas tranças? Qual seria a sensação? Isso poderia mudá-la por dentro?

Vários meses antes ela tinha discutido o assunto discretamente com Mary, e a amiga respondera que não eram apenas as roupas sóbrias que as tornavam amish. "É aquilo em que acreditamos", Mary afirmou, com convicção. "Nós fomos ensinadas a 'fazer todo o esforço para manter a unidade do Espírito através da união pela paz'. Eu não preciso dizer para você o que isso significa."

Katie sabia. Sua melhor amiga estava, claro, referindo-se às Escrituras, que, em Efésios, ensinavam a uniformidade das vestimentas, dos transportes e das moradias.

— E quanto aos ingleses... e quanto a *eles?* — Katie insistiu.

Mary ficou exasperada com ela.

— Os ingleses não sabem de nada, é isso. Eles... esses modernos mundanos... ficam trocando e trocando de roupa e não sabem o que é o quê. Eles nem sabem quem são!

Katie escutou, encolhendo-se por dentro diante da severidade de Mary.

— Além do mais — Mary continuou —, é tarde demais para se questionar. Você já fez seu voto perpétuo. — Ela parou para tomar fôlego e encarou Katie com um olhar implacável. — É melhor nunca fazer o voto... do que fazer e depois quebrar.

Desobedecer à Ordem trazia consequências terríveis, Katie sabia bem disso. O Banimento e o *Meinding* eram uma parte assustadora do modo como as coisas aconteciam — das *Alt Gebrauch*, o Velho Costume.

Sem aviso, Jacob deu um salto dentro da charrete.

— Oh, olhe, é o papai! — Ele apontou para uma casa branca de tábuas, com dois andares.

Os pensamentos de Katie voltaram de suas divagações. Quanto da tagarelice de Jacob ela tinha perdido? Em sua preocupação, quase tinha passado da casa dos Beiler!

Sua culpa quase a deixou tímida na hora de retribuir a calorosa saudação de John, de pé na varanda alta que ocupava toda a frente da casa.

— Bom dia, Katie!

Katie conduziu Melaço até o pátio do celeiro, onde o cavalo parou sobre os sulcos feitos pela charrete do bispo. Como era costume na Velha Ordem, John tirava o sustento de sua família da terra e da forja, e ainda servia a Deus e à comunidade como bispo. Pelas marcas na neve, Katie pôde ver que ele já tinha feito várias entregas para clientes naquela manhã.

Katie deixou as rédeas soltas em seu colo e observou a paisagem coberta de neve que se estendia para longe da estrada — a herança que John tinha recebido de seu falecido pai.

Era uma terra vasta e tranquila, com três amoreiras majestosas enfeitando o jardim frontal. Ela quase podia imaginar as marias-sem-vergonha abraçando a base da árvore nos dias quentes e os exuberantes canteiros de flores, bem cuidados na primavera e no verão pela esperta Nancy, a filha mais velha do bispo. Pendurada em um dos galhos baixos havia uma corda grossa e comprida, lembrança das brincadeiras das crianças, com um nó duplo congelado na ponta.

Jacob se virou para falar com Katie, e pequenas nuvens de respiração se formavam no ar a cada palavra.

— Eu ouvi você cantando lá atrás... na estrada?

A pergunta inocente a pegou de surpresa.

— Cantando?

— *Jah*, quando você vinha pela estrada... Pensei ouvir uma música.

O pulso de Katie acelerou. Com alguns passos, John chegaria ao seu lado. Ela não queria estar discutindo suas músicas com Jacob quando o bispo chegasse para cumprimentá-la.

— Oh, você dever ter ouvido apenas algum zunido — ela disse, na esperança de que o pequeno não insistisse no assunto. Mas ele não desistiria assim tão fácil.

— Um dos hinos do *Ausbund*? — Jacob perguntou. — Eu também gosto de cantar na igreja. Eu gosto do "Hino do louvor".

Katie sorriu, nervosa. Ali estava um garoto que amava música quase tanto quanto ela. A jovem só esperava que ele não tivesse notado que sua música era diferente das que constavam do hinário do século XVI.

— Você vai vir para o jantar? — ele pediu, os olhos brilhando para ela. — Nós poderíamos cantar hinos, quem sabe.

— Bem... — ela hesitou, sem saber como responder, já que o pai dele ainda não tinha se manifestado.

— Ah, por favor, Katie? Eu até ajudo você a cozinhar.

John se aproximou, remexeu no cabelo do garoto e o puxou para perto no momento em que as crianças mais velhas apareceram na janela, acenando e sorrindo, formando uma escadinha.

— Então não vamos convidar apenas Katie, mas também toda a família dela. — A óbvia alegria de John era tocante. Mesmo com o casaco de trabalho preto, o chapéu de feltro e a barba cheia indicando sua condição de viúvo, o bispo tinha uma presença impressionante. — E, falando de convites, todos os meus parentes e amigos foram notificados do casamento. Terminei esta manhã — ele acrescentou, com ar de satisfação.

— Mamãe e eu também terminamos — Katie disse, aliviada porque os momentos iniciais de constrangimento tinham passado. — Todos menos os primos menonitas dela, os Miller. Acho que vamos mandar um cartão-postal para eles.

— Bem, se você precisar de alguns de nossos pratos para o banquete de casamento, é só me dizer. — Ele estendeu o braço para dentro da charrete e tocou a mão dela. — Você virá para o jantar, então?

Ela enfrentou seus temores e colocou um sorriso alegre no rosto.

— *Jah*, nós viremos. Vou dizer para a mamãe quando chegar em casa.

— *Gut*. Bom. Então esperamos todos vocês mais tarde. — Com o olhar azul acinzentado, ele fitou Katie com uma intensidade e um anseio que ela ainda não tinha visto, não nos olhos de John Beiler. E então se inclinou e a beijou no rosto.

Apesar da temperatura invernal, o rosto de Katie ficou quente e ela baixou os olhos, fixando-os nas rédeas sobre suas pernas. O desejo nos olhos dele a deixou constrangida... ciente de sua própria inocência e feminilidade. Ela tinha notado esse olhar entre outros casais, muito antes de ter idade suficiente para compreender seu significado. Mas agora não havia como confundi-lo. Sem dizer mais nada, ela tocou Melaço pelo caminho escorregadio em direção à estrada.

— *Da Herr sei mit du*; o senhor esteja contigo — John exclamou às costas dela.

— E com você — ela respondeu, desejando que o ardor de suas bochechas passasse.

Capítulo seis

Rebecca estava na cozinha calçando as botas quando Katie chegou.

— Estou muito atrasada — a mãe murmurou, apressada para colocar o xale e a touca preta de inverno. — E você, por que demorou tanto?

— Oh, eu dei uma passada na casa de Mary Stoltzfus.

Os lábios de Rebecca se torceram, ameaçando um sorriso.

— De Mary, é?

Katie sorriu.

— Todo mundo está lá, esperando por você, mamãe. Ella Mae, algumas das primas... e é provável que agora já tenha muito mais gente. É melhor você correr.

— *Jah*, imagino que estejam mesmo me esperando.

Ela saiu, às pressas, com um aceno e um lembrete para Katie terminar de costurar seu vestido de casamento.

A sensação de não estar participando de um mutirão da colcha era estranha. Katie sabia que era um evento popular no inverno. Quando a terra descansava, as mulheres do distrito da igreja costumavam se reunir para costurar, à espera de que o degelo da primavera acordasse novamente a terra boa.

Katie quase podia ouvir o bate-papo e as risadas enquanto pensava na festa e na colcha que elas estariam terminando perto do anoitecer. Algumas das mulheres provavelmente mencionariam como o pobre Bispo John tinha estado sozinho nesses últimos anos, desde que sua primeira esposa fora para a Glória, e como era maravilhoso – *gut* – que Katie tivesse aceitado seu pedido. Também era provável que de vez em quando elas fizessem um pouco de fofoca. E sempre haveria as histórias de mamãe.

Katie imaginou qual seria a história de hoje enquanto se apressava para encontrar o cesto de costura. Com o casamento dali a alguns dias, era melhor ela obedecer a sua mãe e terminar o vestido. Ela se sentou na cadeira de balanço e estava na metade da bainha quando se lembrou do convite do Bispo John para jantar. Tinha se esquecido de dizer para a mãe.

E também tinha se esquecido de outra coisa. *Mam* ficaria feliz por saber que ela havia superado suas dúvidas e decidido se casar com John, com ou sem música. No geral, era o melhor a fazer. A coisa *certa*, Mary diria.

Ainda assim, apesar de tudo, Katie se debatia com uma sensação inquietante. Ela pegou a costura e se dirigiu à grande e retangular sala da frente, onde se reuniam para a pregação de domingo quando era a vez deles de receberem o Povo. Se não estivesse se casando com um viúvo, a noite de casamento dela poderia até ser nessa mesma casa. Mas, do jeito que as coisas eram, a primeira noite dela como mulher de John Beiler seria passada na casa dele, uma espaçosa sede de fazenda transbordando de crianças. Ela se deitaria com ele na cama que John tinha dividido com sua primeira mulher.

Pensamentos constrangedores à parte, Katie correu até a porta que ligava a casa de madeira a um anexo menor — a casa de tábuas que seus ancestrais tinham construído muitos anos antes. Com os avós dos dois lados mortos, a *Grossdawdi Haus* estava vazia. Mas um dia, quando seu pai estivesse velho demais para trabalhar a terra, o anexo se tornaria a casa de seus pais. Então Benjamin, o filho mais novo, herdaria a casa principal e quase vinte hectares de terra fértil, o que efetivaria a passagem do lar da família de uma geração para a seguinte.

Katie abriu a porta e estudou a sala de estar da casa menor. Móveis esparsos estavam do modo como eram quando seus avós maternos moravam ali — um par de cadeiras de balanço de nogueira com estofamento artesanal nos assentos, uma mesa articulada de pinho perto da janela e um armário alto de pinho. Tapetes coloridos cobriam o chão, mas as paredes não tinham nenhum quadro, apenas um solitário e desatualizado calendário de paisagens na cozinha.

Katie entrou na *Grossdawdi Haus* e fechou a porta atrás de si, vagando pelos aposentos não aquecidos, desejando que *Dawdi* David e *Mammi* Essie estivessem vivos para assistir a seu casamento. Ela os imaginou participando da alegria e da preparação do ritual comunitário, sabendo que se tornariam instantaneamente bisavós postiços de cinco crianças pequenas.

Katie se sentou na cadeira da vovó com o vestido de noiva ainda nas mãos. Ela reclinou o corpo no encosto de madeira e estremeceu. Estava frio demais para se sentar ali e costurar, mas ela permaneceu sentada, evocando uma lembrança de infância que envolvia a mãe de sua mãe, Essie King — irmã gêmea de Ella Mae Zook, a Mulher Sábia.

Vovó Essie tinha pegado a pequena Katie cantarolando uma música, do mesmo modo que Jacob Beiler fizera hoje. Uma daquelas músicas rápidas, inventadas quando Katie era só uma garotinha no primeiro ou segundo ano da escola. Ela não lembrava exatamente qual ano, mas isso não importava. A lembrança que grudou na memória de Katie foi o que *Mammi* Essie disse quando levantou os olhos das ervilhas que debulhava.

— O Senhor tenha piedade; você é diferente de toda garotinha que eu já conheci! Não existe igual.

Na época isso pareceu uma repreensão, pelo modo como as palavras saíram dos lábios enrugados e feriram o coração infantil. Foram palavras de recriminação, e Katie ficou vermelha e sentiu vergonha.

Mas, ao repensar o incidente quando estava no quintal, onde pairava no ar o perfume da madressilva e as abelhas zuniam de um lado para outro, parecia que *Mammi* Essie tinha feito mais do que repreendê-la. Teria sua avó percebido nela um forte individualismo? Isso era desencorajado com vigor, Katie sabia. Quando a criança tinha 3 anos, devia ser evidente sua obediência à cultura amish. Isto é, se o pais tivessem feito um trabalho cuidadoso ao ensinar os costumes da *Gelassenheit*, a serenidade — a total submissão à comunidade e aos líderes da igreja.

Pouco depois, Katie ouviu a avó conversar com as outras mulheres durante um mutirão da colcha.

— Rebecca dá um pouco de liberdade demais à garota, se vocês querem saber. Mas a pequena Katie é a única filha dela. E a última, pelo que parece.

Inclinando-se, Katie colocou o cesto de costura no chão, ao lado da cadeira de balanço. Em silêncio, atravessou a sala para ver de perto uma manta magenta e roxa no encosto do grande sofá. Ela pegou a manta de crochê e a apertou, sentindo a textura áspera nas mãos.

— A vovó Essie sabia que eu era diferente — Katie disse em voz alta. — E ela sabia que isso não tinha nada a ver com *Mam* me adorar... nada disso. *Mammi* sabia que havia algo em mim... um anseio para encontrar um modo de deixar a música sair.

Não houve lágrimas quando Katie dobrou a manta de Essie. Sua avó morreu desconfiando da verdade — que a música era um dom divino dentro de Katie. Deus, o Criador de todas as coisas, tinha criado Katie para que ela fizesse música. Isso não era culpa de Katie.

Mesmo assim, nenhuma outra pessoa viva a compreendia. Nem mesmo Mary Stoltzfus. Somente uma a tinha compreendido e amado, e essa pessoa estava morta. Talvez porque Daniel Fisher compartilhasse da mesma luta secreta, da mesma ânsia para expressar a música que havia dentro dele. Enquanto todos ao redor pareciam estar se perdendo — unindo-se uns aos outros como os quadrados de uma colcha —, Katie e Daniel tentavam se *encontrar*.

Olhando para o passado, Katie se perguntou por que não tinha sido mais forte, por que ao menos não tentara seguir as regras da igreja. Mas não, ela aceitara de imediato a sugestão de Dan para que escrevessem suas músicas. Ele lhe ensinara a usar a pauta da clave de sol para desenhar as melodias, anotando os acordes do violão e usando cifras de letras.

Por que ela não se manifestara? Ela era fraca de espírito demais, aos 17 anos, para lembrá-lo do que a igreja exigia deles? Apaixonada demais pelo garoto com olhos de mirtilo?

Tremendo de frio, ela ouviu um som fraco de vozes através da parede. Os homens tinham voltado e deviam estar se aquecendo junto ao fogão. Tinham ficado fora a manhã inteira — removendo pedras dos campos — e provavelmente gostariam de um café preto antes de pegar a carroça para ir até um bazar numa fazenda.

Katie esperava que o pai não tivesse chamado o pregador para uma confissão particular. Relutante, ela pegou o vestido de casamento e a cesta com agulha, linha e tesoura e abriu a porta de saída da antiga casa de *Mammi* Essie. Então atravessou a sala da frente em direção à cozinha quente que a aguardava do outro lado da casa de pedra.

—*A*ch, que colcha linda vai ficar — Rebecca disse, correndo para encontrar um lugar ao redor da grande mesa na casa dos Stoltzfus. Ela puxou a única cadeira livre que restava e se sentou, soltando um suspiro. Esperou um momento para recuperar o fôlego, então pegou a agulha.

— Uma colcha quente vai ser bem útil num frio como este, *jah?* — Ella Mae disse, num sussurro.

Rebecca olhou para sua pequena tia. Ultimamente, os acessos de laringite da tia idosa pareciam se arrastar cada vez por mais tempo. Mas, na idade dela, era um espanto que continuasse participando da vida social — indo às festas de colchas e às reuniões de tapeçaria, cuidando de sua horta, recebendo as mulheres para comer torta, de vez em quando, e até ajudando a filha de meia-idade, Mattie Beiler, com seus deveres de parteira. Nem todas as jovens mães procuravam a sincera Mattie para que ela "pegasse" seus bebês, mas a maioria ainda recorria a ela.

— Não é lindo... nossa Katie se casando com o Bispo Beiler? — Mary Stoltzfus observou, falando como somente uma melhor amiga podia. Ela deu uma série de pontos complicados e cortou o fio.

— É muito tempo para o bispo ficar sem esposa... tempo demais... criando todas aquelas crianças sozinho — comentou a mãe de Mary.

Rebecca concordou, pensando que logo estaria na hora de ela distrair as costureiras com uma de suas melhores histórias. Tinha tantas vezes contado para todas ali as mesmas histórias, que as mulheres já as conheciam de cor. Mas ainda pediam que continuasse contando. Será que elas acreditavam... que as histórias eram absolutamente verdadeiras?

Ela olhou de novo para a querida Ella Mae, a Mulher Sábia. Ao longo dos anos, aquela mulher pequena tinha sido considerada digna de confiança para ouvir segredos, e também sábia para dar conselhos. Rebecca reparou que o cabelo delgado e branco dela se confundia com o *kapp* no alto de sua cabeça, de modo que não era possível saber onde terminava um e começava o outro. A mulher parecia absolutamente angelical sob a luz que entrava pela janela. E hoje, por alguma razão, ela se parecia mais com Essie King, a mãe de Rebecca, do que ela se lembrava. Sendo gêmea de sua mãe, Ella Mae tinha todo o direito de se parecer com Essie, é claro, mas, até esse momento, Rebecca tinha esquecido o quanto elas eram idênticas. Talvez fosse o modo como a luminosidade passava pelas janelas sem cortinas, destacando o rosto simpático e marcado da tia e sua testa alta. Talvez fosse o modo como Ella Mae estava sentada, com as costas retas, desafiando seus 80 anos.

Rebecca sempre se interessara por identificar as características físicas nas famílias, principalmente as semelhanças entre mães e filhas, irmãs e irmãos. Não tinha sido sua intenção ficar encarando Ella Mae, mas era evidente que o tinha feito, porque os olhos castanhos dourados da tia encontraram os seus.

— Você quer me dizer alguma coisa? — a voz grossa de Ella Mae penetrou nos pensamentos de Rebecca.

— Oh, nada... nada mesmo. É que você está... bem, tão linda. — As palavras de Rebecca surpreenderam até ela própria. Ela não era dada a elogiar os outros; não era um costume do Povo.

Ella Mae ficou em silêncio. Agradecer pelo comentário seria imitar o costume dos ingleses.

— Na verdade, hoje você está parecendo um anjo — Rebecca soltou, corando violentamente.

Dez cabeças se viraram com a alusão a um mensageiro celestial. Ella Mae riu com recato, mas não disse nada.

Se as mulheres pudessem ler os pensamentos de Rebecca, saberiam que ela ansiava por uma semelhança entre ela e a filha de cabelos avermelhados — igual às outras naquela sala. Os traços de uma família eram como o fio com o qual as mulheres costuravam os quadrados da colcha — unindo, prendendo... ligando um ao outro.

— A família Samuel Lapp vai ganhar seis membros na semana que vem — Mary Stoltzfus disse, mudando de assunto.

— Muito bom, *jah?* — Havia uma inflexão de dúvida na voz sussurrada de Ella Mae, como se ela desconfiasse de que algo estava errado.

— *Ach*, nós todas sabemos como Katie fica atrapalhada quando está para fazer algo muito importante — Mattie Beiler interveio. — Mas meu cunhado, o bispo, é um homem paciente e gentil, sem dúvida. Ele vai ser bom para ela.

Ouvir que o Bispo John era um homem paciente não surpreendeu Rebecca. Desde que o conhecera, ela se sentia à vontade perto dele. Ele cuidava da fazenda com esmero, trabalhando longas horas todos os dias, assim como da forja, atendendo Hickory Hollow e os arredores. E ainda criava os filhos bem, com a ajuda do jovem John — apelidado de "Hickory John" para diferenciá-lo do pai — e de Nancy, a filha mais velha, sempre repreendendo os mais novos para que temessem o Senhor.

Mas o que Mattie tinha acabado de falar a respeito de Katie, que ela fica atrapalhada às vezes?

— Minha filha não fica, não — Rebecca disse.

— Fica sim, e você sabe disso — Mattie retrucou.

Os olhos de Rebecca dispararam flechas de fogo através da colcha.

— Eu agradeceria se você não falasse assim da minha Katie.

Uma conhecida expressão de descontentamento, acompanhada de uma bufada, foi a resposta de Mattie. A rixa entre as duas mulheres continuava forte. Com a força de vinte e dois anos.

Rebecca tinha certeza de que sabia o que a prima estava pensando. Mattie achava que tinha sido esnobada de propósito no dia do nascimento de Katie. Em vez de chamar a parteira local, Rebecca tinha ido ao Hospital Geral de Lancaster ter sua bebê prematura. Ela tinha deixado um médico *inglês* pegar sua filha.

— Bem, Katie e eu vamos ser cunhadas em breve — Mattie disse. — Eu não poderia dizer nada a não ser coisas boas a respeito dela.

Mas, em seu coração, Rebecca sabia que não era assim. Ali estava a mesma mulher que tinha feito uma grande confusão quanto aos planos para o funeral de Daniel Fisher, pois a família não tinha um corpo para enterrar. Mesmo com Katie chorando e implorando, Mattie e seu marido, David, foram até os Fisher e os convenceram a conversar com o bispo.

— Enterrar um caixão vazio é algo que nunca foi feito — David Beiler insistiu à época.

Então a própria Katie foi falar com os Fisher, e pediu que, pelos menos, eles fizessem um funeral simples para o filho, algum tipo de reunião discreta, com uma oração e um hino falado. E uma cruz de madeira indicando uma sepultura.

Rebecca sabia que, cedo ou tarde, teria que perdoar a prima pelo sofrimento adicional que tinha causado a Katie. Mas não agora. Ela apertou os lábios e manteve os olhos no trabalho, dando seus pontos na colcha de casamento.

Foi bom que Mary Stoltzfus tivesse falado nesse momento, pedindo uma história para Rebecca... E a narrativa começou.

Em pouco tempo as mulheres estavam reagindo com a costumeira risada alegre. Todas, menos Mattie.

Sentindo a hostilidade no ar, Rebecca teve cuidado nesse dia para evitar qualquer menção às travessuras de seus filhos... ou à chegada de Katie. Não seria aconselhável. Nem um pouco. Não com Mattie Beiler agindo daquele modo.

Katie ficou grata. Nem o diácono nem o pregador esperavam por ela na cozinha quando chegou da *Grossdawdi Haus*.

Com rapidez, ela passou um café e esquentou pãezinhos suculentos, recheados de geleia, para o pai e os irmãos. Mas, no minuto em que os três saíram para o bazar, Katie correu para o celeiro. Com o coração batendo forte e a saia longa esvoaçando, atravessou o local e subiu a escada até o palheiro.

O dia não estava tão frio como nas últimas semanas. Não havia nenhuma nuvem à vista, e um sol poderoso brilhava por entre as tábuas. Era o momento perfeito para tirar o violão do esconderijo. Ela o encontrou debaixo do feno velho, no canto oeste, perto das latas de feno.

Com carinho, ela espanou a poeira cinzenta do estojo com seu xale de lã. Katie abriu o estojo, pegou o instrumento e o ajeitou debaixo do braço direito. Sem hesitar, começou a afiná-lo, mexendo nos trastes. Aquela podia ser a última vez por um longo tempo — ou, quem sabe, para sempre.

Ela cantou primeiro várias músicas de Dan, depois as dela. Deixou para o final a canção romântica que os dois compuseram juntos, sabendo que não importava quantas vezes ela pecaria cantando entre aquele momento e a confissão que precisaria fazer. Sentindo a rebeldia crescer, desobedeceu os costumes intencionalmente e tocou de novo. E de novo.

Enquanto tocava, ela se lembrou...

$$\diamond \; \diamond \; \diamond$$

O sol refletia na pelagem reluzente do cavalo de Daniel, escovado com perfeição, que puxava a charrete nova em folha pela estrada na direção do riacho Weaver. O braço dele roçava no de Katie, fazendo uma sensação de formigamento subir pela coluna dela. Ele fez uma curva com muita velocidade, o que jogou Katie contra seu corpo, fazendo-o rir. Então ele colocou o braço esquerdo ao redor dela, segurando as rédeas com a mão direita, mantendo os olhos na estrada.

— Não importa o que aconteça — ele disse —, lembre-se de que eu te amo, Katie Lapp.

O coração dela vibrou com essas palavras, e ela prestou atenção aos ecos que produziam em sua cabeça. Nunca tinha se sentido tão querida, tão segura.

Os dois seguiram em silêncio mais um pouco. Então, inesperadamente, Daniel deteve o cavalo e, à luz do dia, virou-se para fitá-la. Ela viu o desejo nos olhos brilhantes de mirtilo, o tremor no lábio inferior dele.

— Você também me ama, não ama? — ele perguntou, delicado, segurando as mãos dela.

Katie olhou em redor.

— Acho que nós não deveríamos...

— Eu quero você comigo, Katie, sempre — ele sussurrou no ouvido dela, e a preocupação em ser vista daquele modo sumiu.

Ela se aninhou no peito dele e respondeu com um sussurro.

— Eu te amo desde que era uma garotinha. Você não sabia? — Katie sentiu uma risada suave sacudi-lo enquanto ela relaxava em seus braços.

— Você *ainda* é uma garotinha.

Ela se afastou e o encarou de frente.

— Tenho idade suficiente para ir aos Cânticos, não se esqueça!

Ele saltou da charrete e deu a volta correndo no veículo, parando do lado esquerdo, primeiro oferecendo a mão para Katie, depois deixando o cavalheirismo de lado e abrindo os braços para ela. Sem pensar no que aconteceria se fossem vistos fazendo aquilo — ou ao menos se importar com isso —, Katie saltou, deixando que ele a pegasse e a abraçasse.

Ele não a soltou até envolver o rosto dela com as mãos e o inclinar para encontrar seu olhar.

— Você é a criatura mais linda desta terra imensa, e eu quero me casar com você amanhã.

Katie suspirou, compreendendo.

— Eu vou crescer rápido — ela prometeu. — Você vai ver.

Dan aproximou o rosto, olhando para os lábios dela.

— Oh, Katie, o que quer que aconteça...

Ela não ouviu o resto. As palavras de Dan se perderam quando ele a puxou para perto. Seus lábios tocaram os dela, de leve no começo, depois pressionando-os com doçura.

Parecia, para ela, que ele nunca iria parar de beijá-la, e Katie se perguntou se não devia ser ela a interromper o beijo, porque sua cabeça começou a girar e ela nunca tinha sentido os joelhos tão moles.

— Oh, nossa — ela disse, afinal, recuando e sorrindo para ele.

Quando Dan tentou puxá-la de novo, Katie se virou, propositalmente, e olhou para a velha ponte coberta à frente. Algumas pessoas chamavam esse tipo de construção de "ponte do beijo", mas não era por isso que Katie queria ir até lá. Ela precisava de ar — e um pouco de distância entre ela e Dan.

— Acho que uma caminhada vai nos fazer bem — ela sugeriu.

— *Jah*, vamos caminhar. — Ele amarrou o cavalo num velho toco de árvore e estendeu a mão para ela. — Eu a ofendi agora? — ele perguntou enquanto seguiam pela estrada de terra.

— Não... não — ela disse, com delicadeza.

Na ponte velha, os dois desviaram da estrada e desceram a ribanceira do Weaver.

— Me dê a mão — ele disse. — Não vou deixar você cair.

— Eu sei que não. — Ela sorriu, ansiosa para confiar naquele garoto perturbador de tão lindo, que se destacava na comunidade amish por seu entusiasmo.

— Eu nunca tinha sido beijada na boca — Katie admitiu enquanto atravessavam o riacho, descalços, uma pedra de cada vez, até chegarem, finalmente, à grande rocha no meio da água corrente.

— Já estava na hora de você me alcançar... nos beijos, quero dizer. — Daniel sorriu.

— Você já tinha beijado antes? — Ela precisava saber, ainda que não tivesse certeza se era certo perguntar.

— Não de verdade, não como... lá atrás.

— Um beijinho, então?

— O menor beijinho... e na bochecha.

Ela o escutou, estudando seu rosto. Mary Stoltzfus sempre dizia que, observando o rosto de um rapaz quando ele falava, dava para saber se estava dizendo a verdade.

Então, o que ele queria dizer com "um beijinho na bochecha"? Quem, além da mãe e das irmãs dele, iria beijá-lo dessa forma?

— Você tem que me dizer quem andou beijando — Katie disse, surpreendendo a si mesma com sua ousadia.

— Eu *tenho*? — Os olhos dele lampejaram. — Ora, como você é mandona!

Ela não se importou com o insulto. Porque foi Daniel quem o proferiu. Ele podia chamá-la de praticamente qualquer coisa que quisesse, se dissesse a verdade sobre quem tinha beijado no rosto.

Katie estava sentada com o comprido vestido verde sobre os joelhos, abraçando as pernas enquanto se equilibrava sobre a rocha ao lado dele.

— Estou esperando...

Ele soltou uma gargalhada.

— Foi um bebezinho. Eu tinha 2 anos e ela... bem, *você* era deste tamanho. — Ele mostrou com as mãos.

— Eu? Você *me* beijou quando eu era um bebê?

— *Jah*, quando minha mãe foi visitar você pela primeira vez. A prima menonita da sua mãe também estava lá. Ela levou flores do jardim dela num vaso.

Katie jogou a cabeça para trás, soltando uma gargalhada que assustou um passarinho pousado num galho que se debruçava sobre o riacho.

— As pessoas não se lembram de coisas tão antigas. Como você se lembra?

— Acho que é porque minha mãe falou muito disso. Foi um grande dia quando você veio ao mundo, Katie. Sua *Mam* estava sem palavras de tão feliz, por enfim ganhar a primeira filha. — Ele fez uma pausa, então continuou. — Pode ser que eu só pense que me lembro daquele dia, por ter ouvido essa história tantas vezes. — Ele jogou um graveto no riacho, e os dois o observaram flutuar na correnteza até desaparecer debaixo da ponte.

Dan passou o braço pela cintura dela, e os dois ficaram sentados em silêncio, perdidos em seu mundinho.

— Tão pequenina... novinha, você era — ele sussurrou. — Tão bonita... já naquela época.

Ela se virou para ele, magnífico sob o brilho do sol que refletia no riacho.

— Sua mãe tinha acabado de chegar do hospital, e lá estava você, toda rosada e bonita. — Ele deu uma risada. — Acho que eu não consegui me segurar.

— Hospital? — Katie ficou intrigada. — Você disse hospital?

— *Jah.*

— Mas eu pensei que todo mundo por aqui chamasse a parteira... Mattie, prima da minha mãe.

Dan deu de ombros.

— Às vezes, quando tem algum problema, até os amish usam médicos ingleses.

— Oh. — Katie refletiu a respeito. Ela nunca tinha ouvido essa explicação. Mais tarde conversaria com a mãe sobre isso. No momento, parecia que Dan tinha outras coisas em mente, a começar pela nova música que queria compor. Ele tirou uma folha pautada do bolso.

— O que é isso?

Ele mostrou as linhas e os espaços e, em menos de vinte minutos, os dois compuseram uma música romântica. Até os pássaros pareciam entrar no coro, e o gorgolejo do riacho carregou a melodia até a ponte... e além.

Katie não sabia dizer quantas vezes tinha cantado essa música naquela tarde. Mas a cada vez Dan a fitava no fundo dos olhos e jurava seu amor. Era esse tipo de música.

Contudo, ela se lembrou de uma coisa, embora essa ideia não tivesse lhe passado pela cabeça naquela tarde encantada cinco anos antes. Ela se lembrou das palavras dele, palavras estranhamente proféticas. *Não importa o que aconteça...*

Daniel disse isso pelo menos duas vezes naquele dia alegre, o dia em que declarou seu amor. O que ele quis dizer?

Não havia apreensão em seu rosto, nenhuma sugestão de que sentia o que estava para acontecer. Mas, olhando para o passado, Katie ficou em dúvida. Ele podia saber, de algum modo, que morreria... exatamente uma semana depois?

Algumas pessoas pareciam capazes de prever esse tipo de coisa com uma espécie de conhecimento interior. Ella Mae tinha dito isso a ela. Aquela mulher transbordava sabedoria. Todo mundo sabia. Hickory Hollow era habitado por pessoas Plain que, em um momento ou outro, iam pedir conselhos a Ella Mae Zook.

Após a morte de Dan, Katie também tinha procurado sua tia-avó. Não para pedir conselhos, mas por desespero. Na época ela ficara surpresa por ouvir aquilo. Mas agora, pensando sobre isso, era reconfortante saber que havia a possibilidade de seu querido Daniel não ter sido completamente surpreendido por sua morte prematura.

Com os dedos ficando dormentes de tanto tocar e do frio, Katie guardou o violão no estojo. Lentamente, fechou a tampa. Ela nunca mais iria tocar.

Ela se casaria com John Beiler na quinta-feira seguinte. Por mais difícil que fosse, era o que precisava fazer.

CAPÍTULO SETE

O jantar na casa de John Beiler foi servido pontualmente às cinco e meia da tarde. Katie sabia que era assim. O bispo seguia um cronograma rígido, e sua casa funcionava com a precisão de uma máquina bem azeitada.

A mesa foi posta para onze pessoas. Nancy e sua irmã mais nova, Susie, de 6 anos, carregaram as tigelas de servir até a mesa e as colocaram diante do prato do pai.

Quando Katie se ofereceu para ajudar, Jacob pulou do banco e a deteve.

— Hoje isso é conosco — ele disse. E com isso ela soube que as crianças, sem a habitual ajuda das duas tias, tinham feito o jantar completo, com frango frito, pão e geleia, espaguete, vagens, milho, *chow-chow*, purê de maçã e bolo de banana com nozes.

— Encontrou alguma coisa útil no bazar de Noah, hoje?

— Oh, não muita coisa, na verdade. Nada de que precisássemos.

— Nós vimos duas belas cadeiras de balanço de nogueira — Hickory John falou. — Mas acho que não vamos precisar delas tão cedo. — Ele olhou de lado para Katie, enviesando os olhos azul-claros em meio a seus cílios longos.

Imaginando se ele estava falando dos futuros bebês Beiler, ela sentiu o rosto ficar quente. As cadeiras de balanço da mãe das crianças teriam que servir quando chegasse a hora, Katie pensou, meio que desejando trazer seus próprios móveis — junto com seu enxoval — para esta casa. Então ela se sentiu culpada pela ingratidão. Não era o bastante que alguém quisesse se casar com ela?

Com certeza era isso que sua mãe estava pensando nesse minuto do outro lado da mesa de jantar — que Katie não deveria estar preocupada em trazer suas próprias coisas para esse casamento. Que ela não deveria estar preocupada com nada. Ela suspirou e comeu outro pedaço do delicioso bolo de banana.

Após a refeição, Jacob a surpreendeu com uma pergunta.

— Agora você vai cantar para nós?

Por um momento, Katie ficou sem respirar, e sentiu que seu coração iria parar. Nancy sorriu e a incitou:

— Jacob disse que você tem uma voz linda para cantar.

Todos estavam esperando por sua resposta, enquanto seu pai olhava feio.

— E se todos nós cantarmos juntos? — ela sugeriu. — Eu posso começar com "Doce hora da prece".

— Rápido demais — o pai dela resmungou, franzindo a testa e meneando a cabeça.

Ela não ficou surpresa que o pai tivesse essa opinião. Samuel Lapp preferia os hinos lentos do *Ausbund*. Mas Katie não estava esperando que naquela noite fosse dar o tom e cantar a primeira sílaba de cada um daqueles hinos muito velhos, do modo como o *Vorsinger* — cantor líder — fazia com a congregação na pregação de domingo.

A atmosfera estava tensa. Katie orou em silêncio com um fervor incomum. *Por favor, Senhor, faça com que Jacob fique quieto sobre o que ouviu hoje. Não deixe que meu pai fale do meu pecado com a música...* Acima de tudo, ela esperava que os outros não notassem seu coração martelando violentamente o peito por baixo da sarja verde de seu vestido.

O Bispo John veio em sua defesa.

— Oh, eu acho que Katie não precisa liderar o canto agora. — A leve repreensão em seu tom de voz fez caírem os pequenos ombros de Jacob, mas o garoto não falou nada.

Todas as cinco crianças, incluindo o travesso Levi, de 8 anos, permaneceram eretas e imóveis como postes no banco em frente a Katie — parecendo um pouco decepcionadas.

Katie pensou que o assunto estivesse encerrado, mas Jacob pareceu recuperar o entusiasmo.

— Mas, *Daed* — ele exclamou —, ela não pode cantar a música que ouvi ela cantando hoje na estrada?

John arregalou os olhos, mas, antes que pudesse responder, Samuel interveio.

— Não, Jacob, ela não vai cantar esta noite. E ponto-final.

Katie sentiu o olhar duro do pai sobre ela.

Quando John enxotou as crianças da mesa como se fossem um bando de galinhas, Katie aproveitou a oportunidade para se levantar e ajudar com os pratos. Contudo, continuava preocupada. E se *Dat* mencionasse para o bispo a questão da música, seu pecado intencional?

Ela estava tão aterrorizada que fez o possível para ouvir a conversa dos homens, para tristeza de Jacob e Susie, que tentavam envolvê-la num diálogo animado enquanto Katie estava diante da pia, até os cotovelos na água com espuma.

— Mal posso esperar que você seja nossa mãe — o garotinho dizia.

— Eu também. — Os olhos azuis de Susie estavam grandes e bem abertos.

Nancy estava perto da pia, pronta para secar o primeiro copo.

— *Todos* nós mal podemos esperar — ela acrescentou, com sua voz suave.

Katie deu um sorriso irônico.

— Bem, vocês vão ter paciência comigo, *jah?* Eu nunca fui mãe antes.

Nancy riu.

— Claro que vamos ter paciência. Ter você aqui o tempo todo vai ser maravilhoso – *gut*.

— E nós podemos ensinar você. A ser mãe, eu quero dizer — disse o pequeno Jacob.

Os pobrezinhos devem se sentir muito sozinhos, Katie concluiu. *Parecem querer tanto que o pai se case de novo*. Bem, sem dúvida eles precisam de uma mãe. Alguém com quem falar depois da escola. Alguém para ensinar as meninas a conservar e enlatar as colheitas abundantes produzidas pela terra. Alguém para ser um exemplo, para passar as tradições do Povo.

Nancy ainda tinha 6 ou 7 anos antes de entrar nos seus "anos de diversão" — *Rumspringa* —, quando é permitido aos adolescentes amish verem como é a vida lá fora. Durante a *Rumspringa*, ela também conheceria garotos Plain durante os Cânticos, a cada quinze dias, nas noites de domingo. No fim, ela teria que decidir entre o mundo e a igreja.

Jacob, por outro lado, ainda tinha muitos anos para ser amado, ensinado e moldado em casa. Quando Katie olhava para aqueles inocentes olhos azuis e ouvia a voz rouca do garotinho, sentia um apelo forte. Seu coração já tinha um lugar para aquele menino... e para todas as crianças Beiler.

Levi — com um brilho travesso nos olhos — entregava os pratos para Nancy sem dizer uma só palavra. Ele ficou encarando Katie enquanto ela lavava a pia e secava o balcão. Que pensamentos agitavam aquela cabecinha? Levi tinha ficado parado demais, quieto demais durante toda a refeição, sem falar nem uma única vez. Agora parecia haver algo se agitando dentro dele. Algo que ele queria muito falar.

Katie tentou facilitar para ele.

— Você é um garoto bem alto, quase tão alto quanto seu irmão mais velho — ela disse, com um sorriso.

Sorriso que não foi retribuído.

Enquanto ela pensava em outro assunto para puxar conversa, Nancy interveio para aliviar a tensão.

— Levi não é de falar muito — ela explicou.

— Eu falo quando preciso falar.

A declaração abrupta de Levi provocou um coro de risadas nas outras crianças. Então Jacob começou a puxar o avental de Katie, tentando arrastá-la para a cadeira de balanço perto do fogão.

— Quer jogar comigo?

— *Jah*! — Nancy exclamou, os olhos se acendendo. — Vamos jogar damas!

Os outros — Hickory John, Susie e Jacob — sentaram-se de pernas cruzadas no chão de linóleo, cujo padrão xadrez era igual ao da cozinha de Rebecca Lapp. A maioria das cozinhas em Hickory Hollow era parecida — o mesmo fogão a lenha preto no centro, as mesmas pedras nos balcões, o mesmo linóleo xadrez. Um lampião a gás ficava pendurado sobre a mesa comprida e um armário alto no canto guardava livros e miudezas. Na outra parede, perto dos degraus que levavam ao porão frio, havia um calendário com paisagens de fazenda. Mas nenhum outro enfeite decorava as paredes.

Levi foi se sentar perto do bispo, que ainda conversava com os pais e irmãos de Katie à mesa. Por duas vezes Katie pegou o garoto olhando para ela, que brincava com as outras crianças. Será que ela devia chamá-lo para se juntar a eles?

Sem saber que abordagem adotar, Katie continuou com o jogo. Por um instante ela desejou que Mary Stoltzfus estivesse ali. Mary saberia o que fazer para atrair um garotinho como Levi Beiler.

— Coroe minha dama! — Jacob exclamou quando sua peça preta chegou ao outro lado do tabuleiro.

— Mas já? — ela disse, percebendo, de repente, que o garoto estava prestando mais atenção ao jogo do que ela.

Uma hora mais tarde, quando chegou a hora de os Lapp se despedirem, cada uma das crianças deu um abraço em Katie. Todos menos Levi, que ficou a distância, perto do bispo.

— Vejo você em breve — Katie disse para Levi, destacando-o de propósito.

O olhar frio do garoto encontrou o dela. Havia algo de perturbador no rosto dele. O que estava errado?

No caminho de casa, Katie estremeceu quando Samuel mencionou a música e o fato de o pequeno Jacob a ter ouvido cantarolando.

— Você estava cantando aquelas suas músicas ao ar livre, para que o mundo inteiro ouvisse? — ele perguntou.

— *Jah, Dat...* eu estava. — A voz de Katie, no banco da charrete atrás dos pais, saiu fraca.

— Isso não é exemplo para um garoto novo e seus irmãos e irmãs, é?

Ela não tinha resposta. Então era assim que Levi Beiler devia ter se sentido essa noite. Como se encurralado, sem saída.

Ela ouviu o pai murmurar algo para sua mãe, depois, as palavras furiosas dele jorraram.

— Simplesmente não sobrou muita gente neste lugar que vive do modo que o Senhor Deus queria desde o início.

Um silêncio desconfortável se seguiu, e Katie sentiu a poderosa mensagem implícita. Ela tinha poucos e preciosos segundos para se desculpar. Como não falou nada, Samuel continuou:

— Não tenho escolha, filha. A primeira coisa que vou fazer amanhã será falar com o Bispo John.

— Mas pai, eu...

— Guarde suas desculpas. É tarde demais — ele disse, encerrando o assunto. Naquele tom terrível que adotava para ocasiões solenes, o pai começou a recitar as Escrituras sobre a água amarga e a água doce. Eli e Benjamin escutavam, reverentes, um de cada lado de Katie.

Dizer que estava arrependida seria uma mentira. Katie desejava poder pedir desculpas com sinceridade, mas como? As músicas que tinha cantado e tocado hoje marcavam o fim de sua vida de solteira. Ela tinha homenageado a memória de Daniel Fisher. Mais cedo, na estrada, e depois, no celeiro, tinha celebrado os últimos dias alegres que passara com seu amor. E, após terminar de cantar e guardar o violão, decidira dar as costas para a música de uma vez por todas. Ainda assim, ela sabia que, com tudo aquilo, proposital e intencionalmente tinha desafiado seu pai ao se expressar da forma proibida uma última vez.

— Seria desagradar ao Senhor se eu não dissesse nada para o Pregador Yoder ou o Bispo John. — A indignação justa de seu pai espalhou-se pela escuridão úmida. Era um sentimento tão pesado e opressor que Katie se sentiu envolvida por ele, sufocando.

Rebecca chorava no banco da frente enquanto o cavalo puxava a charrete pela Travessa Hickory em direção à casa de arenito. Katie não precisou ver o rosto do pai para saber como ele devia estar se sentindo. Mesmo assim, severo e devoto como era seu pai, com certeza devia estar dividido entre servir a Deus e alterar o futuro de sua única filha.

Do livro de oração padrão, o *Christenpflicht*, John Beiler leu uma prece noturna para os filhos antes de subir para seu quarto. O dia tinha sido longo, mas uma noite ainda mais longa se estendia diante dele.

Como Katie é atraente, ele pensou, acomodando-se debaixo das cobertas. *Tão delicada e alegre... Não é de admirar que meus filhos já a amem.*

Quanto a ele, admirava Katie Lapp desde o dia em que percebeu que ela tinha se transformado numa mulher. Desde o dia em que ela se ajoelhou diante dele – e diante de todo o Povo – no celeiro do Pregador Yoder. Como ancião líder, foi dever dele administrar os ritos enquanto a taça de metal derramava água batismal sobre a cabeça e o rosto dela. Mas ele não estava preparado para a sensação sedosa dos cabelos avermelhados sob seus dedos.

Esperar que Katie chegasse à idade de se casar não tinha sido fácil para um homem cujos filhos precisavam de uma mãe e cuja cama estava vazia havia tanto tempo. Ele tinha esperado mais de três anos. E em breve, muito em breve, ela pertenceria a ele.

Ele bocejou e espreguiçou-se, depois deixou o corpo cansado relaxar, ávido pela primeira noite de intimidade do casal, quando ele tomaria sua noiva nos braços nessa mesma cama, com carinho, e lhe mostraria seu amor por ela. Claro que a beleza de uma mulher não era o motivo principal para escolher uma esposa, mas, quando a mulher era bela como Katie Lapp, a atração era mais forte. Ainda assim, era mais importante que Katie criasse relações com o Povo como uma mulher casada. Juntos, eles começariam uma vida nova, e assumiriam as responsabilidades de um bispo e sua esposa.

Ele bocejou de novo e estava adormecendo quando ouviu o chão ranger. Na escuridão líquida, sentiu uma presença. Qual de suas crianças estava fora da cama?

— *Daed* — sussurrou seu segundo filho —, você está acordado?

John se sentou na cama.

— Venha, Levi.

Levi, carregando uma lamparina, aproximou-se da cama.

John percebeu a expressão de hesitação no rosto do garoto.

— O que foi, não consegue dormir?

— Eu tenho que lhe contar uma coisa, pai — Levi disse, a voz delicada. — Não posso esquecer.

— Esquecer o quê?

— Hoje, depois da escola, uma pessoa... estranha... esteve em casa.

— Pode falar.

— Uma mulher, uma inglesa, chegou até a varanda da frente. Eu fui até a porta... e vi o rosto dela. — Os olhos dele, antes sonolentos, agora estavam bem abertos. — Ela perguntou do caminho, porque estava perdida ou coisa assim.

— Bem, espero que você tenha conseguido ajudá-la.

Levi anuiu.

— Eu tentei dizer para ela como voltar para a estrada principal. Ela parecia atrapalhada, disse que procurou e procurou, mas não conseguiu encontrar Hickory Hollow no mapa. De jeito nenhum.

John riu.

— Hickory Hollow não é para forasteiros. O que ela estava fazendo aqui, afinal?

Levi ficou sério.

— Disse que estava tentando encontrar uma amiga... uma mulher com vinte e poucos anos. Não sabia o nome.

John ficou tão intrigado quanto o filho.

— Que estranho... uma inglesa por aqui. E procurando por Hickory Hollow no mapa, você disse? — Ele olhou firme para o garoto, cuja respiração estava alterada. — Por que você ficou preocupado?

Levi deu de ombros.

— Fiquei curioso, eu acho.

— Por quê?

— Porque ela tem um cabelo que nunca vi igual... a não ser pelo de Katie.

John segurou uma risada. Não era bom parecer que estava rindo do filho tímido.

— Muita gente tem cabelo vermelho.

— Não por aqui.

O garoto estava muito sério, e, como Levi raramente falava, John sabia que essa informação era mais que um mero incômodo.

— Por que você não volta para a cama e amanhã nós conversamos mais sobre isso?

— *Jah...* boa noite, pai.

— Boa noite, filho.

Depois que o garoto saiu, John pegou a colcha e a puxou até debaixo de sua barba volumosa. Ele refletiu sobre o que Levi tinha lhe contado. Era intrigante. Por que uma inglesa diria estar procurando uma amiga *Plain* se não sabia o caminho? Parecia um tipo de contradição.

Quanto mais pensava nisso, mais John acreditava que a mulher tinha dito a verdade. Talvez a estranha tivesse apenas se perdido ao sair da estrada principal por aqueles caminhos tortuosos. Mas, enquanto se virava, tentando encontrar um lugar confortável na cama, John refletiu a respeito. Ele não descansou bem naquela noite.

Na residência de outros Beiler, Ella Mae escutava em silêncio o marido de Mattie ler a Bíblia alemã. Uma passagem conhecida do *Êxodo*, capítulo 20, o primeiro dos Dez Mandamentos:

— "Não terás outros deuses além de mim" — David Beiler leu. — "Não farás para ti nenhum ídolo, nenhuma imagem de qualquer coisa no céu, na terra, ou nas águas debaixo da terra. Não te prostrarás diante deles nem lhes prestarás culto, porque eu, o Senhor teu Deus, sou Deus zeloso, que castigo os filhos pelos pecados de seus pais até a terceira e quarta geração daqueles que me desprezam, mas trato com bondade até mil gerações aos que me amam e guardam os meus mandamentos."

Ella Mae juntou as mãos artríticas para a oração em alemão, mas, mesmo muito depois, seus pensamentos estavam em Rebecca Lapp e no modo peculiar como se comportara no mutirão da colcha. Rebecca ficou encarando-a, chamando-a de "linda" e "parecendo um anjo", pelo amor do Senhor. Que tolice! E ficou encarando-a com aqueles olhos nublados. Olhos cheios de preocupação.

Alguma coisa ali não estava certa, porque Ella Mae conhecia sua sobrinha pelo avesso — quase tão bem quanto uma mãe conhece seus filhos. Afinal, a filha de uma irmã gêmea tinha que ter uma ligação mais próxima com a tia, ou, pelo menos, era assim que Ella Mae sempre tinha pensado.

Se isso não fosse verdade, por que, então, Rebecca Lapp se parecia tanto com Ella Mae, quase tanto quanto a própria Mattie?

A idosa suspirou. O que tinha dado em Rebecca hoje, afinal? Os pensamentos dela vagaram. E por que a filha de Rebecca, a jovem Katie, não tinha herdado nem um único gene das irmãs gêmeas? Nenhum, ao menos, que aparecesse no físico. Onde estavam o cabelo liso e os olhos castanhos característicos da família? Ou a testa alta e as covinhas no rosto?

Ella Mae nunca tinha sido de se preocupar com bobagens. Ela era a pessoa sensata que os outros procuravam para pedir conselhos, e não o contrário. Ainda assim, achava muito estranho que o cabelo avermelhado de Katie tivesse surgido do nada. Nem voltando até a tataravó Yoder era possível encontrar um tufo de cabelo ruivo. Ella Mae tinha certeza disso. Embora não houvesse fotografias para comprovar isso, o Povo de Hickory Hollow passava adiante as histórias de seus parentes, sabia como era a aparência de seus antepassados — até a cor do último cílio.

Não apenas isso: ela tinha traçado, em segredo, a árvore genealógica da família de Samuel, chegando até o homem que tinha construído uma das mais belas casas de arenito do condado de Lancaster. Joseph Lapp, ancestral de Samuel.

Mais tarde, depois que a família se recolheu para dormir, Ella Mae fechou a porta entre a grande casa de Mattie e David e sua *Grossdawdi Haus* anexa. Ela se sentou em sua pequena sala de estar, balançando-se na cadeira e pensando nos acontecimentos do dia, depois apagou o único lampião do ambiente.

Ela não saberia dizer quanto tempo ficou ali, sentada no escuro. Mas em torno da hora em que a lua começou a subir no céu, em meio aos galhos grossos do velho olmo no lado oriental da casa — por volta de dez horas —, ela ouviu claramente o som de um motor de carro em frente à residência. Virando-se, espiou pela janela sem cortinas. O vidro estava um pouco congelado, mas claro o bastante para que ela visse um grande carro preto vindo pela Travessa Hickory. Quanto mais perto ele chegava, melhor ela podia ver a frente e os detalhes cromados.

Segundos mais tarde, o carro chique — uma limusine, ela identificou — parou em frente à casa, do outro lado da rua. A solitária luz do jardim envolvia o chassi alongado com um brilho misterioso.

Ella Mae se levantou da cadeira de balanço para ir até as janelas da sala e observar aquela visão inusitada. Então, surpreendentemente, o vidro do passageiro desceu. Um rosto de mulher fitou a semiescuridão. Não fosse pela lua cheia, Ella Mae talvez não tivesse notado o chapéu branco de pele que escorregou da cabeça da mulher, revelando uma cabeleira em ondas. O esplêndido vermelho queimado dos fios a fez pensar, no mesmo instante, em sua sobrinha-neta Katie.

— Ora, ora — ela sussurrou na escuridão. — Quem é *essa*?

Ela se aproximou da janela, sabendo que não podia ser vista da rua. Com Ella Mae observando, uma luz foi acesa dentro do carro. Um homem, todo vestido de preto, usando um chapéu estranho, com bico, desdobrou um papel grande. A mulher e seu motorista se debruçaram para estudar o que devia ser um tipo de mapa, pelo que Ella Mae conseguia ver.

— Estranho — ela disse para si mesma. — Imagine só estar perdido numa noite gelada como esta. — Se não estivesse sentindo a idade que tinha naquela noite, com o frio e tudo o mais, ela teria calçado suas botas de neve, colocado seu xale mais quente e saído para tentar ajudá-los. Sem querer se arriscar a cair no gelo, porém, ela ficou observando de dentro de casa.

Logo o carro inglês seguiu pela travessa e Ella Mae se afastou da janela, indo para a cama.

Havia duas lanternas grandes na charrete aberta de Benjamin Lapp. Katie as encontrou rapidamente e levou uma consigo. Ela parou na baia de Cetim apenas para sussurrar para o cavalo:

— Não vou demorar.

Então, em silêncio, ela atrelou Melaço à carroça da família. *Dat* e *Mam* deviam estar dormindo a essa altura. Eli e Benjamin, também.

O vento soprava frio e implacável enquanto ela seguia na direção da casa de Mary. Chegando lá, Katie acendeu a poderosa lanterna do irmão na janela do quarto de Mary, sorrindo consigo mesma. Sua amiga iria pensar que um rapaz estava lá fora, um rapaz querendo pedi-la em casamento. Era assim que se fazia em Hickory Hollow. O garoto esperava até ter certeza —

ou esperança, pelo menos — de que os pais da garota estavam dormindo profundamente. Então ele parava sua charrete aberta na travessa, corria até a casa na ponta dos pés e focava a luz da lanterna na janela do quarto da amada, até ela abrir o vidro para dizer que iria encontrá-lo no térreo.

Quando a janela abriu, Mary colocou a cabeça para fora.

— Eu desisti de esperar por você e fui para a cama — ela começou, desculpando-se. — Mas pode subir. A porta está aberta.

— Você achou que esta era a sua noite? — Katie brincou depois que Mary fechou a porta do quarto atrás delas.

Mary vestia uma longa camisola branca, e seu cabelo solto passava da cintura.

— Quando vi a luz da lanterna, eu me sentei na cama e disse "Oh, Deus me ajude, ele veio!" — Mary confessou, com uma risada. — Mas algum dia, em breve, vai acontecer.

Katie sabia que ela estava pensando em Mike, filho do meio do Pregador Yoder, ou num dos primos em segundo grau da própria Mary, Joe Galinha, que ajudava o pai a administrar uma granja.

— Tem certeza de que seus pais estão dormindo? — Katie perguntou, tirando o casaco e a pesada touca preta, pendurando tudo no pé da cama de Mary.

— *Jah...* escute. Dá para ouvir meu pai roncando!

Katie encostou a orelha na parede. Abe Stoltzfus roncava mais que um gato asmático, e, com aquela barulheira toda, a mãe de Mary não teria como ouvir o que Katie estava para dizer.

— Quando eu estive aqui de manhã, antes do mutirão da colcha, você pensou que eu não iria me casar com John Beiler, lembra? — ela começou. — Bem, desde aquele momento, as coisas ficaram piores.

— Piores? — Mary franziu o cenho, inclinando-se para a frente.

— Oh, eu vou me casar com o Bispo John, claro, mas papai está dificultando as coisas para mim.

— Como assim?

— Alguém me ouviu cantando hoje. — Katie inspirou fundo e baixou os olhos para o avental. — O pequeno Jacob me ouviu... e contou.

Mary soltou uma exclamação.

— Eu pensei que você tivesse aposentado o violão anos atrás!

— Não foi o violão que ele ouviu. Eu estava cantarolando na estrada, ao voltar da sua casa esta manhã. E não era um hino do *Ausbund*. *Dat* disse que vai falar diretamente com o bispo.

— E passar por cima do pregador? — Mary perguntou, chocada.

Katie anuiu, sentindo vergonha da situação.

— Então, você é culpada de pecar?

— Culpada como nunca — Katie respondeu. — Mas parei com a música para sempre. E essa é a verdade.

— Então corra e conte para seu pai! — Mary disse. — Não deixe que ele fale com o Bispo John. Não importa como, você tem que se confessar.

Pasma, Katie ficou encarando Mary.

— Você está dizendo isso porque acha que ninguém vai me querer se o bispo desistir de mim, não é?

Mary negou com a cabeça.

— Você sabe que não é verdade. Você é uma mulher boa e gentil, Katie, todo mundo sabe disso. E qualquer homem que tenha olhos pode ver que também é linda por fora.

Era a primeira vez que Katie ouvia a amiga falar desse modo. Ela refletiu a respeito antes de responder.

— De que adianta a aparência quando a teimosia atrapalha? — ela murmurou. — Eu acabo sempre espantando os rapazes.

Mary ficou em silêncio por um momento.

— Mas houve um que não fugiu. *Ele* sabia da sua música, não sabia? Foi por isso que ele lhe deu o violão.

Ela tinha razão, claro, mas Katie não queria revelar tudo sobre Dan. Nem mesmo para Mary.

— Dan morreu há muito tempo. Deixe-o em paz.

Mary se aproximou e pôs sua mão sobre a de Katie.

— Você ainda ama Daniel Fisher, não é? Ainda está apegada a ele... mas ele morreu.

— Mas a memória dele não. *Isso* não morreu.

— Não — Mary sussurrou. — Mas você já pensou no que está fazendo ao se casar com um homem que não ama?

Katie olhou ao redor.

— John é um bom homem — ela afirmou. — Ele vai ser um ótimo marido, que eu vou amar... com o tempo.

— Talvez você aprenda a amá-lo... talvez não.

As duas amigas ficaram em silêncio, imóveis como as terras de seus pais no inverno. Katie queria que a conversa não tivesse tomado esse rumo. Por que Mary estava fazendo aquelas perguntas?

— Estou vivendo o melhor que posso a vida *Plain*... — Katie se interrompeu antes que acrescentasse "sem Dan".

— Mas você tem raiva. — Mais uma vez, Mary parecia ter a capacidade de ler seu coração. — Você não gosta de ser amish, mas está presa.

— Eu nunca disse isso! — Esquecendo o adiantado da hora, Katie ergueu a voz, depois cobriu a boca com a mão. Certamente Rachel Stoltzfus viria correndo agora, imaginando o que podia ser tão importante para que fosse discutido no meio da noite. Katie esperou, atenta.

Como nenhum som de passos veio do corredor, ela relaxou.

— Para ser sincera, não tem graça nenhuma usar estes vestidos compridos, pesados, nestas cores mortas — ela admitiu. — Mas isso não é novidade. Você sempre soube disso a meu respeito.

— *Jah*, mas a esta altura você já devia ter superado, Katie. Você já deveria estar em outro nível. Como pode ser uma boa mãe para os filhos do bispo se não consegue se controlar, se não consegue se submeter às regras da igreja?

Mary tinha certa razão, mas Katie não queria ouvi-la.

— Bem, então você está dizendo que eu não deveria me casar com o bispo, que não é certo ou adequado? — As palavras foram saindo, ecoando as dúvidas dela.

— Você é um membro batizado da igreja, Katie. Isso faz com que você possa se casar com qualquer homem; bispo, pregador, diácono, qualquer um.

Katie insistiu, pois precisava de uma resposta franca de sua melhor amiga.

— Você diria isso sabendo o que sabe a meu respeito? Você acha que sou respeitada o suficiente pelo Povo?

— "O Senhor exalta os humildes" — ela citou. — Não é culpa sua, Katie. As coisas são arranjadas pela Providência... ordenadas por Deus.

Então era isso. Mary acreditava honestamente que Katie tinha sido escolhida por Deus para ser a esposa do bispo. Katie se levantou e recolocou a touca preta, depois passou o xale pelos ombros.

— Só lembre — Mary disse, parecendo solene — que você pode me contar qualquer coisa. Não é para isso que servem as melhores amigas?

— É... e eu fico muito feliz por isso. — Katie andou até a porta do quarto e se voltou para Mary, dando de ombros, parecendo desamparada. — Então você vai rezar para que eu deixe de ser tão cabeça-dura? Que eu não vá sempre me sentir tentada?

— Tentação não é pecado. Ceder a ela, sim. — Mary pulou para abraçá-la. — Lembre-se, "Bem-aventurados os pacificadores".

Katie sorriu, concordando com a amiga.

— A primeira coisa que vou fazer amanhã será me reconciliar com meu pai. Vou falar com ele antes da ordenha e me confessar, acertar as coisas entre nós. Vou dizer para ele que sinto muito pela música, e que nunca mais vou cantar qualquer coisa que não seja o *Ausbund* pelo resto dos meus dias.

— *Des gut* — Mary assentiu com entusiasmo. — E, após nossas tarefas, eu e mamãe e um monte de primas vamos até lá para ajudar a limpar e pintar suas paredes, para o casamento.

Katie foi embora da casa dos Stoltzfus com as palavras sábias de Mary ecoando em seus ouvidos: *Aquele que se humilhar será exaltado.* Ela seguiu pela Travessa Hickory tão imersa em seus pensamentos que mal notou a comprida limusine preta que diminuiu a velocidade, depois passou pelo outro lado da travessa.

Capítulo oito

nsiosa para falar com o pai, Katie correu até o celeiro na manhã seguinte. Eli e Benjamin preparavam as vacas para a ordenha matinal, mas *Dat* não estava à vista.

— Ele foi cuidar de umas coisas — Eli respondeu, fazendo pouco-caso, quando ela perguntou.

— Tão cedo?

— Ele saiu às quatro e meia — Benjamin respondeu. — Eu o ouvi arreando a Daisy antes mesmo de nós dois levantarmos.

Katie foi cuidar de seus afazeres sem dizer mais nada. Deu comida para as galinhas e colocou feno para os cavalos de trabalho e seu pônei, Cetim, depois para Zeca e Melaço — os cavalos mais velhos, de puxar charrete. Por fim, alimentou as mulas, imaginando se seu pai estaria, naquele momento, relatando o comportamento inadequado dela para o Bispo John.

Eu devia ter falado com papai ontem à noite, mesmo que fosse preciso acordá-lo!, ela pensou. Grunhindo por dentro, Katie se encaminhou para a leiteria.

Ben estava inclinado para pegar leite recém-tirado do Sputnick, um aparelho de aço inox, em vez das latas para levar leite das vacas até o grande tanque refrigerado, cuja força vinha de um motor de doze volts ligado a uma bateria. Ben sempre gostara de leite cru. "Tem um sabor mais fresco, mais verde", ele costumava dizer, depois de tomar uma concha.

Katie encheu três tigelas grandes para os gatos do celeiro, pensando que gostaria de ter coragem para pegar a carroça ou o trenó e ir direto até a casa do bispo. Por mais constrangedor que isso pudesse ser, talvez ainda desse tempo de provar sua aflição e seu arrependimento. Todo esse episódio constrangedor poderia então ser esquecido e a vida seguiria de acordo com os planos. Não seria a primeira vez que uma alma errante encontraria perdão na privacidade do celeiro de alguém.

— Quando papai disse que voltaria? — ela perguntou, timidamente, não querendo que Ben percebesse como estava preocupada.

— Ele não falou.

— Então você não sabe mesmo aonde ele foi?

Ben se endireitou e olhou firme para ela.

— Se é nisso que está pensando, *jah*, acredito que ele foi falar com o Bispo John. *Dat* é fiel às suas palavras, você sabe.

Katie ficou rígida. Seu irmão dizia a verdade. Nenhuma vez seu pai tinha voltado atrás de algo que falou que faria.

— Se pelo menos eu não tivesse sido tão teimosa — ela murmurou para si mesma.

— *Jah*, você foi teimosa mesmo, Katie... *terrível* de tão teimosa.

Frustrada, ela se virou e foi marchando pela neve misturada à terra até a casa.

Na rua principal, as placas familiares pontilhavam a paisagem coberta de neve, levando visitantes e turistas até o Armazém Geral de Hickory Hollow. Levi, vendo que era um dos primeiros clientes do dia, puxou as rédeas, fazendo Bolinho, seu pônei castanho, entrar no amplo estacionamento. Apenas sete ou oito charretes fechadas estavam na frente dele, mas o seu era o único trenó à vista. Ele amarrou Bolinho no poste e correu para dentro.

O aroma fraco de hortelã entrou em seu nariz, e ele notou o pote de doces listrados de verde e branco perto da caixa registradora.

— Bom dia, Levi — cumprimentou o Pregador Yoder, o homem de cabelo grisalho dono da pequena loja amish. — Diga se precisar de ajuda para encontrar alguma coisa, sim?

Levi acenou em silêncio, seu cumprimento habitual. Ele sempre achara que os adultos usavam palavras demais.

Ele foi até o expositor de vidro, abaixo do velho balcão de madeira, onde estavam expostos carretéis de fios brancos, pretos e várias outras cores. Ficou ali por um momento olhando para os suprimentos de costura, então sacou uma lista bem dobrada que sua irmã tinha escrito.

"Não se esqueça de nada desta lista — e eu quero dizer *nada*!" Essa tinha sido a recomendação que Nancy lhe dera antes de fazê-lo sair no frio. "E, o que quer que aconteça, não perca tempo... ou vamos nos atrasar para a escola."

Nancy não quer se atrasar, ele pensou. *Mas eu não me importaria nem um pouco.* Ele riu baixinho.

Verdade fosse dita, ele gostava bastante da escola; tirava boas notas em caligrafia e aritmética. Mas hoje ele tinha coisas mais importantes em que pensar — como aquela inglesa de cabelo vermelho que parara na porta de sua casa no dia anterior, pedindo orientações. No fundo, ele desejava que a estranha ainda estivesse perdida por ali em seu grande carro preto, com aqueles para-choques brilhantes. Desse modo, talvez alguém mais em Hickory Hollow visse a mulher e seu carro chique. E aí seu pai teria que acreditar em sua história.

Levi desdobrou a lista, colocou-a sobre o balcão e alisou os vincos o melhor que pôde. Sem falar, decorou todos os itens que precisava levar: dois carretéis de fio preto, quatro de branco, um dedal e cinco metros de organza suíça. Nancy iria fazer novas toucas para ela e Susie. Capas e aventais novos, também.

Tudo porque vamos ganhar uma mãe nova, ele pensou com seus botões. Levi ficou muito feliz por o Senhor Deus não ter feito ele uma garota. Coisas complicadas como aventais e capas! E tudo branco até a garota fazer 13 anos. Que lhe dessem umas calças largas e velhas — bem amaciadas — e ele estaria feliz.

Quando o Pregador Yoder veio ajudar, Levi apenas lhe entregou a lista e apontou. Ele não era de falar muito com pessoas de fora da família. E com Katie Lapp não seria diferente, ele decidiu enquanto o pregador buscava suas compras.

— Ponho na conta do seu pai? — perguntou o pregador, com um sorriso.

Levi aquiesceu e pegou a sacola com os itens de costura, segurando-a a certa distância — nunca perto demais. Agora, se essa sacola tivesse um punhado de doces de hortelã, como aqueles próximos ao caixa, ele a seguraria junto ao corpo. Só para que pudesse tirar um ou dois de dentro enquanto seguia pelo corredor.

Ele inspirou o aroma suave, mentolado, uma última vez antes de colocar a mão na maçaneta da porta com sineta.

De um canto da loja, alguém de voz rouca falou com ele.

— Ora, ora. Olá, pequeno Levi.

Ele se virou para ver quem o chamava de "pequeno". Porque ele não era!

— Venha cá — disse Ella Mae Zook, que tomava uma xícara de chocolate quente sentada à mesa quadrada de madeira, e gesticulava para que ele se aproximasse. — Bem que eu gostaria de companhia. — Ela sorriu, e suas covinhas fundas dançaram para ele.

Levi percebeu, com um susto, que não apenas a Mulher Sábia estava ali no Armazém Geral, mas também Mattie Beiler, sua tia — que escolhia material de costura no balcão. Antes de morrer, a mãe dele tinha lhe contado de sua tia Mattie, de como ela ajudara a colocá-lo no mundo. O parto não tinha sido fácil, mas ele chegara, enfim, todo azul e quase sem respirar. Mattie tinha salvado a vida dele oito anos antes, e, para Levi, que se acreditava quase adulto, isso fazia muito tempo.

Ella Mae puxou uma cadeira para ele, que se sentou. Levi não conseguia, sinceramente, se lembrar de ter estado tão perto da mulher cuja filha tinha salvado sua vida. As pessoas falavam de Ella Mae, chamavam-na de "sábia" e outras coisas importantes. Mas, naquele momento, olhando para seu rosto enrugado, Levi não conseguiu ver nada de tão especial nela. Exceto, talvez, pelo modo como seus olhos eram meio dourados — parecidos com os do gato do celeiro. Eles pareciam enxergar dentro da pessoa, bem no fundo do coração.

Para surpresa do garoto, ela pediu e pagou uma xícara de chocolate para ele, sem nem perguntar se Levi queria, então se recostou para tomar a bebida dela.

— Olhando assim de perto, você não me parece assim tão pequeno — ela disse, apertando os olhos um pouco.

Levi se limitou a sorrir.

— Ah... — Ela pôs a mão sobre o coração. — Esse sorriso que você deu me lembrou da sua mãe. E sabe de mais uma coisa?

Levi negou com a cabeça.

— Acho que você tem mais do que só o sorriso dela. — A velha senhora tomou um gole do chocolate, sem se explicar, o que deixou Levi um pouco agitado, querendo saber do que ela estava falando.

Bem, ele precisava saber.

— O que eu tenho de parecido com a minha mãe? — Ele se inclinou para a frente, os cotovelos na mesa velha, os ouvidos muito atentos.

Ella Mae se endireitou e seu rosto enrugado se abriu num grande sorriso.

— Curiosidade... é isso. Você se interessa pelas pessoas, gosta de pensar muito nelas, não gosta?

Levi piscou. Ela sabia, conseguia perceber, que ele estava pensando em alguém? Como ela podia saber que ele estava pensando havia muito tempo, e tanto, que sua cabeça parecia doer com as ideias que giravam dentro dela — sobre a mulher estranha com cabelo vermelho como o de Katie?

— Eu... eu acho que sim — ele gaguejou. — *Jah*, às vezes eu fico curioso.

Ela assentiu lentamente com a cabeça, então pegou a xícara e o pires, deixando o vapor subir e embaçar seus óculos. Ficou tanto tempo em silêncio que Levi começou a pensar que Ella Mae tinha se esquecido dele. Levi se recostou na cadeira e olhou para o pote de doces de hortelã sobre o balcão do outro lado da loja. Sua boca ficou cheia de água só de pensar nos doces.

— É muito bom ter interesse — Ella Mae falou do nada. — Mostra que você está pensando... Só não pense demais. Economize o cérebro para usar na escola.

Ele achou que ela iria lhe dizer para beber seu chocolate de uma vez e ir embora. Mas, como não fez isso, Levi imaginou que ficar ali era o mesmo que pedir para Ella Mae dizer em que ele estava pensando — a questão curiosa com a qual se debatia.

— De onde você acha que... quero dizer, ahn, de onde vem a aparência da família, tipo cabelo e cor do olho?

Ella Mae afastou a xícara e o pires e o observou, pensativa, antes de falar.

— Os pais têm características físicas que passam para os filhos... como seu cabelo loiro, que veio da sua mãe, e seu queixo, que é do seu pai.

Levi se endireitou na cadeira.

— E eu sou alto como ele, *jah?*

— Você é mesmo.

Levi olhou ao redor, porque o que estava dizendo devia ser apenas para Ella Mae.

— Você pode guardar um segredo? — ele sussurrou.

— Você confia em mim, Levi Beiler? — ela retrucou, encarando-o de frente.

Observando-a por um momento, Levi se lembrou de tudo que já tinha ouvido a respeito da velha senhora sentada à sua frente. Hickory John e Nancy tinham ido falar com ela várias vezes depois que a mãe deles morreu. E Levi não tinha certeza, mas até seu próprio pai, o bispo, tinha procurado, em segredo, a Mulher Sábia — quando o coração dele estava quase se partindo em dois.

Uma vez, Nancy disse durante o jantar que Ella Mae Zook parecia acreditar em tudo que a pessoa dizia para ela. E também nunca dizia um monte de "faça isso" e "não faça aquilo". Ela só deixava que a pessoa descobrisse sozinha o que devia fazer.

Então, Levi decidiu, se os seus irmãos — e praticamente todo mundo que ele conhecia em Hickory Hollow — tinham contado seus segredos para Ella Mae, por que ele não podia contar só um dos seus?

Ele bebeu metade do chocolate e colocou a xícara sobre o pires com um tinido.

— Eu estava pensando — ele disse em voz baixa. — De quem você acha que Katie Lapp puxou o cabelo vermelho?

Ella Mae não pareceu nem um pouco perturbada pela pergunta.

— Oh, é provável que de algum parente distante.

Levi coçou a cabeça, intrigado.

— Espere um pouco. *Você* é parente de Katie e ela não se parece nada com você.

Ella Mae sorriu.

— De vez em quando Deus nos dá uma surpresa maravilhosa.

— Como o cabelo vermelho? — Ele suspirou, pensando na forasteira. — Como carros pretos e brilhantes, e mais compridos que três mourões de cerca?

Ella Mae recuou a cabeça um pouco, arregalando os olhos de surpresa.

— Onde foi que você viu um carro assim tão comprido?

Levi sentiu a boca ficar seca. Será que ele devia falar da forasteira inglesa e do automóvel chique parado na estrada?

— Eu... ahn, vi ontem depois da escola... bem na frente da nossa casa.

O segredo todo tinha sido contado. O que a Mulher Sábia diria? Levi ficou olhando para ela, tentando compreender o que havia por trás daqueles olhos que sabiam de tudo. Ela acreditaria nele, do modo como Nancy dissera que sempre acreditava? Ou faria pouco dele, como seu pai na noite anterior?

As palavras dela saíram devagar no começo.

— Sobre esse carro... Quem dirigia era um homem de uniforme preto?

— *Jah.*

— E havia uma mulher enrolada num casaco branco de pele?

Levi deixou cair sua sacola de compras. Carretéis de fio se espalharam pela loja e ele saiu correndo atrás deles, pegando-os no chão. Depois, guardou o material de costura de Nancy de volta na sacola e se sentou à mesa de novo, piscando os olhos várias vezes.

— Um casaco branco de pele, você disse? — Ele se inclinou tanto sobre a mesa que conseguiu sentir o hálito de chocolate de Ella Mae. — Então você também deve ter visto os ingleses.

Ela anuiu.

— Viu? Você os viu?

Ella Mae franziu a testa e abriu a boca para dizer algo. Mas Levi a interrompeu antes que ela conseguisse falar.

— Você deu uma boa olhada neles?

— Eu os vi. Os dois.

Levi manteve a voz baixa, mas estava a ponto de revelar tudo!

— Aquela mulher não tinha o cabelo mais vermelho que você já viu? — Ele não esperou que Ella Mae respondesse antes de fazer outra pergunta: — Onde foi que você os viu?

— Parados na frente de casa, como se estivessem perdidos.

— Então eles ainda estavam perdidos depois do pôr do sol? — A ideia agitou o garoto. — Você acha que eles ainda estão por aí?

As rugas de preocupação de Ella Mae se aprofundaram. Então, no minuto seguinte, um sorrisinho engraçado brincou nos lábios dela.

Levi não pôde evitar sorrir também. Ela tinha enxergado dentro dele.

— Eu só quero dar mais uma olhada naquele carro comprido e preto — ele admitiu antes que ela falasse. — É só isso.

— Levi Beiler — ela o repreendeu com delicadeza. — Acredito que agora seja melhor você correr para a escola.

Ele arrastou a cadeira para trás. A Mulher Sábia de Hickory Hollow tinha visto a mesma coisa que ele, no dia anterior. Ela tinha acabado de lhe dizer. Agora seu pai teria que acreditar nele — com certeza.

— *Ach*, deixei minha cesta sobre o balcão — Mattie disse para a mãe do lado de fora do Armazém Geral, cerca de trinta minutos mais tarde, quando estavam indo embora, entregando-lhe as rédeas.

— Vá depressa, está ouvindo? — Ella Mae disse de seu ninho quente de cobertores de lã no banco da frente da charrete.

Momentos depois, uma limusine brilhante entrou no estacionamento e parou em frente ao armazém do Pregador Yoder.

Ella Mae deu um olhar rápido e espantado para a inglesa. Então, para não ficar encarando, olhou para outro lado. Mas não demorou para que ela ouvisse o som de pés esmagando a neve e alguém se aproximando da charrete.

— Com licença.

Ella Mae olhou para o rosto da mulher que tinha visto na noite anterior — a de cabelo vermelho queimado.

— Desculpe o incômodo — disse a mulher —, mas estou tentando encontrar uma pessoa. Talvez você possa me ajudar?

Ella Mae fungou. Ela conhecia aquele cheiro. Lavanda; doce e delicado.

— Quem você está procurando? — ela perguntou, reparando no casaco de pele e nas luvas de couro da mulher.

— Eu gostaria de saber... se você por acaso conhece uma mulher amish chamada Rebecca que mora por aqui — entoou a voz afetuosa.

Ella Mae segurou uma risada.

— Pelo menos dez ou mais.

A mulher suspirou.

— É uma pena, mas eu não sei o sobrenome. — Os ombros dela baixaram, e foi então que Ella Mae reparou que algo muito mais pesado que decepção a oprimia. A mulher parecia desesperada.

Apertando o casaco de pele à sua volta, a mulher ruiva estremeceu.

— Haveria uma jovem na sua comunidade, com cerca de vinte e dois anos, cuja mãe se chama Rebecca?

Sem pensar muito, Ella Mae se lembrou de várias filhas de amigas no distrito da igreja.

— Sinto, mas não consigo ajudar se você não sabe me dizer o sobrenome.

— Essa Rebecca... acredito que deveria ter perto de cinquenta anos. E o marido dela era mais velho.

— Pode ser muita gente, de verdade — Ella Mae respondeu, perguntando-se por que a inglesa se referia ao casal no passado.

A mulher se endireitou e continuou parada ali, inclinando-se na direção da carroça. Ela inspirou fundo antes de falar de novo.

— Você foi muito atenciosa. Obrigada. — Ela deu um sorriso fraco, minúsculo, que derreteu como orvalho no sol da manhã. Mesmo assim, seus olhos castanhos brilharam de esperança, combinando com a gargantilha de diamante em seu pescoço. Mas foi o maxilar forte e decidido que pegou Ella Mae desprevenida, e, por uma fração de segundo, aquela mulher elegante pareceu-se com alguém.

Antes de se virar para partir, a mulher enfiou a mão no bolso do casaco e pegou um envelope fechado.

— Isto pode parecer de certo modo um abuso, mas significaria tanto para mim, mais do que você pode imaginar, se você, ou outra pessoa, pudesse entregar esta carta para algumas das Rebeccas na sua comunidade, para as que tiverem filhas de vinte e dois anos. Ah, sim, me esqueci de lhe dizer... o aniversário da jovem é em cinco de junho.

Cinco de junho? Só havia uma mulher que se encaixava nessa descrição.

De repente, a Mulher Sábia entendeu com qual Rebecca a forasteira elegante queria falar, e por que o rosto dela parecia tão espantosamente familiar. Com a mesma certeza de que era Ella Mae Zook, ela entendeu.

A mulher entregou-lhe o envelope fechado.

— De todo o coração, fico grata eternamente. — E assim ela foi embora.

Mattie voltou a tempo de ver a traseira da limusine preta saindo do estacionamento.

— Uns ingleses chiques por aqui hoje, *jah?*

Ella Mae não respondeu.

Mattie tocou no braço da mãe.

— Você está bem, mamãe?

Ela assentiu com a cabeça.

— Você vai ajudar Katie e Rebecca Lapp a arrumarem a casa agora de manhã?

— Pensei em ir até lá. E você? A companhia vai lhe fazer bem, mamãe.

— Estou muito cansada, filha — Ella Mae disse, sua voz fraca soando rouca de novo. — É melhor eu descansar um pouco.

Mattie conduziu a charrete pela rua até a casa cinza de madeira.

— Vou ajudar você a entrar, então, se tem certeza de que não quer ir comigo.

Ella Mae desceu da charrete se apoiando na filha. Sua mão livre, enfiada nas dobras do comprido xale de lã, segurava o envelope. Um envelope com acabamento elegante e o nome *Laura Mayfield-Bennett* centralizado no verso.

◇ ◈ ◇

Mary Stoltzfus e sua mãe, Rachel, seguiram pela travessa estreita até a casa dos Lapp, levando entre elas, no assento da charrete, uma cesta de pães recém-saídos do forno. Mesmo de carroça, o tempo passava rapidamente naquela manhã. A conversa delas era pontuada por especulações a respeito dos ingleses vistos tanto por Levi Beiler quanto por Ella Mae Zook uma hora antes.

Não demorou muito e elas entraram na propriedade dos Lapp, onde estacionaram num pátio lateral ao lado de uma fila de charretes cinza idênticas. Mary ajudou a mãe a descer e elas foram pela neve compactada até a casa, acenando no caminho para Eli Lapp, que vinha do galinheiro para desatrelar o cavalo delas e levá-lo até o celeiro para lhe dar feno e água.

Uma casa de pássaros, com lugar para acomodar até vinte andorinhas na primavera, projetava sua sombra comprida no caminho nevado pelo qual as duas mulheres seguiam até a porta da cozinha.

À primeira batida, Katie abriu a porta.

— *Wilkom*, Rachel. Como está, Mary? — Ela abraçou as duas e ajudou Rachel a tirar o xale.

— É bom ver você sorrindo de novo — Mary sussurrou no ouvido de Katie.

— O sorriso é de esperança, nada mais — Katie disse baixinho.

Mary seguiu Katie até a cozinha agitada, onde estavam as primas e amigas que tinham vindo para ajudar a noiva a fazer a limpeza completa da casa — um esforço da comunidade. Tudo deveria estar absolutamente imaculado para a cerimônia de casamento na semana seguinte.

Então foi só bem mais tarde que Mary conseguiu um momento a sós com Katie. Foi então que Katie lhe contou que seu pai tinha saído cedo para algum compromisso.

— E até agora não voltou.

Não havia outra forma de interpretar o olhar de preocupação da amiga.

— Você acha que ele foi falar com o bispo? — Mary perguntou.

— Ben acha que sim.

— Oh, Katie, eu sinto tanto. Isso vai complicar tudo.

— *Jah.* — O sorriso de Katie era forçado, sem dúvida. — Agora eu vou ter que me confessar para meu futuro marido. — De repente, o humor dela mudou. — Vamos para a cozinha. Pode ser que algo saboroso nos faça parar de pensar no meu problema.

Katie seguiu para a cozinha com Mary logo atrás. Juntas, elas provaram os doces.

— Aqui, experimente um dos meus. — Mary pegou um pedaço generoso de um dos pães doces que tinha levado.

Katie mordeu um bocado, engoliu-o e lambeu os dedos.

— *Du konst voll.* Você é muito boa nisso, Mary. Algum dia vai ser uma ótima esposa.

Então, olhando ao redor para ver se ninguém a ouviria, Katie baixou a voz e sussurrou:

— Vai ser Joe Galinha ou Jake Yoder? — ela provocou a amiga.

Mary sentiu o rosto ficar quente.

— Não se preocupe. Você vai ser a primeira a saber. Provavelmente.

— Provavelmente? — Katie olhou enviesado para a amiga. — Não, não... você tem que me prometer.

— Nós nunca vamos ficar longe uma da outra... Nós somos melhores amigas, lembra? Por que você não seria a primeira a saber?

O sentimento naqueles olhos azuis brilhantes fez Katie saber que Mary manteria sua palavra, como sempre. Dava para confiar em Mary. Essa era uma das muitas razões pelas quais tinha se apegado à garota alegre com rosto de anjo. E coração de ouro puro.

— Então é isso. — Reparando que algumas das mulheres já estavam trabalhando, Katie levantou. — Não posso deixar as outras fazerem todas as tarefas para o meu casamento.

As mulheres já tinham iniciado a limpeza da casa, começando pelos quartos, e depois desceriam para o térreo, esfregando paredes e lavando as janelas até tudo estar brilhando. Cada centímetro da casa seria usado no dia especial de Katie, então seriam dados retoques de pintura em vários aposentos.

Antes que a refeição do meio-dia fosse servida, os homens começaram a chegar, incluindo o pai de Katie. Foi a primeira vez que ela o via nessa manhã, o que a deixou apreensiva. Como os homens eram servidos primeiro, ela ajudou a servir o almoço leve — frios, picles, beterraba e uma variedade de queijos —, tomando cuidado para evitar o lugar onde o pai estava. Em vez dela, Mary serviu Samuel e os outros naquela ponta da mesa.

Depois, enquanto as mulheres se sentavam para comer, os maridos foram fechar a grande varanda da frente, a fim de que tivessem mais espaço para acomodar os muitos convidados que viriam para o casamento.

O Bispo John passou por lá, levando consigo chapas de compensado e folhas de plástico, fechando a varanda temporariamente. Katie sentiu o olhar dele sobre si, mas fingiu não notar e conseguiu sumir no meio das mulheres que lavavam a louça do almoço. Haveria tempo suficiente para lidar com ele mais tarde.

— Quando você vai se confessar? — Mary perguntou ao se ver de novo sozinha com Katie no quarto da amiga.

Sentindo os joelhos fraquejar, Katie sentou na borda de sua cama.

— Só depois que todos forem embora — ela disse e então franziu a testa. — Mas talvez John devesse saber agora, para ficar quando os outros forem embora.

— Se você quiser, eu digo para o seu pai, e ele pode dizer ao Bispo John que você precisa falar com ele — Mary sugeriu, dando um grande suspiro. — Depois disso, as coisas vão ficar bem de novo, como deveriam estar. Você vai ser perdoada e se sentir bem de novo, *jah*?

Katie anuiu, não muito certa disso. A confissão seria sua primeira.

O sorriso de Mary foi reconfortante.

— Tudo isso vai acabar antes que você perceba.

— *Jah* — Katie disse, pensando que a confissão seria apenas o começo. *Vai acabar, está bem*, ela concordou em silêncio, permitindo então que sua cabeça vagasse. *Se pelo menos Dan estivesse vivo...*

Ao pensar em Dan Fisher, ela se deu conta de que tinha passado quase vinte e quatro horas sem cantar nem cantarolar as músicas de amor deles. Nem ao menos uma.

Capítulo nove

Katie ficou esperando na cozinha até as últimas mulheres irem embora antes de retornar para a sala da frente, aproximando-se da forma mais casual que conseguiu.

— Venha — o Bispo John disse, estendendo sua mão para ela enquanto se punha de pé. O azul nos olhos cinzentos dele pareceu ficar mais brilhante enquanto ela atravessava a sala.

— *Dat* contou para você das minhas músicas? — ela perguntou, quase sussurrando, sentando-se na cadeira de frente para ele.

John aquiesceu, e os dois se sentaram face a face.

— É algo redentor o que você está para fazer, Katie. A menos que a pessoa recue ao dar o primeiro passo para longe da congregação, é provável que o segundo e o terceiro passos se sigam. Esses primeiros passos podem levar a pessoa para muito longe da igreja... — Ele fez uma pausa, observando-a com carinho. — Venha, irmã, encontre sua paz perdida.

Ele continuou, agora no papel de pregador, embora parecesse para Katie que John estava sendo delicado em sua repreensão, usando as Escrituras.

— Nós temos que crucificar a carne, resistir às coisas do mundo. Você concorda em dar suas costas às canções que não estão no *Ausbund*?

— *Jah* — concordou Katie, fazendo seu melhor para não chorar, não pensar nas músicas românticas de Dan.

— E o violão... você destruirá esse instrumento do mal?

Katie ficou sem fôlego. O pai tinha contado tudo para John Beiler! O pedido a pegou desprevenida. O que ela podia responder? Se argumentasse com o bispo, pedindo uma alternativa para aquela exigência, haveria a possibilidade de ser banida — excomungada da igreja —, pois discutir com um líder da igreja era motivo suficiente para isso.

John tinha sido escolhido por sorteio, por decisão divina. Ele tinha rezado a prece batismal sobre ela poucos anos antes. Como ela ousaria discutir com o eleito de Deus?

Katie baixou a cabeça, fixando o olhar nas mãos unidas.

— Eu destruirei o instrumento do mal. — A voz dela tremeu enquanto falava.

John se levantou e virou a palma das mãos para ela. Hesitante, ela colocou suas mãos pequenas nas manzorras calejadas dele e se levantou.

— Neste dia, uma irmã foi recuperada para a fé — ele declarou.

Mary Stoltzfus tinha razão, como sempre. A parte da confissão acabou rapidamente, e foi menos dolorosa pela óbvia boa vontade nos olhos de John, e pela expressão generosa no rosto corado dele. Na verdade, se Katie não soubesse da seriedade de John, poderia até pensar que seu futuro marido tinha aliviado a questão das músicas, minimizando sua transgressão. A não ser pelo pedido chocante para que ela destruísse o violão.

As palavras do pequeno Jacob ecoaram em sua memória. *Papai deve ter sempre razão... Deus faz os bispos assim, sabe?*

Katie teria que cumprir sua promessa. Uma pessoa não sai por aí fazendo ao bispo uma promessa que não pretende cumprir. Ela não sabia como se obrigaria a fazer aquilo, mas o Senhor sabia, e Ele lhe daria a força necessária quando a hora chegasse.

Ela ficou muito aliviada, entretanto, quando a conversa deles passou de pecado para casamento. Contudo, se perguntou se John mencionaria como estava o ânimo do pai pela manhã, quando relatara a transgressão dela. Mas nada foi dito a respeito.

Com a confissão superada, eles foram até a cozinha, onde Rebecca tinha posto a mesa com torta de maçã e fatias de queijo.

— Você já decidiu quem vai chamar para *Newesitzers?* — John perguntou, referindo-se aos padrinhos de casamento de Katie. Como era o costume, deveria ser um casal de solteiros, não comprometidos. Katie anuiu.

— Vão ser meu irmão Benjamin e minha amiga Mary Stoltzfus. Ela até já terminou de costurar o vestido e a capa.

John sorriu e pegou a mão dela, os dois sentados no banco comprido junto à mesa.

— Eu convidei meu irmão mais novo, Noah e... — John fez uma pausa, olhando pensativo para Katie. — *Ach*, eu ia escolher minha filha mais velha, mas acho que Nancy ainda é um pouco nova.

Katie concordou. Ele não podia ter pensado seriamente em convidar uma criança para ser madrinha. Em seguida, ele disse que convidaria Sarah Beiler, neta mais velha de Mattie e sobrinha-neta de John.

— O que você acha de o Pregador Yoder ser um dos ministros? — ela perguntou.

— *Gut.* — John sorriu para ela, mostrando as gengivas como um garoto entusiasmado. — E eu pensei em chamar o Pregador Zook, de SummerHill. Nós dois nos conhecemos desde os primeiros dias em Lancaster.

Katie se perguntou se o Pregador Zook seria parente da falecida esposa de John. Mas ficou em silêncio, praticando o papel submisso que tinha aprendido com Rebecca ao longo dos anos.

Estava decidido. Dois de seus pregadores favoritos da região de Lancaster fariam os sermões de antes da cerimônia de casamento. Outras decisões ainda precisavam ser tomadas, incluindo quem seriam os *Forgehers* — os recepcionistas — e os outros que ajudariam durante todo o evento. Eles teriam que escolher os atendentes, quem cozinharia as batatas, o assado, os *Hostlers* — os garotos que cuidariam dos cavalos. Homens para armar as mesas e trazer os bancos eram os próximos na lista do Bispo John, seguidos pelas mulheres que lavariam e passariam as toalhas de mesa para a enorme multidão de duzentos convidados. Os assistentes deviam ser casais casados, e eventualmente um homem podia ajudar na cozinha no casamento de um parente — essa era a única vez em que algo assim acontecia. Katie sorriu ao pensar em seus irmãos mais velhos, Elam e Eli, tentando preparar alguma coisa na cozinha de sua mãe.

Katie sentiu-se grata a John por permitir um casamento grande seguido de banquete. Normalmente, por respeito à primeira mulher do noivo, o segundo casamento era bem mais simples. Mas John, sendo o bispo, dispensou a prática tradicional, para espanto do Povo.

Antes de ir embora, John a beijou na boca pela primeira vez. Ela ficou feliz por não haver ninguém para testemunhar o beijo, pois era uma coisa tão íntima e, de certo modo, também constrangedora. Katie sabia que levaria algum tempo para se acostumar com isso — essa coisa de beijar o bispo na boca.

Katie subiu para seu quarto e refletiu sobre o dia. Tudo acontecera do modo como Mary tinha previsto, o que a deixava profundamente grata. Ela se sentiu mais determinada a assumir a tarefa de crucificar a carne todos os dias — abandonando seus costumes pecaminosos. Confissão fazia mesmo bem à alma, ela concluiu.

Depois da visita de John, mas antes da ordenha da tarde, Rebecca se encontrou com Samuel no celeiro.

— Acho que devemos ir em frente e dar o dinheiro para Katie... Aquele dinheiro da mãe verdadeira, eu quero dizer — ela disparou quando não havia ninguém por perto. — Como dote para o casamento.

— Uma ideia maravilhosa para Katie e o bispo — Samuel aquiesceu.

— Então na segunda-feira eu vou até o banco sacar o dinheiro. — Sem falar mais nada, Rebecca saiu do celeiro, contente por Samuel ter concordado. Todos os detalhes do casamento estavam acertados. As coisas tinham se acomodado muito bem. Tudo. Até mesmo a confissão de Katie sobre sua música para o bispo.

Rebecca estava tão feliz que, quando uma charrete parou no pátio lateral trazendo Ella Mae Zook, disparou na direção da visitante como um cavalo jovem.

— *Wilkom*! — Ela deu as boas-vindas, depois ajudou a mulher mais velha a descer da carroça e a levou para dentro de casa.

— Tome uma xícara de café comigo — Rebecca disse, puxando a cadeira de balanço para perto do fogão.

— *Ach*, não posso me demorar — murmurou a Mulher Sábia ao se sentar. Uma expressão de preocupação aprofundou as rugas em sua testa. — Estamos sozinhas?

— *Jah*. Samuel está no celeiro. Os garotos e Katie também.

Ella Mae deu um suspiro profundo e começou a falar.

— Uma inglesa jovem parou no armazém do pregador esta manhã e começou a fazer perguntas. — Ela baixou os olhos para o próprio colo. — Ela me deu este envelope. Acredito que seja para você, Rebecca.

— Para mim?

— *Jah*, e acredito que seja melhor você ler a carta em particular.

Um terror paralisante amorteceu as pernas de Rebecca e a fez soltar uma exclamação involuntária.

— C-como assim?

— Eu acho... Tenho motivos para acreditar que o conteúdo só deve ser visto por você — a Mulher Sábia alertou Rebecca ao lhe entregar o envelope.

Rebecca tremeu ao ler o nome escrito em letra cursiva elegante — *Laura Mayfield-Bennett* —, grata por Ella Mae ter a gentileza de não fazer perguntas.

— É melhor eu ir — Ella Mae disse. — Mattie está me esperando para jantar.

Rebecca seguiu Ella Mae até a charrete e a ajudou a subir.

— *Da Herr sei mit du.* Que o senhor esteja contigo — ela disse, quase sem voz.

— E com você também, minha filha. — A voz de Ella Mae, rouca como era, nunca tinha soado mais doce, mais cheia de compaixão, e os olhos de Rebecca se encheram de lágrimas.

Antes de pegar as rédeas, Ella Mae voltou-se para Rebecca e falou mais uma vez.

— *Wann du mich mohl brauchst, dan komm ich.* Quando precisar de mim, eu virei.

Rebecca baixou os olhos para o refinado envelope branco.

— Eu sei que virá — ela sussurrou, tremendo devido ao frio... e ao desconhecido. — Eu sei.

Katie terminou suas tarefas no celeiro, tentando afastar os pensamentos que a importunavam. Seu olhar vagou até o palheiro no andar superior, onde o violão de Dan estava escondido, em segurança, dentro do estojo. Obrigando-se a desviar os olhos, notou a mãe acenando para alguém que se afastava numa charrete. *Quem podia ser?*

As palavras de John ficavam revirando em sua cabeça: "É algo redentor", ele tinha dito a respeito da confissão. E era mesmo, claro. O ato de se confessar lhe garantia sua posição na igreja. Ela devia obedecer às regras. Seu futuro dependia disso.

Então, por que se sentia sufocada? Cativa? Como se seu coração estivesse preso às canções proibidas?

Ela tinha se confessado horas antes, mas continuava sentindo algo errado no coração. Não era assim que imaginava que se sentiria após expor a alma. O que a impedia de seguir o caminho reto e estreito? O que mais poderia fazer?

Dan Fisher tinha falado dessa mesma sensação uma vez, quando voltavam para casa de charrete após os Cânticos, alguns dias antes de ele se afogar. Confusa, Katie o escutara tagarelar a respeito de algo que tinha encontrado em Gálatas, em que o apóstolo Paulo falou sobre apoiar sua fé não nas regras da igreja, mas em Cristo. Dan até leu os versos do capítulo 5, e ela se lembrou de sua surpresa ao ver que ele carregava no bolso uma versão adaptada do Novo Testamento. Algo estranho para um amish batizado!

— A Ordem não pode nos salvar, Katie — ele tinha dito, com uma expressão séria. — Nossos ancestrais não foram educados nas Escrituras... eles não estudaram a Bíblia para que pudessem ensiná-la ao Povo. Ele fizeram regras para a Velha Ordem seguir. Regras feitas pelo homem.

Katie tinha aprendido sobre os quatro bispos anciãos que, em 1809, tinham estabelecido a regra de excomungar os membros que não obedecessem à Ordem. Mas ela estava amando, e o que quer que Dan escolhesse acreditar sobre seus ancestrais suíços estaria bom para ela; Katie não iria discutir com ele. Além do mais, era provável que ele tivesse sido convidado para um grupo menonita de oração ou estudo da Bíblia. Os menonitas eram conhecidos por buscar as verdades da Palavra de Deus, e muitos deles acabavam se tornando missionários.

Na época, Katie imaginou que Dan tivesse conhecido algum pregador, só isso. Mas ela desejou que ele tivesse cuidado com sua afiliação a forasteiros. Principalmente menonitas. Dan poderia ter sido banido por algo assim!

Katie se encolheu. *Die Meinding*, o banimento, era uma coisa apavorante. Bastava a palavra para provocar emoções fortes no Povo. Sentimentos de rejeição, abandono... medo.

Ela se lembrava de sua *Mammi* Essie contar de um homem que fora banido por usar um trator. Nenhum membro do Povo podia sequer falar ou comer com ele, pois seria banido também.

— É como uma morte na família — a vovó Essie tinha dito a ela. E Katie, apenas uma criança na época, tinha sentido pena do homem banido e da família dele.

Mas foi só depois de conhecer a filhinha dele, Annie Mae, durante uma competição de soletração na escola comunitária, que Katie compreendeu quanta tristeza o banimento envolvia. Ninguém sabia o que dizer para Annie Mae. As pessoas não diziam nada ou eram mais gentis com ela, como se isso pudesse, de algum modo, compensar a dor do pai.

Embora as crianças fossem bastante protegidas dos assuntos da igreja, elas podiam ver que, após o banimento, Annie Mae nunca mais fora a mesma. Foi como se ela tivesse tido algo precioso roubado. Katie teve medo de que, a menos que o pai de Annie Mae se submetesse a uma confissão de joelhos e implorasse o perdão, sua filhinha fosse sofrer pelo resto da vida.

Junto com todas as outras crianças do distrito da igreja de Hickory Hollow, Katie tinha sido ensinada a nunca se desviar, nem um pouco, da Ordem. Depois que começava a se afastar, a pessoa se colocava no caminho de saída da igreja.

Bom, ninguém nunca vai ter que se preocupar comigo, pensara a pequena Katie após testemunhar a provação do pai de Annie Mae. Ela nunca iria desobedecer ou desgraçar sua família e sua igreja. Nunca se desviaria da congregação a ponto de ser banida...

Momentos após Ella Mae Zook pegar as rédeas e conduzir sua charrete na direção oeste, que ia ficando acinzentada, Rebecca entrou em casa, o coração batendo muito forte em suas costelas. Aquela carta em sua mão, o papel do envelope...

Ela o apertou junto ao peito, lançando olhares furtivos pela cozinha para ter certeza de que estava sozinha. Sozinha, como Ella Mae tinha sido bondosa ao sugerir.

O aposento, estranhamente frio, estava silencioso. Rebecca pegou uma faca e cortou o envelope, fazendo uma abertura longa e limpa no alto. Com os dedos trêmulos, tirou de dentro uma carta dobrada em três partes. Devagar, ela abriu a folha e começou a ler:

Prezada Rebecca (mãe adotiva da minha filha),

Sinto dizer que nem eu nem minha mãe procuramos saber seu sobrenome naquele dia no hospital de Lancaster, vinte e dois anos atrás. Infelizmente, a situação estava fora do meu controle naquela manhã de cinco de junho.

Talvez eu parecesse nova demais para lhe dar minha filha recém-nascida. Sim, eu era jovem. Irresponsável, também, por ter concebido aquela vida tão pequena. A culpa desapareceu há muito, mas a tristeza pela minha filha perdida continua, para sempre gravada no meu coração.

É com grande apreensão que entro em contato com você desta forma. Eu oro para que você entenda meu motivo, pois tenho que ser franca com você, Rebecca. A garotinha que eu lhe dei tem vivido no meu coração por todos esses anos. Sim, eu preciso dizer a verdade e dizer que me arrependo de tê-la dado. Agora mais do que nunca, porque, sabe, estou morrendo.

Vários especialistas sugeriram que eu "pusesse a casa em ordem", pois só tenho alguns meses de vida. Com essa notícia recente, você pode entender por que estou desesperada para ver Katherine — ainda que só mais uma vez — antes de morrer.

É claro que é bem possível que você e seu marido tenham escolhido não manter o nome que dei à minha bebê, e talvez essa tenha sido uma decisão sábia. Contudo, peço respeitosamente sua ajuda para providenciar nosso primeiro encontro — da minha filha comigo. Como estou rezando para que você responda favoravelmente à minha súplica, envio anexo meu endereço.

Obrigada, Rebecca, por tudo o que fez por Katherine, por todos os anos de amor que você e seu marido dedicaram a ela. Por favor, tenha certeza de que não pretendo interferir na vida dela, ou na de vocês, de qualquer modo danoso. Minha busca pela minha filha é motivada puramente pelo amor.

Que o Senhor abençoe vocês sempre,
Laura Mayfield-Bennett

No meio do primeiro parágrafo, Rebecca teve que se sentar.

— Oh, nossa, não... não — ela murmurou para si mesma. — Isso não pode ser. Não pode ser.

Ela releu a carta várias vezes, as lágrimas aflorando quando chegava à parte sobre a tristeza de Laura em perder sua bebê. Rebecca sabia que a perda de um filho — qualquer filho —, seja para a adoção, seja para a morte, era uma experiência excruciante, que mudava a vida. Ela *sabia*.

Mesmo assim, tudo nela resistia à ideia de arranjar um encontro entre essa... essa *mulher* e sua preciosa Katie! Ela, Rebecca Lapp, e não Laura Mayfield-Bennett, era a mãe de Katie!

Mas a mulher não disse que estava morrendo? Morrendo! Quantos anos ela podia ter? Trinta e tantos? Talvez até mais jovem. Rebecca não fazia ideia, pois nenhuma informação nunca fora trocada entre as duas famílias. A adoção nunca tinha sido formalizada. A bebê precisava de um lar; ela e Samuel tinham acabado de perder seu recém-nascido. Arrasada e infértil, Rebecca tinha aceitado a criança como uma bênção das mãos do Pai celestial.

Deus, em Sua grande Providência, tinha posto ela e Samuel no caminho de uma adolescente pesarosamente triste de cabelo castanho avermelhado. E aquela adolescente — Laura — tinha se despedido de sua bebezinha com um beijo, colocando-a nos braços abertos de Rebecca. Quem poderia questionar a retidão, a legitimidade desse ato?

Mas, em seu coração, Rebecca sabia que a identidade da bebê que tinha batizado de Katie — e criado numa fazenda da Pensilvânia, em uma casa de arenito passada de uma geração a outra — nunca existira de verdade. Aquele arranjo tão improvisado jamais se sustentaria num tribunal moderno. Não, mas, verdade seja dita, Katherine Mayfield, filha da mulher chique... Katherine, com sangue inglês correndo em suas veias... Katherine, com inclinação para violões e músicas proibidas... era a garota que tinha vivido ali todos aqueles anos, criada como amish.

— E agora a mãe verdadeira a quer de volta — Rebecca gemeu, balançando para a frente e para trás. — Ela vai voltar a Hickory Hollow... e tirar Katie de mim.

Ela sentiu o coração falhar uma batida, e a sensação alarmante a pegou de surpresa, fazendo-a perder o fôlego. Com um grande suspiro, levantou, amassando a carta na mão.

— Não vou responder à sua carta, Laura Mayfield-Bennett. Não vou!

Sem ligar para a opinião de Samuel nesse assunto, nem pedir seu conselho — sem pensar em nada disso —, Rebecca se levantou e foi até o velho fogão a lenha, jogando a carta — com envelope e tudo — em seu ventre ardente.

Como se a uma grande distância, ela ouviu a porta dos fundos ser aberta e Katie entrar correndo. Não levantou os olhos, apenas continuou encarando o fogo, que lambia os restos do passado secreto.

— Mamãe?

Ela reconheceu a voz de Katie e se perguntou por quanto tempo esteve ali, olhando para as chamas laranja e vermelhas.

— Mãe, você está bem? — Katie tocou o braço de Rebecca, que se endireitou, reunindo toda a força que lhe restava.

Lentamente, ela se virou para a filha.

— Onde está seu pai?

— Está vindo. Ele e os garotos logo virão para o jantar.

Rebecca começou a arrumar as sobras e forçou um sorriso — a imitação gelada de um sorriso. Katie não podia desconfiar de que havia algo errado. Ela nunca poderia saber que outra mulher, uma completa estranha, era sua mãe verdadeira. Nem que essa mulher agora estava morrendo de uma doença terminal. Ou que a carta que poderia ter aberto a porta para vestidos chiques, espelhos e música ardia no fogão amish a poucos centímetros de distância.

Capítulo dez

O terceiro domingo de novembro era um dia de folga. Semana sim, semana não, no Dia do Senhor a comunidade amish tinha um dia de descanso. O tempo era passado tranquilamente em casa ou, como era mais frequente, visitando amigos e parentes.

Katie e sua família tinham planejado passar um dia sossegado juntos, fazendo apenas as tarefas essenciais e, em geral, apreciando a companhia um do outro — esse seria o último domingo de descanso antes de seu casamento.

Após o almoço, Mary Stoltzfus apareceu com a colcha de casamento pronta, e seus olhos brilhavam enquanto ela cumprimentava cada membro da família Lapp. Eli pareceu prestar mais atenção do que de costume quando Mary passou pela cozinha a caminho da sala de estar. Isso não foi surpresa para Katie, pois sua amiga mais querida estava reluzente naquele dia.

Rachel, mãe de Mary, sempre dizia: "Bonito é quem faz o que é bonito". Se o velho ditado era verdadeiro, Mary devia ser a inspiração, pois ela era tão bonita por dentro quanto por fora.

Eli seguiu-as até a sala de estar e se sentou numa cadeira de vime de frente para elas, de vez em quando levantando os olhos de suas palavras cruzadas para as duas, que falavam da colcha. Então Benjamin entrou e sugeriu ao irmão que fossem "fazer visitas". Pelo brilho nos olhos de Ben, Katie desconfiou de que eles fossem ver suas namoradas.

— Até mais — a mãe disse de sua cadeira de balanço em frente ao *Dat*, que roncava tranquilamente numa cadeira igual. Os garotos acenaram, mas foram pela cozinha até a despensa, fazendo planos em voz baixa e rindo um pouco.

— O seu noivo está vindo? — Mary perguntou.

— *Jah.* — Katie não conseguiu evitar ficar corada. — John vem me buscar para irmos juntos visitar o amigo dele, que é pregador em SummerHill. Parece que ele está tendo problemas com uns garotos durante os Cânticos.

— Mesmo? Que tipo de problema?

— Oh, travessuras de meninos, eu acho. Alguns deles estão levando violinos e violões para os Cânticos. Coisas desse tipo.

Diante da menção a violões, Mary franziu o cenho, e Katie imaginou que a amiga fosse perguntar se ela já tinha se livrado de seu violão. Para preencher o silêncio constrangedor, ela continuou:

— Ouvi dizer que eles levaram um CD player uma noite. Dá para acreditar?

— CD player? O que é isso?

— Oh, é um tipo de máquina que toca música de uns discos pequenos.

— Ora, mas isso ganha de tudo.

— Pois eu lhe digo, Mary, as coisas estão mudando bem rápido por aqui. Eu me lembro quando não podíamos levar nem gaitas aos Cânticos.

— É verdade — Mary assentiu. — E elas ainda não são muito usadas aqui em Hollow. Não desde que John Beiler foi ordenado bispo, alguns anos atrás. Ele é mais severo do que a maioria, você sabe. — Ela estendeu a mão para a de Katie. — Mas fico contente que nós tenhamos um bispo firme, *standhaft*. E, pense bem, na quinta-feira você se tornará esposa dele.

Katie sorriu e apertou a mão de Mary.

— E tudo já está pronto para o casamento. — Ela olhou ao redor, para as paredes recém-pintadas e o chão esfregado.

— Papai e os outros homens fizeram um bom trabalho fechando a varanda, não acha?

Ela levou Mary até a porta da frente, de onde as duas observaram a extensa área da varanda através da pesada janela de vidro duplo.

— Oh, Katie, eu quase queria ser você — Mary sussurrou, seu rosto perto o bastante da janela para embaçar o vidro.

— Sério? Por quê? — Intrigada, Katie se virou para fitar a amiga. — *Você* queria se casar com o bispo?

Mary levantou as duas mãos para cobrir o rosto vermelho.

— *Ach*, não. Eu não quis dizer nada disso!

— O que é, então? Por que você queria ser *eu*?

Mary olhou para o pai da amiga, que continuava dormindo, e baixou a voz.

— Eu só quis dizer que queria me casar logo — ela sussurrou.

— Oh, Mary... — Katie estendeu os braços e abraçou a amiga. — Logo você vai ter o seu dia. Um dos belos rapazes daqui... um deles logo vai focar sua janela com a lanterna, e não vai demorar muito. — Ela desejou sinceramente estar falando a verdade, que isso acontecesse como ela estava prevendo. — Venha. Sobrou *strudel* de maçã do almoço!

Na cozinha, Katie serviu duas fatias grossas e encheu duas canecas com o bom café de sua mãe.

— Hum, está bom — Mary disse após o primeiro bocado. — A receita é da sua mãe?

— *Jah.*

— Vou querer copiar.

— Já provei seus doces, Mary Stoltzfus. Você não precisa de ajuda nisso!

Elas terminaram a sobremesa ainda falando dos planos para o casamento.

— Nada me deixaria mais feliz do que ter você ao meu lado — Katie disse, referindo-se ao fato de que Mary, como madrinha, ficaria com ela durante o sermão, nas primeiras duas horas do casamento.

— Bem, quem mais você poderia ter escolhido? — Os olhos de Mary cintilaram.

— Ninguém. Você foi minha primeira e única escolha. Você sabe, eu não tenho irmãs.

Mary empurrou as migalhas para o centro da mesa.

— Fico feliz... de certa forma. Se você tivesse irmãs, então talvez eu não ficasse no lugar de honra em seu casamento. E talvez... nós não fôssemos amigas tão boas.

Houve um momento de silêncio enquanto as duas refletiam sobre as mudanças que o casamento de Katie traria.

— Oh, Mary, como vai ser, eu me casando e deixando você solteira para trás? Não seria maravilhoso se nós pudéssemos fazer um casamento duplo? — Então, pensando em voz alta, ela acrescentou: — Acho que eu podia esperar um pouco mais, pedir um tempo ao bispo... até Joe Galinha pedir você em casamento... ou o filho do pregador.

Mary ficou boquiaberta.

— Não diga uma coisa dessas! Os caminhos de Deus são os melhores, Katie. Além do mais, coitado do Bispo John! Ele já está esperando você há muito tempo.

— Muito tempo? — Katie ficou surpresa ao ouvir aquilo. — Como você sabe?

Mary franziu a testa. Parecia que tinha falado demais. Mas Katie insistiu numa resposta.

— Do que você está falando?

Mary inclinou a cabeça e apertou os olhos.

— Eu sei que é verdade. O bispo estava de olho em você há muito tempo. Eu via o modo como ele olhava para você. *Ach*, eu não ficaria surpresa se ele amasse você desde antes do seu batismo.

Katie gemeu.

— Mas Dan e eu estávamos apaixonados nessa época, então como é que o bispo podia...

— Ah, não estou dizendo que o Bispo John tinha *ciúme* de Dan — Mary interveio rapidamente, os olhos arregalados. — Eu não quis dizer nada disso.

Refletindo, Katie entendeu do que Mary estava falando.

— Oh, *aquilo*. John só estava sendo mais gentil e prestativo porque Dan tinha se afogado. Só isso.

— Bem... pode ser. John Beiler é um homem decente, temente a Deus. — Mary suspirou. — Deve ser bom demais ter alguém assim querendo tanto casar com você.

Katie tirou a mesa, depois voltou e se sentou de frente para Mary.

— Antes, quando você estava falando do jeito que John me olhava... bem, você não quis dizer que ele tinha aquele olhar... ahn, sério, intenso nos olhos, quis?

— Katie Lapp! Eu não queria pôr essa ideia na sua cabeça! — A resposta da amiga veio inflamada. — John Beiler é um bispo ordenado, por nosso Senhor!

Katie anuiu, pensando, imaginando. John Beiler também era um ser humano. Ela tinha visto evidências claras de desejo nos olhos dele, mas sentiu que era algo que não devia contar. Nem para sua melhor amiga.

— Por favor, aconteça o que acontecer, não conte para ninguém o que eu acabei de falar, está me ouvindo? — Mary parecia quase desesperada.

Katie concordou com a cabeça, mas sua mente estava girando, pensando no modo como John tinha minimizado sua confissão. Teria sido por causa do carinho que sentia por ela? Porque ele não queria ser severo com sua futura mulher?

— No que você está pensando agora? — Mary perguntou, alisando seu avental ao se levantar e ir até o fogão para aquecer as mãos.

— Nada demais. — Katie continuou sentada, observando Mary, desejando que as coisas pudessem continuar como eram entre elas.

— Isso é bom, porque não quero que você pense em nada até o casamento. Então, alguns dias depois eu vou visitar você na casa do bispo, e você vai me contar os nomes que escolheu para seu primeiro bebê, na primavera. — O grande sorriso de Mary revelou seus dentes ligeiramente tortos.

— Ora, você... — Katie correu até a amiga, empurrando-a e cutucando suas costelas. Se não fosse o Dia do Senhor, ela se sentiria tentada a levar Mary até lá fora para uma batalha de bolas de neve. No fim, o *kapp* de oração de Katie ficou caído de lado, e Rebecca, na sala da frente, teve que mandá-las ficar quietas.

— Nós ainda somos duas crianças, não? — Katie sussurrou, tentando abafar outra risada. — E aí está você... falando dos bebês que acha que eu logo vou ter.

Mary deu de ombros.

— Quem sabe um dos seus filhos não vai ser ruivo? Não seria bom?

— Meu cabelo não é ruivo!

— Bem, o que ele é, então?

— Castanho avermelhado — Katie insistiu. — Mas você tem razão nisso. Já está na hora de mais alguém em Hollow ter cabelo diferente, não acha?

Inesperadamente, Mary ficou pensativa.

— Sabe, eu nunca pensei nisso, mas você é a única por aqui a ter cabelo castanho avermelhado.

Receosa de continuar a conversa por aquele rumo, Katie levantou e fez um sinal para Mary segui-la até seu quarto, onde ela se ajoelhou, abriu seu baú e mostrou para a amiga o enxoval que tinha feito.

— É estranho se mudar para uma casa que já está pronta, com mobília e tudo o mais? — Mary perguntou enquanto elas dobravam de novo os itens do enxoval.

— Oh, não sei dizer se é estranho. O bispo e eu conversamos a respeito. Decidimos que é melhor assim... pelas crianças... — A voz dela foi sumindo e Katie se sentou nos calcanhares, o olhar perdido no vazio.

— Mas isso a incomoda, não?

Lá vinha ela de novo. Mary parecia captar por instinto a verdade.

— Ah, às vezes me incomoda um pouco, às vezes não. Mas vou me acostumar — Katie respondeu, fechando a tampa do baú e se levantando. — Tenho certeza de que vou.

O que ela não disse foi que casar com qualquer homem que não seu primeiro amor a incomodaria um pouco, pelo menos durante algum tempo. Talvez durante *muito* tempo.

Elam, irmão mais velho de Katie, e Annie, sua esposa havia um ano — pequena, e grávida —, chegaram alguns minutos depois de Mary ir embora. Os dois abraçaram Katie e Rebecca ao entrar.

— Nossos pratos estão prontos para serem trazidos para a festa de casamento — Annie disse, sorrindo ao tirar a touca de inverno, revelando o cabelo castanho-escuro debaixo do *kapp* branco. — Elam vai trazê-los amanhã... quando for melhor para vocês.

Katie ficou feliz por emprestar os pratos bons de Annie. Sua cunhada era, provavelmente, a garota mais doce que Elam podia ter escolhido para se casar, embora ele devesse ser o irmão mais irritante que Deus tinha feito. Da união dos dois, um novo Lapp chegaria em breve — em meados de janeiro. Ansiosa por ter sua primeira sobrinha (ou sobrinho),

Katie imaginou se o bebê seria parecido com o irmão mais novo de Annie, seu amado Dan.

Na primeira vez que Katie mencionou essa possibilidade, sua cunhada assentiu, triste, dizendo esperar que sim.

— Dan tinha o rosto mais querido do mundo.

Katie concordava inteiramente. Ela adoraria voltar ao assunto com Annie, mas, como a data de seu casamento tinha sido publicada fazia pouco, conversas sobre Dan Fisher não eram mais apropriadas.

— Acho que *Mam* vai pedir para vocês serem atendentes no meu casamento — ela sussurrou enquanto Annie se acomodava na cadeira de balanço perto do fogão.

Como sua cadeira favorita estava sendo usada, *Dat* foi se sentar na cabeceira da mesa. Ele apoiou os braços na toalha xadrez verde e branca, parecendo esperar que lhe servissem uma fatia de torta de carne.

— É claro que *Dat* e *Mam* é que devem pedir — Katie falou, olhando para Rebecca, que estava do outro lado da cozinha pegando pratos de sobremesa no armário.

— *Ach...* peça logo — Elam disse, dando um beijo na bochecha da mãe. — Nós podemos dizer não, não podemos?

— Então? — Rebecca olhou para o filho. — Você e Annie poderiam ser atendentes no casamento?

Katie notou que Annie deu um olhar significativo para seu marido alto e bonito, esperando, submissa, a resposta de Elam. Ele tomaria a decisão pelo casal.

— *Jah*, seremos atendentes — Elam respondeu, alegre, sem demonstrar qualquer sinal de ironia. — Será uma honra e você sabe disso. — Ele sorriu para Rebecca. — Para quem mais você vai pedir, mãe?

— Oh, tia Nancy e tio Noah, e o irmão mais novo de *Dat* e a esposa. Parentes próximos, basicamente.

— E quanto a David e Mattie Beiler? — Elam provocou a mãe. — Você não gostaria que eles também ajudassem?

Katie se manifestou antes que a mãe respondesse.

— Mattie vai estar fazendo outras coisas, mas Abe e Rachel Stoltzfus vão ajudar na cozinha.

— Ah! — Elam jogou as manzorras para cima. — Então... os pais da melhor amiga estão ocupando o lugar de Mattie, *jah?*

— Elam Lapp — a mãe o repreendeu com delicadeza. — Controle sua língua.

Katie segurou um sorriso. A cena era um pouco cômica — e interessante, também. Ela ficou observando a brincadeira entre seu irmão e sua mãe, percebendo o quanto os dois se pareciam; a semelhança era evidente, até para estranhos. Ninguém tinha dúvida de quem tinha dado à luz aquele homem robusto de 27 anos. Ela invejava a ligação entre cada um de seus irmãos e os pais — principalmente a conexão física entre o primogênito da família Lapp e Rebecca. Mesmo com a barba crescendo havia um ano, as feições de Elam eram muito parecidas com as da mãe; a testa alta, as covinhas, o cabelo cor de palha. Sem dúvida nenhuma, ele era filho de Rebecca.

Elam sempre se sentira à vontade para provocar a mãe. Esse domingo não era exceção. Apesar de seu entusiasmo às vezes desagradável — Katie achava que Elam tinha uma tendência a ir longe demais com as brincadeiras —, ele ainda transpirava um carinho, uma ligação com a família, embora fosse um homem casado morando a vinte minutos da velha casa de pedra. Um homem casado costumava visitar seus pais aos domingos, é verdade, mas Elam ainda amava seu lar de criação. Katie percebia isso, talvez mais forte hoje do que antes.

— Então... está decidido, não vamos incluir Mattie? — Elam insistiu, provocando a mãe.

— *Jah*, está decidido — foi a resposta firme de Rebecca.

— Tem certeza? Você não quer que a Mattie maluca venha cuidar da sua cozinha?

Dat soltou um grunhido de desaprovação. Afinal, era o Dia do Senhor.

Elam enfiou o dedo nas costelas de Katie, levando a brincadeira um passo adiante. Ela recuou, sacudindo a cabeça. *Mam* teria que lidar com as travessuras intermináveis de seu filho mais velho.

E lidar foi o que ela fez. Rebecca serviu torta de carne, uma fatia gorda de queijo fedido e café preto — para manter ocupadas as mãos e a boca de Elam.

Mais parentes — Noah e Nancy Yoder, a irmã de Rebecca com o marido e seis primos de Katie — apareceram a tempo de saborear a sobremesa de maçã seca. E, se não fosse um domingo, as mulheres teriam ajudado a abrir as nozes que ainda precisavam ser quebradas para o casamento. Então Rebecca convidou todos para voltarem na manhã de terça-feira, para uma sessão de quebra-nozes.

— Você vai contar suas histórias de novo? — uma das primas perguntou.

— Ah, acredito que sim. — Rebecca sorriu, e Katie percebeu que sua mãe tinha entendido a pergunta como um elogio.

Rebecca estava radiante naquele dia, com sua grande família reunida à sua volta como pintinhos ao redor da galinha. Carinho e afeição pareciam permear a casa, e, quando o Bispo John chegou, Katie ficou genuinamente feliz ao vê-lo.

John aceitou a xícara que lhe ofereceram e tomou alguns goles do café delicioso feito por Rebecca. Ele cumprimentou a todos na cozinha, e muitos parentes mencionaram o casamento que aconteceria na quinta-feira.

Quando chegou a hora das despedidas, Katie se enrolou no seu xale mais quente e acompanhou John até a charrete dele, imaginando como seria ir com o marido à casa dos seus pais para uma visita de domingo.

Capítulo onze

N a manhã de segunda-feira, Katie pendurava a roupa lavada no varal, no ar doce e gelado. Ela pensou em como seria mais agradável realizar o mesmo trabalho acompanhada de Nancy Beiler, a filha mais velha do bispo. Era difícil acreditar que dali a três dias ela diria seus votos de casamento. As horas pareciam passar correndo, como cavalos selvagens, rápido demais.

— Tenha certeza de trancar a casa depois que nós sairmos — Rebecca disse para Katie antes de partir com Samuel para cuidar de alguns assuntos no banco.

Katie ficou intrigada com o estranho pedido da mãe. Em Hickory Hollow as pessoas nunca sentiram a necessidade de fazer esse tipo de coisa. De qualquer modo, ela trancou as portas da frente e de trás, e esperou até que seus pais sumissem da vista, e que Eli e Benjamin saíssem para uma venda de gado, antes de ir até o palheiro. Estava na hora de cumprir a promessa que tinha feito para o bispo durante a confissão.

O cheiro de feno preenchia o mezanino do celeiro, e, embora ela se sentisse, por um momento, tentada a tocar o instrumento do mal quando o encontrou, Katie manteve o estojo do violão bem fechado e seguro debaixo do braço. Com cuidado, ela desceu pela comprida escada de madeira até o piso de baixo, onde as vacas eram ordenhadas e os cavalos e Cetim eram guardados e alimentados. Seu pônei relinchou, alegre, mas ela não quis perder tempo indo até a baia dele para acariciar seu longo e lindo pescoço.

Katie também não permitiu que seus pensamentos se afastassem de seu objetivo original. Decidida, ela se encaminhou para a casa. Lá dentro, tirou a grade do queimador do fogão, quase sucumbindo ao impulso temerário de queimar o violão e acabar logo com aquilo — de uma vez por todas. Porém, quando colocou o estojo sobre a mesa e soltou as travas, ela hesitou. Se abrisse a tampa e apenas olhasse para o velho violão de Dan, a promessa feita ao bispo podia murchar e virar cinzas — como a lenha consumida por aquelas chamas.

Mas o que ela podia fazer para se livrar do instrumento do mal sem guardar para sempre a lembrança nefasta do ato final, destruidor, levado a cabo por suas próprias mãos?

Também havia o cemitério...

A ideia primeiro a assustou, mas era uma opção. Uma lápide simples de madeira identificava a cova vazia, mencionando o fato de que Daniel Fisher tinha se afogado em seu décimo nono aniversário. Por que não enterrar o violão ali?

Mas a ideia não era boa, e ela sabia. A terra estava congelada demais nessa época.

Katie fechou o estojo do violão com cuidado e o levou escada abaixo, para o porão frio, sem saber o que faria a seguir. O Bispo John queria que ela se desfizesse completamente do violão? Ela tentou se lembrar das palavras exatas dele durante a confissão, mas, quanto mais tentava, mais difícil se tornava acreditar que um homem tão bondoso teria insistido para que ela destruísse um instrumento tão lindo, tão bem-feito. Com certeza não seria errado apenas colocá-lo fora da vista em algum lugar. A ideia a atraiu.

Ela sabia, porém, ao passar pelas conservas de alimentos de sua mãe guardadas nos armários altos, que estava indo longe demais ao tentar interpretar as verdadeiras palavras do bispo. Sem hesitar, ela seguiu pelo corredor estreito até a parte mais escura do porão, onde o pai tinha guardado sua antiga mobília para o casamento. Como estava escuro, ela voltou para pegar a lanterna que Rebecca sempre deixava no armário da direita, em frente a várias toalhas velhas que eram usadas em piqueniques durante o verão.

Katie apertou o botão e a área à sua frente ganhou vida. Ela direcionou o facho de luz para o armário nas profundezas do porão, imaginando como seria apertar um interruptor para inundar um quarto de luz. O pensamento inconsequente durou pouco, pois seu olhar se deteve no móvel lindo que seu pai lhe tinha feito. Ela engoliu o bolo que ameaçava se formar em sua garganta e apertou o estojo do violão, fitando a mobília de casamento que poderia ter sido sua. E o amor puro, maravilhoso, que aqueles móveis representavam.

Com o violão na mão, ela decidiu que o topo do armário era uma ótima opção como esconderijo. Katie apoiou a lanterna no chão, virada para o armário, e arrastou um velho balde de água virado, no qual subiu. Equilibrando-se, levantou o estojo do violão acima da cabeça. Depois que o apoiou na borda do móvel, ela o arrastou para o fundo, a fim de deixá-lo fora da vista, mas bateu em alguma coisa.

— O que tem aí? — ela disse em voz alta, decidida a finalizar sua missão antes que alguém a pegasse em outro ato de desobediência. Com cuidado, levou o estojo para baixo e pegou a lanterna, virando-a para o alto do armário, o que revelou um berço de madeira. Katie achou engraçado que a mãe tivesse guardado o berço no lugar exato — o mesmo local escuro e afastado — em que ela pretendia esconder o violão proibido.

Katie subiu no balde outra vez e estendeu a mão para o berço. Quando o puxou, algo rolou de dentro dele e caiu no chão, despedaçando-se ao redor dela.

— *Himmel*! Céus! — Contrariada, ela desceu e se virou para ver o que era. Ali, no foco da luz artificial, jazia um vestido de bebê coberto por cacos de vidro branco leitoso. Será que o vestidinho estava enfiado no vaso?

Desconcertada com aquela ideia, Katie se abaixou e pegou a peça de roupa, tirando com delicadeza os fragmentos de vidro das dobras acetinadas. Então ela aproximou a lanterna, fascinada. Aquele vestidinho de bebê era espantosamente parecido com o que ela tinha encontrado no sótão.

Levada pela necessidade de descobrir a verdade, de ter certeza absoluta, ela conferiu o forro das costas. O nome bordado ali era "Katherine Mayfield".

Parecia que alguém tinha, propositalmente, escondido o vestidinho. Mas por quê? Ela tentou afastar suas perguntas sem resposta.

Com rapidez, ela atravessou o porão escuro, subiu a escada íngreme e pegou uma vassoura e uma pá de lixo na despensa. Começou a se sentir angustiada, seu pulso acelerando quando olhou para o quintal à procura de algum sinal de seus irmãos, que às vezes voltavam para casa para pegar algo que tivessem esquecido. Quando viu que ninguém estava vindo, correu escada abaixo para recolher e jogar fora os cacos de vidro.

Instantes depois, ela correu para a *Grossdawdi Haus* e escondeu o violão no forro do teto. O instrumento estaria seguro ali, longe dos olhos do Bispo John. E de seu pai.

De volta à casa principal, ela se sentou na sala da frente sem sentir vergonha. Estava feito, um ato enganador, mas ela não sentia nenhum remorso. Por que sentiria... quando alguém em sua família estava sendo desonesto com ela? Mas será que outro pecado justificaria o dela? Katie ignorou o pensamento incômodo.

Era fato que o vestidinho de Katherine Mayfield tinha sido mudado de lugar de propósito. Triste, Katie desconfiou de sua mãe. Ela tinha tanta certeza disso que, se fosse necessário, estava preparada para mostrar a prova para Rebecca.

Em vez de se permitir afundar na tristeza, Katie se pôs a trabalhar, limpando as lamparinas da casa — todas. Ela estava em conflito com suas emoções, perguntando-se como sua mãe podia ter mentido.

Ela pensou na manhã da quarta-feira anterior, quando perguntara sobre o vestido de bebê, depois que, numa segunda visita ao sótão, não o encontrara. O que a mãe tinha dito? Algo como tudo estar "um pouco confuso"? Será que ela não conseguia se lembrar, de verdade? Ou estava apenas querendo evitar o assunto?

Katie tinha entendido a resposta da mãe como prova da inocência dela. Mas e agora? Agora tudo parecia indicar uma trapaça. E por quê?

Para manter a cabeça ocupada, Katie começou a fazer duas tortas de tomates verdes e uma panela de sopa de vegetais para o almoço. Mas ficava correndo até a porta da cozinha e espiando para fora toda vez que ouvia um cavalo ou uma charrete na estrada. Ela continuou a se manter ocupada, esperando que seus pais voltassem a tempo de fazer a refeição do meio-dia com ela.

Quando eram onze e meia e eles ainda não tinham chegado, ela foi até a sala da frente e sentou na cadeira de balanço de nogueira da mãe, onde ficou girando os polegares, encarando a linda roupinha de bebê sobre suas pernas. Os minutos pareceram se arrastar, provocando-a. Ela examinou o trabalho, as costuras, o bordado, e chegou à conclusão de que o vestido não tinha sido comprado numa loja, mas feito em casa, com a ajuda de uma máquina de costura elétrica.

Como sua mãe e seu pai não chegavam, Katie foi até o quintal ver as roupas no varal. Ainda estavam um pouco úmidas, então ela as deixou penduradas sob o sol pálido e voltou para dentro.

Ainda inquieta, ela carregava o vestidinho consigo toda vez que corria até a cozinha para consultar o relógio — dez vezes em quinze minutos —, indo e voltando de um aposento a outro. Por que estavam demorando?

As coisas não faziam sentido. No entanto, não importava quanto tempo demoraria, ou que medidas ela precisaria tomar: Katie planejava mover céu e terra para descobrir a verdade. E começaria no instante em que seus pais chegassem.

O banco estava lotado; a fila parecia maior do que de costume para uma manhã de segunda-feira, pensou Rebecca. Mas ela esperou pacientemente com os outros clientes, na maioria ingleses, embora houvesse alguns menonitas e também gente *Plain*. Ninguém, contudo, que ela reconhecesse.

Quando ela, enfim, chegou à primeira posição da fila, e apareceu o número vermelho na tela sobre o balcão, Rebecca correu até o caixa cinco, colocando sua cesta de vime no chão enquanto a mulher do outro lado esperava.

— Eu quero fechar esta conta. — Rebecca deslizou o formulário bancário na direção das unhas vermelhas. — E eu gostaria de sacar tudo em uma ordem de pagamento feita a Katie Lapp, por favor.

A dona das unhas vermelhas anuiu e saiu para realizar a transação.

Mais tarde, quando Rebecca se encontrou com Samuel na esquina combinada, ela caminhou ao lado dele em silêncio, ignorando os olhares das pessoas que passavam em seus carros velozes. A ideia de que uma dessas pessoas pudesse ser a mãe verdadeira de Katie era horripilante.

Instintivamente, Rebecca se aproximou de Samuel, e imaginou se aquela mulher — aquela Laura Mayfield-Bennett — estava por ali, em algum lugar, naquele exato momento, observando-a, registrando todos os seus movimentos, na esperança de que Rebecca a levasse até a filha que amava tanto, mas que não tinha conhecido...

Quando se viu acomodada em segurança na charrete, sentada ao lado de Samuel, Rebecca se sentiu protegida. O veículo familiar, puxado pelo velho Melaço, servia de escudo contra o mundo moderno dos ingleses.

— Então você pegou o dinheiro do casamento para Katie?

— *Jah*, estou com ele.

— Não seria bom dá-lo para ela no jantar? Assim Eli e Benjamin podem celebrar conosco.

Rebecca gostou da ideia de uma noite festiva, ficando um pouco mais ereta no banco ao se aproximarem da Estrada Velha da Filadélfia.

— *Jah*, boa ideia. Mas Katie não vai ficar surpresa?

O rosto de Samuel se abriu num sorriso largo, e Rebecca percebeu que precisava contar-lhe da carta naquele instante. Mas ela daria a notícia com o máximo de cuidado possível.

— Vai ser bom que Katie se case com o bispo esta semana.

— Faz bastante tempo que ele está esperando por ela.

— Não, não. Não quero dizer que vai ser bom para o bispo — Rebecca o corrigiu. — É porque... bem, porque apareceu uma coisa.

— O que você quer dizer?

Ela inspirou fundo para tomar coragem.

— Nossa querida Katie... *ach*, como eu posso dizer isto? — Ela suspirou e começou de novo. — A mãe da nossa filha, a mãe de sangue, a está procurando.

Samuel virou a cabeça tão rápido que seu chapéu quase saiu voando. Rebecca percebeu como ele se esforçou para se controlar ao enfiar o chapéu na cabeça antes de falar.

— Não pode ser. O que você está me dizendo?

Bom Senhor Deus, Rebecca orou em silêncio, *ajude-me a falar toda a verdade*. Ela olhou hesitante para o marido e começou a explicar:

— Ella Mae me trouxe uma carta na última sexta, antes do jantar. Estava assinado "Laura Mayfield-Bennett".

Samuel pareceu ficar totalmente confuso, e suas sobrancelhas se juntaram numa expressão ameaçadora.

— Por que você não me contou isso antes?

Rebecca fez o melhor para revelar todos os detalhes, e, quando a charrete virou na Travessa Hickory, Samuel tinha ouvido tudo que ela lembrava daquela história.

— Então quer dizer que a garota que desistiu de Katie está crescida, e... morrendo?

A dor na voz de Samuel ecoou no coração de Rebecca, mas ela desconfiou de que o marido também estivesse aborrecido por não ter sido informado antes. Ela percebeu, então, que queimar a carta tinha sido um erro grave, e que isso criava uma distância espinhosa entre ela e o marido.

Rebecca inspirou ar fresco e manteve o frio dentro de seus pulmões por um instante, para depois soltá-lo devagar.

— Eu não parei para pensar, sinceramente. Mas eu devia saber como você se sentiria. Sinto muito, Samuel, sinto de verdade.

Ele anuiu.

— Entendo o que você disse antes, sobre Katie se casar. Se ela tivesse esperado mais, quem sabe o que poderia ter acontecido?

— *Jah*, quem sabe? — Rebecca estava doente de preocupação com a ideia de que a estranha pudesse aparecer na casa deles. Quem sabe hoje, com ela e Samuel longe... longe demais para proteger a filha.

Rebecca estremeceu e tentou em vão afastar aquele temor incômodo.

Katie se obrigou a permanecer calma e sentada na sala da frente quando a charrete virou na entrada da casa e seu pai parou para deixar a mãe descer. Era quase impossível permanecer sentada como se nada estivesse errado. Mas *tudo* estava errado, e, quando a porta de trás foi aberta e ela ouviu as botas da mãe ecoarem no chão da despensa, fez o possível para não atravessar a casa em disparada.

— Katie?

— Estou aqui, mamãe... estou indo. — Ela segurou o vestido de bebê e se levantou, preparando-se mentalmente, caminhando na direção da cozinha.

Rebecca se aproximou para cumprimentar a filha com um sorriso enorme no rosto e os braços estendidos.

— Oh, Katie, espere até seu pai entrar. Nós temos uma surpresa maravilhosa para você.

Katie manteve o vestidinho às suas costas.

— Posso conversar com você primeiro?

O sorriso da mãe diminuiu um pouco, e ela tocou o rosto da filha, deixando a mão ali.

— Minha criança, o que foi?

— Mamãe, eu *não* sou uma criança. Sou uma mulher adulta, prestes a me casar.

Mas a mãe parecia preocupada demais para ouvir e se virou quando o pai entrou na casa.

— Samuel, venha cá — ela o chamou.

Ele pendurou o casaco pesado e o chapéu num gancho e se apressou até a sala.

— Vamos dar agora o dote de casamento dela.

Katie nunca tinha ouvido a voz da mãe tão ansiosa, nem visto seus olhos mais da cor do mel do que naquele momento.

— Eu pensei que fôssemos esperar até o jantar, para que os garotos pudessem participar. — As palavras dele, direcionadas a Rebecca, foram quase uma reprimenda.

— No jantar, então.

Que tensão era essa entre eles? Mas Katie não deu muita atenção a isso. O que quer que seus pais tivessem combinado lhe dar no jantar, não era tão importante como as perguntas que ardiam no coração dela.

A mãe viu primeiro e soltou uma exclamação, recuando. Mas *Dat* estendeu a mão para o vestidinho de modo quase reverente, tocando a bainha como se evocasse uma lembrança querida.

— *Dat?* — Katie sussurrou. — Você já viu isto alguma vez?

Rebecca se posicionou de um modo que parecia estar protegendo o vestido. Ela se virou, os olhos vidrados.

— É melhor você não saber!

Katie agarrou o vestido junto ao peito.

— O que há para saber? É um vestido inglês de bebê, só isso. Não é?

— Não fique perguntando sobre algo que não é da sua conta.

Pelo modo como a mãe fechou o rosto, Katie percebeu que havia mais... muito mais.

— Parece... bem, eu acho que alguém fica escondendo este vestido. Primeiro no sótão... e agora...

— Chega dessa tolice.

— Tolice? — Katie estudou o rosto da mãe, sabendo muito bem que estava seguindo por um caminho perigoso. — Eu acho que você está escondendo algo de mim. É isso?

O pai ficou vermelho e colocou-se na frente da esposa, protegendo-a.

— Sua mãe merece respeito, filha. Nunca, jamais fale com ela dessa forma.

Vendo o lábio inferior da mãe tremer, Katie abandonou o interrogatório, embora fosse óbvio que eles sabiam muito mais do que estavam dispostos a dizer.

— Perdão, *Dat... Mam.* — Ela se virou e saiu da sala, a cabeça girando.

A essa altura seu estômago também estava agitado, e ela decidiu não almoçar, apesar do aroma delicioso que emanava da sopa de vegetais, agora pronta para ser servida.

Mas Katie sabia que não conseguiria permanecer em silêncio para sempre. Ela iria esperar, possivelmente até a noite. Então conseguiria abordar os pais com mais sutileza. Ao menos ela tentaria.

De qualquer modo, pensar que a mãe, de algum modo, tinha tentado enganá-la era o que mais a incomodava. Katie sentiu a velha rebeldia crescer dentro de si. Se a mãe delicada, honesta — a alma mais íntegra —, podia ser culpada de algo assim, então *eu também tenho o direito de ter minha opinião, às vezes*, ela exclamou para ninguém, apenas para si mesma, e se enrolou na cama dura e fria, lembrando-se de algo que tinha ouvido anos antes.

Em algum lugar de Ohio, um grupo da Nova Ordem Amish se separou da Velha Ordem no final dos anos 1960. Lá, as mulheres não apenas usavam vestidos coloridos, como também podiam pensar por si mesmas. Naquele momento, de fato, enquanto Katie borbulhava e fervia, a ideia lhe pareceu muito atraente. E, se a memória não lhe falhava, o pai da pequena Annie Mae tinha se mudado com toda a família para Ohio alguns meses depois de ser banido. A Nova Ordem o recebera de braços abertos. Pelo menos foi essa a notícia que chegou até Hickory Hollow.

Ela adormeceu sonhando viver nesse lugar...

Uma mudança bem-vinda na temperatura — um veranico — atraiu Katie para fora de casa quando ela acordou. Pelo velhos tempos, mais do que qualquer outra coisa, ela foi até o celeiro e atrelou Cetim à charrete.

Sem dizer nada, ela saiu de casa.

A maior parte da neve já tinha derretido, abrindo caminho para que duas charretes pudessem andar lado a lado em cada pista da Travessa Hickory. Numerosos conjuntos de rodas de charretes tinham deixado seus rastros — eram pessoas a caminho do leilão de gado, provavelmente —, o que havia transformado o gelo em lama. Ela seguiu em frente, apreciando o clima ameno, até chegar à entrada da casa de Mattie Beiler. De repente, Katie soube o que devia fazer.

Não havia sinal de vida na casa de Mattie quando Katie se aproximou, então ela deu a volta por trás até a *Grossdawdi Haus*, onde Ella Mae morava. Katie bateu à porta, sabendo que estaria destrancada, mas esperou até que a Mulher Sábia lhe convidasse a entrar.

O sol estava firme, aquecendo-a, e por um instante Katie gostou da ideia de que talvez não precisasse usar um xale no dia de seu casamento.

— *Ach*, entre, entre — Ella Mae disse ao abrir a porta, um pouco ofegante. — Eu estava limpando embaixo da minha cama. — Ela parou de falar para dar plena atenção a Katie. — É muito bom ver você de novo. — Em seguida, ela se virou para o fogão e colocou uma chaleira para ferver.

Katie sabia que não se recusava o chá de Ella Mae, pois era sabido que ela colocava dois ramos de menta de sua horta na xícara de cada visita. Fazer e tomar chá eram rotina quando alguém visitava a Mulher Sábia.

— Eu adoro quando os dias ficam quentes como agora. — Ella Mae estava parada perto do fogão, esperando a água ferver. — O veranico vem a calhar para a temporada dos casamentos.

— *Jah*, vem sim. — Katie ansiava para tirar o vestidinho de cetim da sua cesta ali mesmo, mas o ritual do chá não podia ser apressado.

— Como estão todos em sua casa? — A voz trepidante ganhou um pouco de força.

— Oh, os meninos estão no leilão de Kings, e *Mam* e *Dat* acabaram de chegar de algum compromisso.

A velha senhora anuiu.

— Alguma providência de última hora para o casamento da filha, provavelmente.

Quando o chá ficou pronto, Ella Mae serviu duas xícaras, depois sentou-se à mesa de frente para Katie, deu um gole e acrescentou uma segunda colher de açúcar.

Agindo num impulso, Katie enfiou a mão em sua cesta e tirou o vestido de bebê.

— Alguma vez você já viu coisa tão linda? — ela perguntou, estendendo-o para Ella Mae.

A velha senhora pegou a roupinha, passando os dedos pelas mangas e pelas pregas compridas e graciosas.

— Muito bonito, não é?

— É cetim... inglês, não acha?

Ella Mae anuiu, pensativa, depois fitou Katie com um brilho curioso nos olhos.

— Tenho certeza de que é inglês. — Katie mostrou-lhe o nome bordado no forro. — *Mayfield* com certeza não é Plain. — Ela inspirou fundo e então contou sua história, incluindo a suspeita de que alguém estava tentando esconder o vestido dela.

Após terminar, Katie ficou em silêncio, na esperança de que Ella Mae lhe oferecesse alguma palavra de sabedoria, que lhe dissesse o que fazer.

Ella Mae tomou um grande gole de chá, depois colocou a xícara no pires com um tinido.

— Converse com sua mãe a respeito.

— Mesmo que isso signifique questioná-la?

O olhar da senhora era terno como suas palavras.

— Converse com sua mãe, minha criança. Fale com delicadeza.

— *Mam* não vai gostar de ser acusada.

— "Na calma e na confiança estará sua força" — ela citou. — Você não vai saber como ela vai reagir até tentar. Procure-a... com amor.

Katie não estava sentindo muito boa vontade para com a mãe naquele momento, mas procuraria seguir o conselho de Ella Mae.

— Se não tiver problema, eu aceito um pouco mais de chá.

A Mulher Sábia ficou radiante e se levantou para pegar a chaleira.

Durante a hora seguinte, Katie se viu abrindo o coração. Dessa vez, sem querer revelar demais, ela falou em enigmas.

— Vários dias atrás eu concordei com uma coisa que, no fim, não consigo fazer — ela começou, hesitante.

— Katie, nosso querido Senhor foi a única Pessoa perfeita a andar nesta terra. E, se você se arrepender, estará seguindo o ensinamento Dele — respondeu Ella Mae. — Talvez, no devido tempo, sua promessa seja mantida.

Tranquilizada pelas palavras calmas de Ella Mae, Katie se abriu um pouco mais, tateando por seu labirinto de revelações.

— Hoje mesmo eu pensei em outro modo de fazer essa coisa... um modo diferente do que eu prometi. E ainda não estou arrependida.

Katie duvidou de que a Mulher Sábia entendesse algo de sua explicação vaga. Mas, apesar disso, ela se sentiu melhor por ter contado para alguém. Ela sentiu como se parte da culpa fosse tirada de suas costas.

— "Na calma e na confiança estará sua força" — Ella Mae repetiu a citação, e dessa vez sua voz saiu num sussurro.

Mas Katie imaginou como manteria a calma caso sua mãe falasse rispidamente com ela de novo. Confiança era uma coisa, mas calma era outra.

Ela endireitou os ombros. Estava decidido. Durante o jantar, à noite, ela voltaria ao assunto do vestido de cetim... com amor.

Capítulo doze

Katie voltou para casa a tempo de ajudar com a ordenha da tarde, sentindo-se um pouco cansada e faminta, após ter saído apressada, sem almoçar.

Samuel e os garotos fizeram a maior parte do trabalho pesado — alimentar os cavalos e carregar o leite até a leiteria. Não iria demorar para que os três homens estivessem fazendo todas as tarefas externas. Katie assumiria seu lugar no mundo das mulheres Plain casadas, participando de encontros de trabalho, festas de colchas, enlatar, e, de vez em quando, encontros para debulhar milho e vagens, isso sem mencionar que deveria cuidar das crianças Beiler e, um dia, de seus próprios filhos.

Katie sentiu-se grata por sua experiência com várias famílias inglesas fora de Hickory Hollow — limpando suas casas e cuidando de suas crianças pequenas. O dinheiro extra tinha vindo a calhar, e ela tinha gostado de andar de carro de vez em quando. Mas tudo isso tinha acabado alguns meses antes, quando o Bispo John a pedira em casamento.

— Você vai sentir minha falta quando eu me casar? — ela perguntou a Cetim, acariciando sua crina brilhante. O pônei continuou comendo. — Prometo que venho lhe ver.

Eli passou apressado por ela.

— Não perca seu tempo falando com esse cavalo. É melhor ir ajudar a mamãe com o jantar. Ela está se sentindo *grenklich*.

A mãe, doente de novo? Pareceu para Katie que sua mãe estava ficando doente demais, ultimamente. Era estranho, também, porque ela sempre fora a imagem da saúde — robusta e vigorosa, trabalhando do nascer ao pôr do sol. Na verdade, agora que pensava a respeito, Katie não se lembrava de Rebecca Lapp desmaiando antes de ela encontrar o vestido de bebê — nem uma vez.

Preocupada, ela deixou Cetim comendo e correu para a casa. Após pendurar o casaco de trabalho e a touca de inverno, Katie encontrou a mãe parada perto do fogão a lenha, olhando fixamente para ele.

— Mamãe? Você está bem?

Rebecca teve um sobressalto, então se aprumou rapidamente.

— Ora, ora. Sim. Eu só estava distraída pensando, só isso. O casamento... e tudo o mais.

— Eli disse que você estava doente.

— Acho que é só um resfriado. Não precisa se preocupar. — Então ela mencionou a questão que Katie vinha temendo a tarde toda. — Você queria falar comigo sobre algo?

— Sobre o vestidinho chique de bebê é que eu queria falar.

Rebecca pareceu aliviada e foi com um garfo ver como estavam as batatas.

— Oh. Eu pensei que alguém tivesse vindo enquanto nós estávamos fora. Você trancou todas as portas, não trancou?

Do que sua mãe estava falando?

— Mary Stoltzfus devia ter passado aqui? — Katie pensou por um segundo, então se lembrou de que sua amiga não tinha falado nada sobre visitá-la hoje.

— Não, não. Mary não. Eu não estava falando de ninguém em particular.

A resposta evasiva atiçou a curiosidade de Katie.

— De quem, então?

— Uma mulher jovem, talvez? — Uma expressão de preocupação nublou os olhos da mãe. — Uma estranha?

Katie foi ficar ao lado da mãe.

— Desculpe, mamãe, mas o que você está dizendo não faz sentido. Agora comece de novo. Fale de novo.

Rebecca passou a mão na frente do rosto, um movimento que normalmente indicava o fim de uma conversa infrutífera.

— Ah, pode esquecer; esqueça que eu disse alguma coisa.

Katie se aproximou da mãe e sentiu os braços grandes a envolverem. Por um momento, ali, ela quase cedeu ao temor de que sua mãe estivesse ficando fraca — da cabeça, no mínimo —, e se perguntou se deveria dizer algo para o pai.

Amesa do jantar estava posta com os melhores pratos e talheres de Rebecca quando Katie voltou à cozinha, mais tarde. No canto, perto da despensa, seus pais conversavam em tom baixo, os rostos sérios. Katie avisou-os de sua presença com um pigarro, e eles interromperam a conversa de repente. Então os dois ficaram olhando para ela — as cabeças pendendo para o lado, os olhos ligeiramente apertados —, como se calculando como ela receberia o que estavam para lhe dizer.

Alarmada, Katie olhou de um para outro.

— Alguma coisa errada? Mamãe está muito doente?

— Não, não há nada de errado. Nada mesmo — Rebecca respondeu, querendo parecer despreocupada, e virou-se para servir a comida.

Ainda sem se convencer, Katie lavou as mãos e ajudou a levar as travessas para a mesa. Eli e Benjamin se sentaram no banco comprido, e a família curvou a cabeça para a oração silenciosa.

Depois, Katie viu quando o pai acenou para a mãe, e esta de imediato tirou um envelope do bolso.

— Katie, este é seu dote de casamento, do seu pai e de mim.

— Dote? — Katie ficou sem fala. — Mas eu não preciso...

— Nós queremos que você fique com o dinheiro — o pai a interrompeu, mostrando um raro sorriso. — Algum dia você e o bispo... bem, vocês podem precisar, para aumentar a casa ou sabe-se lá o quê.

Katie ficou sem fôlego quando viu a quantia.

— *Wie viel...* quanto é isto, pelo bom Senhor!

— *Ach*, apenas aproveite — o pai disse enquanto se servia de batatas e molhos, fazendo pouco da exclamação de descrença dela.

Mam pareceu contente por ver Katie guardar o envelope no bolso lateral.

— Esta é uma surpresa e tanto, de verdade — Katie acrescentou, de repente envergonhada da confusão que tinha feito antes por causa da roupa de bebê. Agora ela sabia por que os pais andavam tão cheios de segredos, isolando-se e falando baixinho. Ela ficou aliviada por eles parecerem não estarem mais pensando em seu rompante.

Eli e Benjamin pareciam mais interessados em encher a cara de comida do que em perguntar sobre o dinheiro do dote. Só depois que satisfez sua fome, Benjamin resolveu falar.

— Qual das minhas camisas brancas eu devo usar na quinta-feira?

— Uma das novas que eu costurei para você semana passada — Katie respondeu, olhando para o rosto preocupado da mãe. — E use meias pretas. E não se esqueça de engraxar seus sapatos bons.

Quando a conversa se voltou para os preparativos para a mudança das coisas dela para a casa Beiler, no dia seguinte, Katie ficou feliz de ver que a mãe parecia alerta e perspicaz como sempre.

— Eu sei que você vai querer suas coisas lá... e com os móveis da primeira mulher do bispo ocupando tanto espaço... — Rebecca fez um gesto com a mão. — *Ach*, eu acredito que aquela casa seja grande o bastante para acomodar tudo. Talvez até o armário que seu pai fez para você...

— Mamãe! — Katie a interrompeu, horrorizada. — Como você pode dizer uma coisa dessas? Você sabe que papai fez o armário para... — Ela se interrompeu antes que passasse vergonha de novo.

— Bem, não entendo por que você não pode levá-lo para a casa de John, afinal. — No mesmo instante, sua mãe assumiu de novo aquela expressão vidrada, nublada, que se instalava em seus olhos enquanto falava.

O pai devia ter percebido, também.

— Vamos só pensar nisso por enquanto — ele amenizou a situação.

— *Jah*, pensar — Eli começou. — Vamos pensar se Katie pode ser tão sagrada a ponto de se tornar a mulher do bispo.

— Eli Lapp! — *Dat* o repreendeu. — Você não pode dizer isso!

A repreensão incisiva tirou Rebecca de seu torpor.

— Muito bem, quem quer sobremesa? — Ela se levantou e começou a andar entre o balcão da cozinha e a mesa, servindo torta de maçã e sorvete.

Katie a observava, imaginando quando deveria voltar ao assunto do vestido de cetim de bebê. Se é que deveria voltar.

A oportunidade apareceu mais tarde, enquanto Samuel estava tomando café. Preto. Sem nada de leite ou açúcar.

— Se não for incômodo — Katie começou, hesitante —, eu queria perguntar do vestido de bebê... o que eu encontrei no sótão. — Da melhor forma que conseguiu, ela fez como Ella Mae tinha aconselhado, abordando o assunto com delicadeza. E humildade.

— Pensei ter dito para você deixar isso para lá. — O pai mexeu o café com vigor.

— Não, não. — A mãe tocou o braço dele de leve, deixando a mão ali. — É melhor mesmo nós falarmos disso, Samuel. Chegou a hora.

Dat deu de ombros.

— Eu preciso lhe pedir desculpas — a mãe continuou, agora olhando para Katie. — Foi errado da minha parte fazer o que eu fiz. — A voz dela ficou aveludada; o tom que ela normalmente usava quando contava sobre o dia em que Katie nasceu. — Veja, era eu que estava escondendo o vestido.

Eli e Benjamin levantaram os olhos do prato, surpresos, os lábios ainda estalando por causa da torta saborosa. E *Dat*... arregalou os olhos, depois apertou-os.

— Talvez fosse melhor nós conversarmos com Katie... a sós.

Era impossível não entender o olhar do pai. Eli soltou um grunhido e engoliu outro copo de leite antes de dar graças em silêncio, depois saiu da cozinha para o celeiro, de lampião na mão. Benjamin se agasalhou e saiu para não se sabe onde, deixando Katie sozinha com os pais na cozinha quente.

Katie teve um sentimento assombroso, como se algo que ela sempre soubera, no fundo de sua alma, estivesse para ser revelado — a peça que faltava no quebra-cabeça de sua vida, talvez, ou uma explicação que ela havia esperado a vida inteira para ouvir.

Rebecca começou com delicadeza.

— Nós... *Dat* e eu... temos que contar uma coisa para você, Katie. Faça um esforço para ouvir até terminarmos, *jah?* — Os olhos dela estavam doces e tristes. Ela inspirou fundo.

Então, antes que ela pudesse começar o que tinha para dizer, *Dat* a interrompeu.

— Espere um instante. Eu vou contar. — Ele se levantou e foi até o fogão, virando-se para elas.

Mam apoiou os cotovelos na mesa, parecendo aliviada por, pelo menos nessa noite, seu marido assumir o papel de contador de histórias.

— Assim que pusemos nossos olhos em você, Katie... bem, não tivemos nenhuma dúvida de que você tinha vindo para nós diretamente do próprio Senhor Deus no Céu.

Rebecca aquiesceu.

— Nós sempre consideramos você da mesma carne e do mesmo sangue que nós.

— Esperem! — Katie jogou as mãos para cima. — O que você estão falando? Não estou entendendo nada!

— Ah, Katie, minha garota tão querida — a mãe disse, o queixo começando a tremer. — Já é hora de você saber. Já é hora de você ouvir como chegou até nós. — As lágrimas da mãe se acumularam e transbordaram, deixando uma trilha molhada nas faces vermelhas.

— Quer dizer... que eu não sou... filha de vocês? — Essa ideia era grande demais, avassaladora demais. Contudo, a mente dela estava em frenesi. De algum lugar no passado nebuloso, alguma coisa que Dan Fisher tinha dito voltou daquele dia de verão. Alguma coisa a respeito de beijá-la na bochecha no dia em que tinha chegado do hospital de Lancaster. Algum problema que sua mãe tivera no parto. Mas Katie estava tão delirantemente feliz naquele dia, tão zonza de alegria com a proximidade de Dan, que não tinha prestado atenção em nada a não ser no amor deles.

— Isso é um choque para você, sem dúvida. — Através do véu de lágrimas, Katie pôde ver a preocupação no rosto do pai. Ele parou por um instante, a respiração difícil.

— *Dat* e eu te amamos tanto... amamos de verdade. — *Mam* voltou à conversa. — Parece que agora é nossa vez de implorar pelo seu perdão. Sabe, nós nunca contamos toda a verdade para você, Katie. Não toda.

— Que... verdade? — O coração de Katie estava batendo alto, martelando seus ouvidos de um modo que a voz dos pais parecia muito distante.

— A verdade sobre quem você é... — Rebecca desmoronou, suas lágrimas dando lugar a soluços.

Mas Katie não conseguiu consolá-la, não conseguiu se mexer. Ela estava pregada no lugar enquanto a cozinha girava loucamente, inclinando para um lado e para outro, como um moinho de vento na primavera.

— O que quer dizer... vocês nunca me contaram a verdade? Se não sou Katie Lapp... então quem eu sou?

O pai foi ficar ao lado da mãe, que levantou os olhos inchados e vermelhos para ele. A voz dela saiu num sussurro, tremendo de emoção.

— Você é *Katherine Mayfield*, Katie. É quem você é.

Katherine Mayfield. O nome bordado no vestido de cetim.

Foi o pai que tentou explicar.

— Você é inglesa de nascimento e Plain por adoção.

As palavras a atingiram como uma pancada.

— Eu sou... o quê? *Adotada?*

— Falando claramente, sim — ele disse, apoiando as mãos grandes, calejadas pelo trabalho, nos ombros de *Mam*. — Nós nunca a adotamos formalmente. Não vimos necessidade. Nós a amamos desde o início, e o amor foi suficiente.

— Mas eu não sou *de vocês*... não sou filha de vocês *de verdade?*

— Ora, ora, nada mudou — ele se apressou em dizer. — Nada está diferente porque você ficou sabendo. Você é nossa e sempre será, e no nosso coração sempre será nossa pequena Katie.

— Mas vocês nunca me contaram... em todos esses anos. Ninguém nunca me contou. — Katie conseguia se ouvir choramingando. De repente ela sentiu frio e cruzou os braços à sua frente, como se para criar um escudo contra o choque completo e absoluto de tudo aquilo.

— Ninguém mais sabe — Samuel disse. — Embora alguns possam desconfiar, creio.

Rebecca assou o nariz e falou, enfim.

— Você não tem os traços da família, como sabe.

— Meu cabelo é vermelho, só isso. — Katie ficou chocada com as palavras que saíram de sua própria boca. Ela nunca tinha usado esse termos para descrever seu cabelo. *Castanho avermelhado*, claro. Mas nunca vermelho. Vermelhos eram os celeiros dos ingleses e os sinais de "Pare" nas estradas... não a característica mais linda que Deus tinha dado a uma mulher. Mas ela não tentou se corrigir; seus pensamentos já iam muito adiante. — Então ninguém em Hickory Hollow sabe que não sou amish?

— Mas você é amish, Katie, por completo — a mãe disse, com delicadeza. — De todas as maneiras, exceto pelo sangue.

Katie apoiou a cabeça nas mãos quando começou a interiorizar a verdade. *Eu sou adotada... sou outra pessoa. Outra pessoa...*

Lentamente, ela levantou os olhos para os pais.

— Meus irmãos sabem?

O pai negou com a cabeça.

— Eles não deveriam saber, também? Todo mundo não *deveria* saber a verdade?

— O que as pessoas têm a ver com isso? — a mãe exclamou. — A vida pode continuar como sempre foi.

— Não — Katie respondeu. — As coisas não podem continuar como sempre foram. Tudo mudou, vocês não veem? *Tudo!*

Ela saiu correndo da cozinha, lágrimas escorrendo por suas faces. Sem uma lanterna para iluminar o caminho, foi cambaleando escada acima até se jogar na cama, soluçando na escuridão líquida.

— Oh, bondoso Senhor no céu — ela exclamou —, faça com que isto seja um sonho horrível. Por favor... oh, por favor...

Essa era apenas a segunda vez, em toda a sua vida, que ela usava palavras tão desesperadas, não alemãs, para se dirigir ao Criador dos céus e da terra. Ela ficou deitada ali, chorando e tremendo, lembrando de outro momento sombrio e triste em que seu corpo se sacudia de sofrimento. E não tinha como ser reconfortada.

O sono de Rebecca foi agitado. Três ou quatro vezes, durante a noite, ela se levantara para ir ver os filhos crescidos dormindo, e seu coração se partia de novo quando parava à porta do quarto de Katie e ouvia os soluços intermitentes que ocorrem quando a pessoa chora até dormir.

Finalmente, passando da meia-noite, ela se permitiu deitar na cama ao lado de Samuel. Obrigou-se a ficar deitada, tentando, sem sucesso, calar as vozes daquele dia. Imaginando se ela e Samuel tinham feito a coisa certa. Esperando, contra todas as probabilidades, que todos eles pudessem seguir com a vida e preparar o casamento de Katie.

Apesar do brilho da lua, uma nuvem de melancolia desceu sobre ela enquanto encarava o teto com os olhos lacrimosos. Ela sabia muito bem que a maldita verdade — que uma mulher inglesa estava procurando sua filha — não tinha sido contada por completo. Que nem Samuel nem ela tinha conseguido reunir coragem para contar a história inteira para Katie.

Afinal, ela dormiu. E, dormindo, ela sonhou — um sonho ao mesmo tempo distorcido e esperançoso. Em seu desespero, ela enfiava a mão na fornalha do fogão e recuperava a carta inglesa chamuscada, queimando a ponta dos dedos. Mas, em vez de escondê-la de Katie, Rebecca entregava a carta para a filha.

Katie recuava, horrorizada, decidida a não querer nada com algo tão chique — nem com o papel de carta refinado nem com a mulher que a tinha escrito. Katie se jogava nos braços de Rebecca, declarando seu amor e sua lealdade para todo o sempre.

Rebecca acordou sobressaltada, sem saber se foi puro medo ou amor que a fez levantar de sua cama quente e atravessar o corredor para ver Katie dormindo no quarto em que crescera. Andando pelo corredor frio, Rebecca se perguntou por que não tinha conseguido se livrar do vestidinho de cetim em todos aqueles anos.

Agora, olhando pela fresta da porta para o quarto de Katie, iluminado pelo luar, ela viu que a filha também tinha sido atraída por aquela roupinha. Pois ali, sobre o travesseiro de penas, preso firmemente na mão dela, estava o vestido de bebê que ela usava quando veio do hospital.

O vestido... seria um símbolo do perverso mundo exterior? Estaria Rebecca apegada demais a ele, à lembrança gloriosa de seu grande dia? Era esse vestido a causa de todo o sofrimento pelo qual eles passavam?

O que Katie tinha dito antes de sair em disparada da cozinha? Que tudo tinha mudado? Que saber que não era filha deles "de verdade" significava que as coisas não podiam continuar como antes?

Katie se mexeu em seu sono e murmurou um nome.

— Dan...

Ela ainda sonhava com Dan Fisher? Pobre Katie, sua filha querida... perder Dan... e agora isto? Pobre, querida menina.

Rebecca culpou o vestido e depois culpou a si mesma. *Se pelo menos eu tivesse contado a verdade para Katie desde o início,* ela gemeu por dentro. *Se eu não tivesse sido tão orgulhosa.*

Orgulho. Um dos pecados mortais contra os quais o Povo rezava todos os dias, para que não causasse sua ruína.

Rebecca se afastou da cama, saindo lentamente do quarto. Ela só podia esperar que seus pecados passados não traumatizassem a filha para toda a vida, que Katie não deixasse sua natureza impulsiva fazê-la tomar uma decisão imprudente. Que Katie superasse o choque de sua verdadeira identidade e seguisse em frente com a vida. Uma vida gloriosa com o melhor viúvo de Hickory Hollow, o Bispo John Beiler.

Capítulo treze

—**K**atie não pensa antes de falar... nunca pensou — Samuel resmungou para Rebecca no café da manhã seguinte. — Ela pula antes de olhar, você sabe.

Com a ordenha e as primeiras tarefas da manhã feitas, os dois tomavam café quente à mesa — só os dois. Eli e Benjamin tinham pedido licença para ir terminar algum trabalho no campo, e Katie continuava na cama.

— Onde está essa garota? — ele continuou, olhando ao redor com o rosto franzido. — Ela deveria estar de pé, ajudando você.

— Oh, ela está exausta de tanto chorar — Rebecca disse, sentindo o coração na garganta. Ela queria que ele não fosse muito duro com a filha. Não seria benevolente da parte dele, não quando Katie estava sofrendo tanto. — Nossa filha é como uma roda com dois raios faltando.

— Dois?

Rebecca nem tentou explicar. As questões do coração não faziam muito sentido para seu marido, homem prático que era. Coisas como perder o primeiro namorado para o mar e, além disso, perder a noção de quem você é. Bem, ela não podia culpá-lo por não compreender. Ele era assim.

— Nossa garotinha querida está perdida neste momento, Samuel, nadando num oceano de tristeza e...

— Você também não está fazendo sentido — ele a interrompeu. — Você não pode tratar Katie como um bebê quando ela tem tanto o que fazer para que o casamento aconteça.

Entre o Povo, casamentos eram um reflexo do pai da noiva. Rebecca sabia que seu marido tinha muita esperança de que o dia especial de Katie acontecesse sem problemas. Além do mais, nenhum pai amara mais a filha do que ele, Rebecca pensou, olhando com carinho para o perfil forte de Samuel.

Levantando-se rapidamente, Rebecca tirou a mesa.

— É melhor eu subir e ver como ela está. Katie deve estar com uma bela dor de cabeça.

— *Jah*, e eu vou ter uma também, se nós não levarmos as coisas dela para a casa do bispo antes do pôr do sol — ele grunhiu. — E não deixe que ela faça você se sentir mal — Rebecca ouviu-o dizer enquanto secava as mãos na toalha da cozinha. — Katie deve a vida dela a nós, você sabe.

É aí que se engana, Samuel Lapp, Rebecca pensou. *Você não sabe que foi nossa Katie que me deu uma razão para viver, vinte e dois anos atrás?* Foi a chegada de Katie que preencheu os braços vazios de Rebecca, seu coração vazio.

Ela subiu a escada comprida e íngreme até o andar de cima, preparando-se para quaisquer palavras ofensivas que Katie pudesse disparar. O amor de Rebecca era forte o bastante para aguentar. Forte o bastante.

Mas, quando Rebecca bateu na porta pesada do quarto, a voz de Katie soou apenas abafada, sonolenta.

— Pode entrar, mamãe.

Pondo um sorriso no rosto, Rebecca entrou com cuidado. Ao pé da cama, olhou para as colchas e cobertas reviradas.

— Você conseguiu descansar?

Katie bocejou e se espreguiçou, então sentou na cama e colocou o travesseiro às suas costas.

— Não me lembro de dormir muito... mas devo ter dormido. Eu sonhei.

— Sonhos ruins?

— *Jah*, dos ruins, mesmo.

Rebecca suspirou.

— Bem, um bom café da manhã vai lhe fazer bem. — Ela detestava ter que lembrar Katie de que um grupo de primas chegaria em breve para ajudar a quebrar nozes e a polir a prataria. — Elam veio ontem com os pratos de Annie enquanto você estava fora com Tobias e a charrete do pônei.

— Cetim. O nome dele agora é Cetim, lembra? Eu mudei o nome dele.

— Ah, eu me esqueço sempre. Acho que precisamos de algum tempo para nos acostumar com um nome novo.

Os olhos delas se encontraram e se fixaram, e, por um momento assustador, Rebecca sentiu a dor incrível da filha. Ela pôde ver nos olhos de Katie a realidade do que ser criada como amish tinha feito com a menina. Como isso tinha mudado toda a sua vida, roubando-a de sua verdadeira origem. O que significava ser a filha de sangue de uma família inglesa rica, sem que nunca lhe tivessem contado de suas raízes reais, mas sabendo, na alma, com a mesma certeza de que estava viva.

— Deve ser difícil se acostumar com a ideia — sussurrou Rebecca. — Mas agora você é Katie... Katie Lapp, e em breve Katie Beiler, a boa esposa do bispo.

Por um momento, nenhuma delas falou, então Katie bateu a mão no colchão ao seu lado, e Rebecca foi, em silêncio, sentar na beira da cama.

— Eu não a culpo, mamãe — vieram as palavras delicadas. — Só não entendo por que precisou ser um segredo.

Anuindo, Rebecca pegou a mão da filha.

— Eu tive vergonha, sabe? Havia um bebê... que morreu antes de ter chance de viver. E, depois que ele nasceu morto... bem, o médico disse que eu tinha ficado estéril, disse que não teria mais filhos. — Ela baixou os olhos para o chão e tomou fôlego. — Eu me senti amaldiçoada... querendo mais bebês... e sabendo que nunca teria.

Katie ouviu sem a interromper, deixando a mãe expressar sua dor.

— Então, quando nós, seu pai e eu, vimos você... foi como se o próprio Senhor Deus dissesse para mim: "Aqui está seu maior desejo, Rebecca. Levante-se e lave o rosto... ponha um sorriso nos lábios. A filha que você tanto desejava está aqui". E foi assim que nós trouxemos você para casa, para ser nossa garotinha.

— Simples assim? — Katie quis saber, espantada, sem perguntar como, quando ou o que tinha acontecido para que isso fosse possível.

— Assim mesmo.

— E o Povo? Ninguém nunca desconfiou de que eu não fosse seu verdadeiro bebê?

— Nem por um minuto.

— E você nunca pensou que eu parecesse uma "Katherine"?

— Não depois que trocamos sua roupa e guardamos o vestido de cetim. Depois que lhe demos seu nome, acho... bem, você sempre teve cara de uma garotinha chamada Katie para mim e *Dat*. — Ela refletiu por um segundo, olhando para o teto com a cabeça inclinada para o lado. — *Jah*, posso dizer, aqui e agora, que você parecia uma Katie... desde o início?

Katie olhava, sonhadora, para o espaço.

— Quem me deu o nome de Katherine? Foi minha primeira *Mam*?

As palavras foram uma martelada no coração de Rebecca. Oh, hoje não. Não com o casamento tão próximo. Não com Laura Mayfield-Bennett passeando por Hickory Hollow, procurando-a.

— *Jah*, sua mãe de sangue lhe deu esse nome, eu acho.

— Você a conheceu?

— Só por um instante. — O encontro de Rebecca com Laura e sua mãe, no corredor do hospital, tinha sido breve. Na verdade, ela se lembrava com mais clareza da mãe de Laura Mayfield do que da garota.

— Você a viu bem o bastante para se lembrar de como ela era? Rebecca ficou pensativa.

— Você tem os olhos castanhos e o cabelo avermelhado dela.

— Algo mais?

A mãe meneou a cabeça.

— Não me lembro de muita coisa, agora.

— Bem, isso não importa, eu acho — Katie disse. — Eu sei quem é minha mãe verdadeira. — Ela deslizou pela cama e abraçou Rebecca, dando-lhe um beijo caloroso.

Enquanto Katie se vestia e, depois, tomava seu café da manhã atrasado, Rebecca fazia uma lista das coisas que precisavam ser feitas naquele dia. À medida que escrevia, refletia sobre a reação de Katie, surpresa que a garota não tivesse gritado e brigado, nem causado qualquer confusão. Que não tivesse ameaçado contar a verdade para o Povo. Ela não tinha feito nada disso.

Rebecca deveria estar se sentindo aliviada. Por algum motivo, se sentia estranhamente incomodada.

Parada diante da janela de seu quarto, Katie olhava para fora. A melhor época de sua vida tinha acontecido antes de ela saber que era a única criança adotada na casa de Samuel e Rebecca Lapp. Talvez a única criança adotada de Hickory Hollow. A melhor época tinha sido sua infância despreocupada.

Os dias quentes de verão...

Ela e Mary Stoltzfus — duas garotas —, descalças, atravessando correndo o quintal dos fundos, com os lençóis brancos de sua mãe esvoaçantes no varal, passando pelo celeiro e chegando à velha estrada de carroça que ligava a fazenda de seu pai a um bosque extenso e a um lago grande que cintilava sob o sol.

Duas garotinhas contando seus segredos uma para a outra enquanto remavam o velho bote a caminho da ilha no meio do lago. Duas garotinhas — com os passarinhos voando no alto, os remos levantando água, produzindo ondulações preguiçosas na água — rindo e papeando durante as horas ensolaradas do verão.

Nessa época Katie era apenas... Katie. Não Katherine. Não alguém sofisticado. Apenas a Katie, por dentro e por fora. Tão como ela conseguia ser, apesar da constante atração por coisas bonitas. Ainda assim, ela tentou seguir as regras — aquilo que era esperado do Povo de acordo com a *Ordnung*.

Mas as coisas estavam mudando. Já tinham mudado — da noite para o dia, parecia. E ao que tudo indicava continuariam mudando, como as ondulações no lago, sempre se abrindo e afastando. Para cada vez mais longe.

Ela não era Katie por dentro nem por fora. A garota com olhos castanhos de outono e cabelo avermelhado estava se vendo como uma pessoa diferente. Alguém que ela não conhecia, não reconhecia. Alguém com uma mãe que lhe tinha dado um nome inglês. Um nome chique, inglês.

Katherine.

O nome não lhe caiu bem. Ela lutou contra o torpor, tentando organizar seus sentimentos, tentando afastar o ressentimento crescente que sentia por seus pais, seus pais adotivos, que tinham guardado esse segredo por mais de vinte e dois anos.

Por um instante, ela se permitiu pensar em seus pais reais, principalmente sua mãe de sangue. Quem ela era? *Onde* ela estava? E por que tinha se mantido longe por tanto tempo?

A primeira coisa que Katie quis fazer, quando viu Mary entrando pela porta dos fundos, foi puxá-la de lado, para um canto isolado da velha casa da fazenda, e contar-lhe o segredo. Em vez disso, ela a cumprimentou calmamente e a conduziu até a cozinha, junto com cerca de dez primas. Então ela buscou mais cadeiras para todas que iam quebrar nozes, e *Mam* pôs uma chaleira no fogo. Haveria chocolate quente e marshmallow para todas, e fatias de queijo, pão fresco e manteiga derretida. Manteiga de maçã também, e geleia de abacaxi, para quem preferisse algo mais ácido em seu pão quente.

Katie agia sem pensar, realizando suas tarefas como uma sonâmbula, mal registrando a conversa e os risos à sua volta. Sem que ninguém desconfiasse que havia algo errado, ela conseguiu chegar ao fim do dia, quando Eli e Benjamin levaram para a casa do bispo o baú de seu enxoval, acompanhado de várias malas — com o vestidinho de cetim escondido dentro de uma delas.

Naquela noite, cinco homens apareceram para ajudar *Dat* e os garotos a levar os móveis da casa para o celeiro, a fim de abrir espaço para os grandes bancos de madeira que acomodariam, dentro da casa, os duzentos convidados do casamento.

Bem cedo na manhã de quarta-feira, John Beiler e seu filho Hickory John apareceram para ajudar a arrumar os bancos que chegaram em duas carroças — uma do distrito da igreja em Hickory Hollow e outra de um distrito vizinho. Vários tios e primos, e também vizinhos, ajudaram a descarregar os bancos, desdobrando as pernas deles antes de levá-los para dentro de casa e arrumá-los no lugar, seguindo o plano tradicional — do modo que sempre era feito.

Como John Beiler já tinha, em seu primeiro casamento, observado o ritual tradicional de cortar a cabeça dos trinta frangos necessários ao banquete de casamento, ele delegou a tarefa a três de seus irmãos, por respeito à esposa falecida.

Rebecca, acompanhada de suas duas irmãs casadas, Nancy Yoder e Naomi Zook, e seus respectivos maridos, começou a organizar os trabalhos; quem iria descascar batatas, rechear as roscas, fazer salada de repolho, assar e desfiar os frangos, e acrescentar pão à mistura, lavar o aipo, assar tortas e bolos e fritar as batatas.

Vinte e dois cozinheiros — onze casais *casados* — receberam suas tarefas, além de quatro convidados do casamento, incluindo a madrinha de Katie, Mary Stoltzfus, que chegou pouco depois de sete e meia.

— Você está quieta demais hoje — disse Mary quando as duas fugiram para descansar no quarto de Katie.

Katie abriu sua roupa de casamento sobre a cama, para que fosse examinada pela última vez. Ela tinha engomado a capa e o avental branco e passado o vestido a ferro até não restar um amassado sequer. Pelo som da movimentação no andar de baixo, ela percebeu que só lhe restavam alguns minutos para contar para a amiga o que queria. Se alguém podia compreendê-la, era Mary.

— Você vai ficar surpresa com o que eu vou falar agora — ela começou, em tom de confidência.

Mary ficou atenta, os olhos escurecendo de preocupação.

— Eu acho que talvez não consiga amar John tanto quanto deveria — Katie sussurrou. — Talvez não o suficiente para fazer um bom casamento, mas vou me esforçar. Vou fazer o meu melhor. — Após admitir isso, ela sentiu o coração ficar mais leve.

Mary falou com delicadeza.

— Eu sei que você vai se esforçar. E talvez se surpreenda e se apaixone pelo bispo. Na verdade, tenho certeza disso. Vai acontecer, cedo ou tarde.

— Ele foi muito gentil ao decidir se casar comigo. — Katie tocou a capa branca, símbolo da pureza. — Eu podia ter ficado encalhada se ele não...

— Agora escute — Mary a interrompeu. — Esse tipo de conversa não vai lhe fazer nenhum bem. Você tem muito que agradecer, é verdade, mas no fim das contas, Katie, você vai se casar com o bispo. Não se esqueça disso. Ele é um homem maravilhoso.

O modo como Mary disse *maravilhoso* fez Katie pensar. Será que a amiga tinha algum interesse secreto no bispo?

— Do que você está falando, Mary?

— Bem, acho que você não tem prestado muita atenção — Mary disse, espantada. — Você não acha John bonito?

— Na verdade, acho que nunca pensei nele dessa forma. — *Não depois de olhar para o rosto de Dan como eu olhava,* Katie pensou, *me perguntando como o Senhor Deus podia ter feito um rapaz tão bonito...*

— Bem, você precisa olhar de novo — Mary aconselhou, dando um olhar curioso para Katie. — Você está olhando para ele com óculos sujos... e eu sei por quê. É por causa de Dan, não é? Ele deixou tudo nublado para você. Mas agora você deve se casar com o bispo.

Deve? Se ela ao menos soubesse a verdade. *Eu nem deveria morar aqui, em Hickory Hollow,* Katie pensou, *muito menos me casar com um bispo amish de 41 anos. Eu devia ser Katherine Mayfield, seja quem ela for!*

Mas ela não teve coragem de revelar o segredo de sua mãe — nem mesmo para Mary. Um pacto tácito tinha sido feito. A mãe já tinha sofrido demais. Agora, diante da oportunidade de abrir o coração para a amiga querida, Katie teve o bom senso de não aumentar o sofrimento de *Mam.*

Ela escondeu a sensação de torpor o mais fundo que pôde, assim como sua mãe tinha escondido o vestidinho de bebê no fundo do vaso branco. Katie temia que, se não abafasse sua dor, esta emergiria de novo para magoar sua mãe e destruir seu próprio futuro. Então ela fez o que Mary diria ser "a coisa certa". Manteve seu segredo a salvo — enterrado no coração.

Capítulo catorze

N o dia de seu casamento, Katie se levantou antes das quatro e meia. Era tão importante que tudo desse certo que seu pai tinha convocado uma reunião familiar na noite anterior para repassar as últimas orientações.

— Um casamento desleixado resulta numa noiva desleixada — ele disse.

Agora, enquanto vestia roupas de trabalho sob a luz do lampião, Katie resistiu à tentação de deixar o cabelo solto e brincar com ele, arrumando-o de um jeito e de outro, imaginando como Katherine Mayfield estaria no dia de seu casamento.

Só que em sua imaginação, contudo, ela experimentava um vestido de casamento de cetim com detalhes em renda... e ignorava o *kapp*, substituindo-o por um véu branco reluzente. Agora ela entendia por que a vida toda se sentira atraída por coisas lindas. Entendia, mas não sabia o que fazer a respeito.

O casamento de Katie não teria nenhum dos luxos modernos, como flores ou alianças. A noiva deveria se contentar com sua capa, seu avental e seu vestido caseiro, tudo costurado a mão. E, como o dia tinha amanhecido quente, ela não teria que usar um xale pesado.

Será que Ella Mae vai ficar feliz com o tempo?, Katie se perguntou, lembrando-se de como a Mulher Sábia tinha falado disso em sua visita recente. E, do nada, veio o pensamento de que sua tia-avó provavelmente desconfiava da verdadeira origem de Katie — ingleses modernos, pessoas de fora da comunidade amish.

Mas esse pensamento sumiu com a mesma rapidez com que tinha surgido, e Katie começou a se preparar para o dia de seu casamento, sem sentir alegria nem aflição. Essa indiferença entorpecente, após o choque causado pela informação dada pela mãe, carregou-a pelas horas que antecediam seu *"Jah"*, a resposta que daria quando o Pregador Zook perguntasse se ela aceitava seu irmão em Cristo John Beiler como marido, para não deixá-lo até que a morte os separasse.

Aromas deliciosos iam tomando a casa à medida que cada tarefa era riscada da lista. Às seis e meia, os ajudantes designados começaram a chegar, e, às sete, John, Katie e seus padrinhos e madrinhas tomavam café da manhã na cozinha de verão, uma sala comprida e ensolarada que saía da cozinha principal.

— Que dia celestial para um casamento — Mary Stoltzfus suspirou no ouvido de Katie.

— Você vai ser a próxima a se casar... em breve — Katie previu.

Ouvindo o comentário, John sorriu.

— Está mesmo um lindo dia para nosso casamento — ele disse, coçando a barba. — Que o Senhor Deus abençoe seu Povo.

Katie anuiu, retribuindo o sorriso. Por um instante uma visão do rosto de Dan pareceu se sobrepor ao de John e ela piscou, espantada. Então, esfregando os olhos, virou o rosto. Nunca deixaria de pensar no seu primeiro amor?

— Qual o problema? — John franziu o cenho, inclinando-se na direção dela.

— *Ach*, não é nada. — Ela fez um gesto com a mão do modo que sua mãe sempre fazia. — Nada mesmo.

— O nervoso do dia prega peças nas pessoas — disse Noah, irmão de John.

Katie arregalou os olhos, tentando apagar a miragem. Mary lhe tinha dito para esquecer Dan Fisher, para esquecer o passado, de modo que este não envenenasse seu futuro. Mary estava sempre certa. Mas ela tinha se esquecido de dar uma sugestão sobre o que fazer para apagar da memória as lembranças queridas.

Casar com John Beiler — colocá-lo em primeiro lugar — talvez fosse a resposta. Talvez essa tenha sido a mensagem de Mary quando a amiga disse que Katie devia se casar com ele.

Após o café da manhã, Katie e John, acompanhados pelos padrinhos, passaram pela cozinha, parando para ver as dezenas de tortas que tinham sido trazidas. Usando o fruto de suas terras, as boas cozinheiras de Hickory Hollow tinham assado tortas de damasco, cereja, maçã, mistura de bagas e abóbora.

Bolos também, de frutas e em camadas, de todas as variedades. Mais tarde, depois dos sermões de casamento e da cerimônia propriamente dita, quando Katie e John voltassem como marido e mulher, eles veriam pela primeira vez os dois lindos bolos de casamento, decorados com nozes e doces. Para Katie, que era conhecida como uma amante dos doces, haveria uma grande variedade de outras sobremesas para serem provadas em sua mesa — pudim de tapioca, de chocolate e geleias de dar água na boca, claro. Rebecca tinha providenciado essa parte.

Na verdade, as melhores comidas estavam reservadas para a *Eck* — a mesa da noiva —, que ficaria no lugar mais visível pelos convidados. Dez mesas de seis metros, adequadas para acomodar duzentas pessoas, seriam arrumadas com a melhor porcelana da casa, incluindo os pratos emprestados da cunhada de Katie, Annie, e de outras parentes e amigas.

Quando chegou a hora de os participantes do casamento vestirem suas roupas para o acontecimento, as mulheres — Katie, Mary e Sarah Beiler, sobrinha de John — entraram no quarto de Katie; os homens foram para o quarto de Eli e Benjamin.

Fora da casa, no quintal lateral, cinco garotos adolescentes — primos ou sobrinhos do noivo e da noiva — desatrelavam os cavalos conforme as carruagens e charretes chegavam e paravam. Era uma honra para um jovem ser convidado para ser um dos cavalariços que cuidariam dos animais durante as festividades.

Em seu quarto, Katie esperava pacientemente enquanto sua mãe prendia o avental e a capa de casamento com alfinetes na cintura sob o olhar das madrinhas. Quando ficou claro que Katie e Rebecca estavam prontas para conversar em particular pela última vez antes de a cerimônia começar, Mary e Sarah saíram discretamente do quarto e esperaram no corredor, o mais longe possível da porta do quarto de Benjamin.

— Eu sempre vou amar você, Katie — *Mam* disse, abraçando-a. — Sempre, sempre.

— E eu também sempre vou amar você, mamãe.

— Eu queria que nós não tivéssemos que ter falado... de certas coisas... tão perto do dia do seu casamento — Rebecca disse quando elas se separaram, entreolhando-se com carinho.

— *Ach*, isso já está superado. — Katie colocou a lembrança dolorosa de lado.

— Sim, superado.

— Eu sou apenas a Katie, não sou? — Mesmo nesse momento, ela pensava no vestidinho de cetim, resistindo à lembrança da sensação esplêndida do tecido em seus dedos.

— Plain por completo — foi a resposta fervorosa. Rebecca estendeu a mão e segurou os pulsos de Katie. — Você ama John, não ama?

— Eu o amo... o suficiente.

As palavras soaram ocas. Rebecca puxou Katie para si.

— Você não continua pensando em outro, continua?

A voz de Katie soou frágil e desesperada, mesmo para si própria, quando respondeu.

— Ele era tudo que eu queria, mãe. Dan conhecia meu coração. Ninguém pode tomar o lugar dele. Ninguém.

Rebecca pestanejou, e uma ruga profunda de preocupação vincou sua testa.

— *Himmel*... você ama uma lembrança!

— Eu amo a memória de Dan, *jah*. Não vou negar. Mas vai além disso. — Ela foi até a janela, pois não queria magoar a mãe mencionando a música que ela e Dan compartilharam. Rebecca não insistiu no assunto, e Katie ficou aliviada.

Lá embaixo, carroças de capota cinza vinham pela comprida trilha da frente. Alguns dos mais jovens chegavam em charretes abertas. E havia alguns carros — provavelmente parentes e amigos menonitas.

Eram quase sete e quarenta e cinco. Às oito, os recepcionistas começariam a trazer os convidados para dentro, acomodando-os de acordo com a ordem preestabelecida. Primeiro viriam os ministros, Pregadores Yoder e Zook, seguidos pelos pais da noiva e do noivo e outros familiares e amigos próximos.

A névoa que tinha carregado Katie pelos rituais dos últimos dois dias começou a se desfazer. Ela encarou Rebecca, sem compreender, e estremeceu. *Quem sou eu, afinal?*

Dando um beijo rápido no rosto da mãe, Katie correu até Mary e Sarah no corredor, a tempo de o grupo nupcial assumir seu lugar em um banco comprido na cozinha, que ficava perto da escada, para que as convidadas pudessem se aproximar e cumprimentar o grupo a caminho do andar de cima, onde iriam guardar suas toucas e xales.

O Bispo John se sentou entre o irmão mais novo de Katie, Benjamin, e seu próprio irmão, Noah. Ele estava bonito com seu novo *Multze*, uma casaca longa de cauda partida, e sua gravata-borboleta preta. Ele e seus padrinhos usavam sapatos de cano alto e chapéus pretos com abas de oito centímetros. Sua barba comprida tinha toques grisalhos, e, embora ultimamente John precisasse de seus óculos de leitura mais do que gostaria, tinha ido a seu casamento sem eles.

Mais adiante no banco, Katie se sentou entre Mary e Sarah, preparada para apertar as mãos das convidadas. Os homens se reuniriam fora da casa — dentro ou fora do celeiro —, esperando até que os recepcionistas os levassem para dentro até o lugar em que se sentariam — homens numa seção, mulheres na outra, como na pregação de domingo.

Katie sentiu um nó no estômago. Ela sentia como se estivesse sentada no banco do meio do velho barquinho, remando em direção à ilha — seu refúgio secreto de infância. Em sua cabeça, ela remava cada vez mais rápido, energizada pelo ritmo dos remos batendo na água, mas sentindo-se aprisionada entre a margem do lago e o esconderijo a que tanto ansiava chegar. Aprisionada entre dois mundos: seu lugar com o Povo e seu desejo pelo mundo moderno, proibido que era. O mundo de seus pais de sangue sempre a atraíra, o mundo da jovem que tinha costurado um vestidinho de cetim para sua filha bebê, que a tinha vestido com todo o amor e depois a entregara.

Você tem muito que agradecer...

Katie deu uma olhada para John. Apenas duas horas os separavam da união espiritual. Marido e mulher... para sempre vivendo com o Povo, praticando os Velhos Costumes. Ela se lembrou da promessa feita ao noivo no sábado anterior, agora quebrada. Quantas promessas uma pessoa podia quebrar?

Como um vento repentino que empurra nuvens tênues, seus pensamentos foram embora e ela não conseguiu recapturá-los. Katie começou a cumprimentar as mulheres, muitas das quais conhecidas desde a primeira infância. Ela apertou a mão de Mattie Beiler quando chegou a hora, e a observou ir ajudar a mãe idosa, Ella Mae, a se aproximar. Katie pensou em seus avós falecidos e desejou que *Dawdi* David e *Mammi* Essie estivessem vivos para ver esse dia.

Quando Ella Mae parou e estendeu sua mão frágil e enrugada para Katie, esta sentiu um impulso de abraçar a velha senhora. *As pessoas sempre fazem o que querem fazer*, Ella Mae disse certa vez para Katie. *Mesmo quando uma pessoa fica sentada sem fazer nada, bem, não fazer nada, no fim, também é uma decisão.*

Em seguida vieram vários primos em primeiro grau de Katie — Nancy, Rachel e Susie Zook —, seguidos por Naomi, Mary e Esther Beiler, e as mães destas, Becky e Mary, as filhas casadas de Ella Mae.

Muitas outras mulheres vieram em fila. Uma delas era Lydia Miller — a prima menonita de sua mãe —, a mulher que falava com Deus como se Ele estivesse realmente escutando. O cumprimento de Lydia foi caloroso.

— Que o Senhor abençoe você neste dia, querida — ela disse, depois foi cumprimentar Mary Stoltzfus.

O Senhor exalta os humildes...

Se alguém era humilde, esse alguém era Lydia Miller. Ela sempre se vestia com simplicidade — vestidos longos com padrões — e usava o cabelo preso para trás num coque. Humildade estava estampada em todo o seu rosto redondo. Amor também. Dava para ver uma compaixão única pelo mundo naqueles olhos.

Nesse momento, Katie desejou saber mais a respeito da prima Lydia, a mulher escolhida pela família como um exemplo de como não ser devota. Com certeza essa história tinha outro lado.

Nos breves intervalos entre os convidados, pensamentos preocupantes penetravam sua mente, ardendo como urtiga. *Você parecia uma Katie... desde o início.*

Katie começou a sentir pena de si mesma, mas o sentimento era uma mistura de raiva e medo. Saber, na véspera de seu casamento, que não era uma verdadeira Lapp — um retalho do tecido que formava o Povo — era como finalmente ter aprendido a dar os pontos mais delicados numa colcha de retalhos, para então, após ser criticada, decidir desfazê-los todos.

Ela se sentiu agitada quando os jovens — adolescentes do distrito da igreja e do entorno — começaram a entrar na casa. Irmãos e irmãs solteiros da noiva e do noivo lideravam a procissão, seguidos por recém-casados e casais cuja união já tinha sido publicada.

Eu poderia ter ficado encalhada...

Um grupo de primos, sobrinhos e amigos veio a seguir, seguido pelos garotos mais novos, que rapidamente se sentaram. Todos os homens, exceto os Pregadores Yoder, Zook e o Bispo John — porque ele também era um ministro —, tiraram os chapéus e os colocaram debaixo dos bancos. A formalidade representava a crença de que a casa de Samuel Lapp era, nesse momento e durante o resto da cerimônia, uma casa de culto.

Depois que os convidados sentaram, outro costume antigo foi observado: os três ministros continuaram a usar os chapéus até o primeiro hino.

Na terceira estrofe, os Pregadores Yoder e Zook se levantaram e seguiram na direção do quarto de hóspedes, no andar de cima, seguidos por John e Katie. Lá, o Pregador Yoder começou a dar instruções, encorajando John e Katie, lembrando-os de seus deveres um para com o outro como parceiros no Senhor. Katie sabia o que estava por vir e imaginou como seria constrangedor não poder responder com sinceridade quando lhe perguntassem se tinha permanecido pura.

Os olhos de John brilharam com adoração quando pegou a mão dela e os dois desceram a escada, entrando na sala lotada de mãos dadas pela primeira vez. Eles seguiram pelo corredor estreito com seus padrinhos e madrinhas.

Quando Katie avistou o pequeno Jacob Beiler no meio do público, o garoto lhe deu um sorriso angelical enquanto o Povo cantava o terceiro verso da Canção de Louvor.

Mal consigo esperar que você se torne nossa mamãe...

O grupo nupcial chegou às seis cadeiras de vime iguais reservadas, e os seis se sentaram exatamente em sincronia. Katie, Mary e Sarah se sentaram de frente para John, Benjamin e Noah.

Para todo lugar que olhava, Katie via os rostos generosos e gentis de amigos e parentes amados; a querida Nancy Beiler e sua irmã Susie, que em breve seriam enteadas de Katie. E lá estava Levi, o irmão emburrado, sentado de braços cruzados, olhando para Katie com curiosidade. Esse garoto a faria cortar um dobrado, com certeza. O outro irmão, Hickory John, estava sentado bem aprumado, e a fez lembrar do pai dele.

Mas não havia alma naquela casa que fizesse ideia de que Katie Lapp era um membro desobediente da igreja, que tinha voluntariamente desobedecido ao bispo, seu noivo. Que tinha decidido esconder seu violão em vez de destruí-lo.

Ela era, portanto, culpada de um pecado não confessado. E, pior, ela era uma hipócrita, um lobo em pele de cordeiro. Não ter nascido amish a fazia se sentir diferente de todos que estavam ali, ou, pelo menos, era assim que parecia a ela. Ela imaginou se ter sido adotada e nunca saber disso não podia anular seu voto de batismo.

Você não gosta de ser amish, mas está presa... O comentário de Mary ecoou em seus ouvidos enquanto o Povo cantava o sexto e o sétimo verso do hino seguinte.

Não importa o que aconteça, lembre que eu te amo...

Será que aquela voz amada, vinda do túmulo, nunca pararia de falar com ela? Ela teria que se conformar com um relacionamento imposto com John Beiler enquanto seu coração ansiava por muito mais?

O canto da congregação cessou, e o tio do Bispo John se levantou para fazer o *Anfang*, a abertura, que incluía relatos bíblicos de casais — de Adão e Eva, Rute e Boaz. Quando o orador terminou, cada pessoa se virou e ajoelhou para um momento de oração em silêncio. Enquanto os outros fechavam os olhos, Katie olhou para um quadro na parede. *Quem desperdiça o tempo desperdiça a própria vida.* O velho ditado amish lhe chamou a atenção; a mensagem lhe falou ao coração.

Estive desperdiçando o tempo do Povo, ela pensou. *O tempo de Dat, Mam, Mary... do Bispo John. E também a minha própria vida. Será que já a desperdicei? Não tentei com vontade suficiente seguir a Ordnung?*

Com a mesma rapidez que as perguntas chegavam, Katie as afastava. Ela inspirou fundo, lembrando seu juramento de vida diante de Deus. Tinha feito seu voto batismal perante todo o Povo, as mesmas pessoas que agora estavam reunidas na casa de seus pais, que logo testemunhariam seus votos de casamento. *O que está feito está feito*, ela pensou. E, quando a prece silenciosa terminou, ela se levantou com todos os outros.

Katie esperou respeitosamente que um dos diáconos lesse os primeiros doze versos de Mateus, capítulo 19, antes de o Povo sentar de novo. O Velho Costume, das *Alt Gebrauch*. As regras da igreja — o modo como as coisas eram.

Tudo isso pesou em Katie enquanto esperava pelo momento inevitável; o Pregador Zook falaria primeiro com John, depois com ela. Ele lhe perguntaria se ela prometia ser leal ao marido e cuidar dele na adversidade, na doença e na fraqueza.

O Pregador Yoder se levantou bem devagar para começar o sermão principal. Seus ombros estavam caídos, e sua voz, tão abafada que suas palavras eram quase inaudíveis. A cada frase sua voz crescia, contudo, e logo atingiu o ritmo familiar de exortação. Limpando o suor de sua testa, ele continuou. Após cerca de uma hora, chegou à história de Jacó e Raquel.

Com os olhos brilhando, ele pegou a Bíblia Alemã e leu:

— "Mulheres, sujeitem-se a seus maridos, como ao Senhor, pois o marido é o cabeça da mulher, como também Cristo é o cabeça da igreja, que é o seu corpo, do qual ele é o Salvador. Assim como a igreja está sujeita a Cristo, também as mulheres estejam em tudo sujeitas a seus maridos".

Em tudo...

Katie sentiu um peso no coração. *Aqui estou eu... Ainda nem casei e já quebrei as regras da submissão.* Triste, ela olhou para o pai. Nem mesmo a educação rígida de seu pai tinha dobrado sua vontade, fazendo-a se submeter à autoridade.

Se não consigo obedecer ao meu próprio e querido pai, como conseguirei obedecer a um homem firme como o bispo? Ela imaginou quanto tempo demoraria para que a culpa a tomasse, para que ela reconhecesse sua recusa em destruir o violão. Dias? Semanas? Por fim, ela teria que confessar seu pecado a John. Que modo de começar um casamento!

Você é diferente de toda garotinha que eu já conheci... As estranhas palavras de *Mammi* Essie voltaram a Katie nesse momento como um espectro que aguardava à espreita nos cantos da mente.

O Pregador Yoder se sentou, e o Pregador Zook assumiu seu lugar, lendo do Livro de Tobias. Ele citou longas passagens a respeito de um casal, Tobias e Sara, então desviou-se do texto e começou a falar com a congregação:

— Temos diante de nós um irmão e uma irmã que concordaram em entrar nos laços do sagrado matrimônio; John Beiler e Katie Lapp.

Inclinando-se ligeiramente na direção de sua melhor amiga e madrinha, Katie sentiu-se tentada a segurar a mão de Mary, mas sabia que seria inadequado. Ela teria que aguentar aquilo sozinha. Era necessário.

— Se existe um irmão ou uma irmã presente aqui, hoje, que saiba de algum motivo para estes dois não se unirem em matrimônio, que se manifeste agora, pois depois deste momento nenhuma reclamação será ouvida — declarou o pregador.

Katie ficou rígida e, sem perceber, prendeu a respiração. As palavras de seu pai ecoaram em seus ouvidos. *Acaso pode sair água doce e água amarga da mesma fonte?*

O Pregador Zook fez uma pausa, dando tempo bastante para que alguém se manifestasse, então continuou.

— Se não há nenhuma objeção, e se nossa irmã e nosso irmão estão de acordo, vocês podem dar um passo à frente, em Nome do Senhor.

Katie se levantou, mas, em vez de pegar a mão estendida de John, passou por ele, indo na direção do pregador. Então, sentindo-se fraca, ela se virou para o Povo.

— Tenho algo para dizer a todos vocês. — Ela inspirou fundo, olhando para o chão por um momento.

Lentamente, ela permitiu que seu olhar subisse para a congregação. Um a um, sua família e seus entes queridos entraram em foco. Seus pais, seus irmãos, Ella Mae Zook, os filhos do bispo, os muitos primos em primeiro grau e Mattie, a parteira, que guardava mágoa por não a terem chamado para trazer Katie ao mundo. E lá estava Lydia Miller, uma das poucas menonitas presentes. Katie procurou naqueles rostos familiares um modo mais gentil, que não causasse angústia naquelas pessoas que amava.

— Eu sinto muito por ter que confessar isto — ela começou —, mas não sirvo para casar com seu irmão em Cristo, o Bispo John Beiler.

De propósito, ela evitou os olhos de John, sabendo que, se o encarasse, poderia desabar, ou pior — desistir do que ela sabia que devia fazer.

Ela cometeu outro erro, porém. Seus olhos demoraram-se em seus pais, e a dor no rosto deles torceu seu coração.

— Eu sinto tanto — ela se ouviu suspirar —, sinto tanto por magoar vocês desta forma, *Dat*... mamãe...

Rebecca soltou uma exclamação e se levantou, os olhos úmidos de lágrimas. Ela começou a falar, mas Katie não esperou para ouvir as súplicas de sua mãe. Ela se virou e saiu correndo pelo corredor estreito, atravessando a multidão de parentes e amigos até a cozinha, passando pelos cozinheiros espantados, por seu irmão Elam e Annie.

Katherine, chamada Katie, irrompeu pela porta dos fundos e fugiu da casa de sua infância — a casa temporária de culto —, afastando-se daqueles rostos espantados, do rosto manchado de lágrimas de Rebecca, do bispo que ela tinha envergonhado e desobedecido, do Povo que tinha traído.

Para muito, muito longe.

Capítulo quinze

—Ela estragou tudo — Mattie Beiler sussurrou para uma de suas filhas casadas. — E, oh, nossa, não é estranho? Ora, eu disse isso mesmo no mutirão da colcha de Katie, semana passada.

— Disse o quê?

— Que, quando há algo importante para ser feito, a filha de Rebecca Lapp se comporta mal. — Mattie meneou a cabeça, murmurando. — Katie, fugindo do próprio casamento. Bem, isso ganha de qualquer coisa.

Vários bancos à frente, Rebecca sussurrou algo para seu marido, e, enquanto o bispo pasmo continuava na frente da sala com o Pregador Zook, ela disparou na direção da cozinha e saiu pela porta dos fundos.

— Katie! Katie, volte aqui.

John Beiler, de olhos arregalados e mãos enfiadas nos bolsos — acompanhado de seu amigo, o Pregador Zook —, dirigiu-se às cadeiras agora vazias e se sentou com o restante do grupo nupcial, que parecia atordoado. Ele ficou sentado ali por apenas alguns segundos constrangedores, então se levantou de novo e saiu da sala, a caminho da varanda fechada, que teria acomodado os convidados durante o banquete de casamento — se Katie não tivesse acabado de fugir.

— Bem, o que você acha disso? — perguntou o Pregador Zook.

John meneou a cabeça.

— Alguma coisa deve estar preocupando Katie. Ela não estava normal pela manhã.

— Bem... — O pregador fez uma pausa, provavelmente pensando no melhor modo de consolar seu velho amigo. — Você tem ideia do motivo pelo qual ela faria uma coisa dessas? — Antes que John pudesse responder, ele continuou: — Ela não está ficando mais nova. Ela bem sabe que esta pode ter sido a última chance que teve de se casar.

John anuiu com um movimento de cabeça, mas em segredo desconfiou de que a reação precipitada de Katie tinha a ver com o modo como ele lidara com a confissão dela na semana anterior. Ele teria falhado em fazê-la entender a seriedade de sua transgressão? Teria tratado a questão de modo demasiado leve, já que em breve seria sua esposa? Ele coçava a barba e refletia sobre toda aquela situação miserável quando Samuel Lapp apareceu à porta.

— O que eu posso lhe dizer? — Samuel perguntou. — Minha filha está gravemente errada. — Ele baixou a cabeça.

— Não se culpe pelas ações de Katie — disse o Pregador Zook.

O Pregador Yoder saiu da sala para se juntar a eles na varanda.

— Algo vergonhoso foi testemunhado aqui, hoje.

— *Jah*, vergonhoso — Samuel disse, ainda com a cabeça baixa, a barba roçando o peito. — Nosso bom bispo... rejeitado pela própria noiva.

— Quem sabe ela cai em si... percebe o que fez — o Pregador Zook sugeriu, mas Samuel balançou a cabeça.

— Você não conhece a minha Katie. A garota é teimosa, isso ela é. Sempre foi. Desde o dia em que nasceu. Só a mãe consegue alguma coisa dela.

— Um descrédito tão grande para a igreja — disse o Pregador Yoder. — Ela precisa se arrepender, de peito aberto.

John se lembrou da atitude penitente de Katie no sábado anterior, o modo doce e inocente como ela se aproximara dele, entrando na sala e indo em sua direção, permitindo que ele segurasse suas mãos por um pouco mais que o necessário. Ele se lembrou... e a desejou, mesmo agora. Enfim, ele falou.

— Quanto a ela cair em si, esqueçam. É tudo o que precisa ser dito. — Os homens cessaram suas especulações e voltaram para dentro da casa, onde a conversa produzia um zunido baixo. Katie Lapp, fugindo de seu próprio casamento... Ora, bem... Nada parecido com isso já havia acontecido em Hickory Hollow.

O grupo nupcial — ou o que tinha restado dele — continuava sentado onde estava, todos remexendo-se, nervosos. Sem que existisse precedente para aquele acontecimento, ninguém sabia o que fazer a seguir. Um a um e em pares, os outros convidados começaram a se mexer, mas não saíram, pois esperavam que fosse tomada uma decisão quanto ao que deveria ser feito.

John, por sua vez, só conseguia sentir uma dor latejante na região do coração... um vazio que apenas Katie poderia preencher.

— O que poderia ter levado Katie a fazer algo tão horroroso? — Sarah Beiler perguntou a Mary Stoltzfus.

Mary, notando o Bispo John no instante em que ele voltou para a sala, ficou um pouco corada.

— Não sei dizer, na verdade — ela respondeu, evasiva. Sentindo o olhar do bispo sobre ela, Mary baixou a cabeça humildemente. Pobre homem. O que ele devia estar sentindo!

— Você deve saber de *alguma coisa* que a fez voltar atrás — insistiu a neta de Mattie. — Você a conhece desde sempre!

— Não, não, eu não tenho ideia do que Katie estava pensando. — Nem sempre Mary conseguia entender as ações da amiga mais velha, embora o Senhor soubesse o quanto ela tinha tentado ao longo desses muitos anos. *O que vai acontecer agora?*, ela imaginou, sentindo-se um pouco culpada pela vontade de olhar para o noivo de sua melhor amiga.

Na verdade, sendo muito sincera, ela esperava que John Beiler estivesse farto de tipos como Katie Lapp. Afinal, a garota tinha ultrapassado qualquer limite. Não tinha ouvido nada do que Mary vinha tentando lhe dizer. Ainda assim, apesar da frustração, ela não conseguia deixar de sentir compaixão pela amiga.

— É melhor eu ir procurar Katie — Mary disse para Sarah, depois pediu licença e passou por Benjamin Lapp, que fazia uma careta de muita contrariedade.

Mary saiu à procura de Rebecca Lapp na casa. Com certeza, se conseguisse encontrar a mãe de Katie, as duas juntas conseguiriam colocar algum juízo na futura esposa do bispo. O que Katie quis dizer ao declarar que não servia para casar com o irmão *deles* em Cristo? Ela não considerava John Beiler um irmão cristão *dela* também?

Ella Mae observava a melhor amiga de Katie correr pela casa, indo de aposento em aposento. A Mulher Sábia imaginava que Mary encontraria Rebecca, mas isso de nada adiantaria. Nem Mary Stoltzfus nem Rebecca Lapp conseguiriam convencer Katie a voltar para casa. Não naquele momento... e talvez não por horas.

Ella Mae sabia algumas coisas a respeito de Katie. Coisas íntimas, doloridas. Ao longo dos anos ela tinha ouvido a garota quando esta a procurava e lhe contava suas angústias — os anos manhosos da infância, o coração partido por Daniel Fisher... e, recentemente, algo sobre um vestido inglês de bebê e uma promessa que ela não tinha conseguido cumprir.

Que promessa, Ella Mae não sabia dizer. Mas uma coisa era certa: a promessa não cumprida — qualquer que fosse — tinha a ver com o motivo de Katie ter deixado seu noivo tão sozinho e infeliz.

Ela suspirou, pensando no que poderia ter dito ou feito de diferente para mudar a maneira como as coisas estavam se saindo para aquela pobre ovelha perdida.

—Ela ia ser minha mamãe — Jacob Beiler choramingou para sua irmã Nancy, sentado perto do grupo nupcial. — Ia sim, juro que ia...

— Calma. Tente não chorar. — Pondo a mão de irmã mais velha no ombro dele, Nancy procurava acalmá-lo com tapinhas, terminando com uma sacudida firme. — Você já é um garoto grande. — Ela esperava que o irmão mais novo não causasse uma cena... igual à de Katie.

Ach, envergonhar seu pai desse jeito! Nancy sentiu o rosto esquentar. Aquilo era vergonhoso. Com certeza o próprio Senhor Deus faria chover seu castigo.

Talvez fosse melhor mesmo que Katie Lapp não tivesse ido para a casa deles tornar-se sua mãe. Além do mais, ninguém conseguiria ocupar o lugar de sua *Mam*...

Levi Beiler descruzou os braços longos e olhou ao redor, parando na velha senhora sentada várias fileiras atrás. Ella Mae Zook parecia tão surpresa quanto os outros, embora ele acreditasse ter visto um brilho de esperança nos olhos dela e se perguntasse o que aquilo podia significar. Ele quase conseguia sentir o sabor do chocolate quente que a Mulher Sábia tinha comprado para ele na quinta-feira anterior, exatamente uma semana antes.

Katie estava se preparando na semana passada, ele pensou. *Estava se preparando para fazer isso que ela fez hoje. Planejando abandonar o papai sem casar com ele.*

Em geral tímido e isolado, Levi de repente se sentiu corajoso. Ele pensava na inglesa estranha perdida, com seu cabelo avermelhado e seu carro preto e comprido. De uma forma ou de outra, a mulher chique podia estar ligada ao que tinha acontecido ali. Ele se levantou e foi cumprimentar a Mulher Sábia.

Nesse momento, contudo, Samuel Lapp pediu a atenção de todos. Levi ouviu com atenção, esperando que a comida do banquete de casamento fosse bem aproveitada.

Samuel pigarreou.

— Vocês todos estão convidados a ficar para almoçar conosco. Dividiremos o pão, apesar do que acabou de acontecer.

Levi ficou muito decepcionado quando seu pai chamou os cinco filhos e se preparou para irem embora. Ele esperava que pudessem ficar ao menos por tempo suficiente para comer.

Quando os seis passaram pelas mesas cheias de tortas, bolos e todos os tipos de guloseimas de dar água na boca, o estômago de Levi roncou. Então, quando toda a esperança parecia perdida, Annie Lapp veio salvá-lo, pedindo ao marido que preparasse cestas para a "família do Bispo John".

Apesar da expressão de desamparo do pai, Levi e os irmãos saíram a caminho da carroça recém-pintada — que deveria estar levando uma nova *Mam* — carregando, felizes, suas gostosuras. Ele mal podia esperar para chegar a sua casa e devorá-las.

Na verdade, ele *não* esperou. A pregação tinha demorado mais de duas horas e meia, e ele estava com fome. Então arrancou um pedaço do pão quente e o enfiou na boca, mas sua irmãzinha viu.

— Levi está roubando comida — Susie o delatou.

O pai não respondeu até a garota repetir a acusação. Então, John Beiler fez um aceno distraído com a mão.

— Deixe seu irmão em paz.

Levi sorriu, e Susie fez um bico para ele. Ao mesmo tempo, Nancy e Hickory John puseram uma mão no ombro de Levi. O pai não estava com ânimo para as brincadeiras deles, era evidente.

— Onde está Katie, papai? — o pequeno Jacob perguntou, parecendo um pouco preocupado. — Ela não vem para casa conosco?

— Hoje, não. — John meneou a cabeça.

— Você acha que ela está doente?

O pai pareceu precisar de muito tempo para se decidir.

— Não sei dizer se ela está mesmo doente. Não parecia mal hoje de manhã. Mas neste momento imagino que não esteja se sentindo bem... assim como eu.

Levi sentiu pena do pai, e, se não estivessem à vista de todos, em pleno dia, teria colocado sua cesta no chão da carroça e pulado para o banco da frente, para ficar ao lado dele. *Pobre papai. Primeiro, mamãe teve que morrer... e agora isto...*

Rebecca correu até o palheiro, para onde Katie sempre fugia quando queria ficar sozinha. Ela subiu pela escada que levava até a cama macia de palha no mezanino e chamou:

— Katie? Você está aí?

Ela procurou atrás de vários fardos de feno, esperando encontrar Katie escondida, emburrada. Encontrou apenas os gatos do celeiro e muita poeira. Quando se convenceu de que o lugar estava vazio, exceto por seis ou sete caçadores de ratos, Rebecca se virou para sair de novo. Dessa vez ela seguiu pela trilha das mulas, escolhendo uma que levava na direção do bosque.

Desanimada, ela caminhou pela estradinha, tentando conter lágrimas de arrependimento e decepção. Se esperava ajudar a filha em meio a essa crise, ela teria que permanecer tranquila, de olhos secos. Mas sentia um ressentimento crescendo dentro de si. O que tinha dado em Katie para abandonar o bispo em seu grande dia? O que poderia ser mais importante do que casar com um homem amish tão bom?

Uma ideia assustadora lhe ocorreu. Laura Mayfield-Bennett podia estar nesse momento passeando pela região, na esperança de ver sua filha havia muito perdida. Ela estava morrendo e tinha escrito. Disso tudo Rebecca se lembrava, embora tivesse havido momentos, desde que ela queimara a carta, em que desejava lembrar melhor o que estava escrito.

Como seria estar morrendo... sem conhecer a única filha? Rebecca suspirou e seguiu em frente. Por mais que detestasse admitir, não conseguia culpar a mulher. Qualquer mãe faria o mesmo.

O silêncio era quase assombroso. O sol parecia ter esquecido que estava em meados de novembro e brilhava forte e quente, como se o verão tivesse voltado, castigando as costas de Rebecca. Seus passos foram curtos e rápidos em seu percurso até o bosque e além, até a clareira onde ficava o lago com sua ilha isolada.

Ela parou na margem e vasculhou a área com olhos ansiosos. O velho bote não estava à vista, e essa foi a primeira pista de que sua filha poderia ter escolhido como refúgio a fortaleza da infância.

— Katie! — ela gritou, formando um cone com as mãos ao redor da boca. — Katie, é a mamãe!

Ela esperou, mas não ouviu nada.

— Katie, você está bem? — ela chamou de novo, observando a ilha com seus salgueiros altos em meio aos arbustos secos, criando um abrigo que não podia ser visto desta margem.

O coração de Rebecca bateu mais rápido, e ela chamou de novo e de novo, sentindo a tristeza e a rejeição a ferirem tão profundamente quanto o silêncio.

Será que Katie responderia se fosse a mãe de sangue chamando? Esse pensamento a deixou desanimada.

— Você não precisa me dizer qual é o problema, Katie, de verdade, não precisa. Só me deixe ficar com você, menina.

Ela esperou, ansiando por ouvir a voz que tanto amava. Mas não ouviu nada, a não ser o som dos corvos voando de um lado para outro sobre a água plácida.

Então Rebecca soube o que precisava ser dito, a coisa que facilitaria tudo para Katie. E ela disse, com grande sinceridade, sua voz fraquejando ao direcionar a súplica para a ilha.

— Você não precisa voltar para casa agora. Não precisa nem mesmo se casar com o bispo se não quiser.

A espera poderia ser comparada ao esforço do parto, de tão intensa. Da mesma forma, assim como seu bebê natimorto nunca soltou seu grito de vida, Katie também não emitiu nenhum som.

Dividida entre o impulso de pular no lago e nadar até Katie e a obrigação com o Povo reunido em sua casa, Rebecca, triste, deu meia-volta e seguiu pela trilha no bosque.

Debaixo de um salgueiro perto do centro da ilha, Katie estava sentada com os joelhos recolhidos sob o queixo. Ela tinha retirado o *kapp* religioso e soltado seu coque, permitindo que as longas madeixas avermelhadas se estendessem à frente de seu vestido. Cantando suas músicas favoritas, ela passou os dedos pelo repartido tradicional, no meio da cabeça, separando os fios, e puxou o cabelo para um lado, começando a trançá-lo.

Ela brincou com o cabelo como queria, desejando ter um espelhinho de mão para ver o novo visual. A nova mulher moderna.

Começou a cantar mais alto enquanto desfazia e refazia as tranças, incorporando nelas as folhas do salgueiro, desejando que fossem cordões de ouro ou fitas de seda.

— Agora eu sou Katherine — ela disse para o céu. — Meu nome é Katherine Mayfield. — Ela expulsou do pensamento os rostos tristes de seus pais.

Olhando para o lago, decidiu se observar, e teria ido até o pequeno píer, mas nesse momento ouviu a voz de sua mãe. Rapidamente, ela se encolheu no abrigo formado pelos salgueiros. Apesar da ausência da folhagem, teve certeza de que estava bem escondida. Sua mãe a chamou várias vezes, provavelmente na esperança de fazê-la sair do esconderijo. Mas Katie não cedeu. Esse era o dia dela. Um dia para pensar em suas questões e espantar os medos. Um dia para deixar seu lado moderno se expandir sem freios, sem ter que prestar contas a ninguém.

Ela esperou até ver a mãe dar meia-volta e, com os ombros caídos, retornar pela trilha do bosque até voltar para casa e encarar os convidados. Katie se deixou sentir só uma pontada de arrependimento por colocar seus pais naquela situação constrangedora. Ainda assim, o mais provável era que eles seguissem em frente com o banquete, comendo e se perguntando o que tinha dado nela. Não haveria uma celebração feliz, dadas as circunstâncias, mas a atmosfera seria de compreensão, com os laços de parentesco e o espírito de paz do Povo.

Não importava. Esse era o momento dela, e Katie pretendia aproveitá-lo ao máximo. Ela engatinhou na direção do píer e se deitou nele, olhando para a água do lago abaixo.

Seu cabelo. Como parecia diferente. Em vez do familiar repartido no centro, seu cabelo lustroso fazia uma onda no alto antes de cair sobre um olho; a cascata sedosa fazendo um desenho intricado. Ela puxou as folhas de salgueiro envoltas na trança grossa e jogou pedaços delas na água, produzindo ondulações na superfície vítrea. Observou as ondulações se espalharem até atingirem a margem. Bem no fundo, ela reconheceu o simbolismo de sua própria vida.

Quem eu sou, de verdade?, ela se perguntou. *Se eu sou Katherine Mayfield debaixo desta pele, quem é essa Katie Lapp que veste roupas sem graça, feitas em casa?* Ela segurou seu *kapp* sobre a água, observando o reflexo.

Ela estava chegando a algo, mas não sabia exatamente o quê. Pensativa, observou uma folha passar flutuando até sumir de vista. Uma boa mulher obedecia à *Ordnung*, era submissa por completo. Como ela tinha falhado dessa forma horrível? Ao tentar ser boa, tinha se tornado fraca. Como os ensinamentos do Povo a transformaram em alguém que ela não era? Alguém que tinha coragem para desobedecer ao próprio bispo que lhe administrara seu juramento de vida — seu batismo de joelhos? Alguém que podia ferir esse mesmo bispo de modo indescritível, e na presença do distrito da igreja inteiro?

Mas ela não podia se prender a isso. Para falar a verdade, tinha sido mais ferida.

Pondo-se de pé, ela foi até a margem, tirou o velho bote debaixo do píer e o colocou na água. Depois, batendo na superfície do lago com os remos, ela se deslocou até o outro lado.

Minutos depois, Mary Stoltzfus a encontrou na trilha das mulas que levava à fazenda.

— Onde você estava? Sua mãe está morta de preocupação. — Mary arqueou as sobrancelhas quando prestou atenção em Katie. — E o que aconteceu com seu cabelo? — Ela estendeu a mão e tocou a trança grossa, ainda adornada com folhas de salgueiro. — Onde está seu *kapp*?

Katie amarrotou a touca religiosa, fazendo uma bola.

— Não vou voltar para casar com John, se é isso que está pensando. Então não me pergunte o que aconteceu. Além do mais, eu acho que você já sabe.

— Mas você não está nem um pouco preocupada com os sentimentos do bispo? E os filhos dele... como vão ficar?

Katie preferia que Mary não tivesse mencionado a família de John. O rostinho de Jacob ficaria para sempre gravado em sua memória. Ela tinha decepcionado o garoto. Tinha decepcionado todas aquelas crianças.

— Não era para ser, o bispo e eu — Katie disse. — E, por mais que eu tenha tentado, também não era para eu ser amish.

Mary meneou a cabeça.

— *Ach*, isso de novo, não. Eu pensei que você tivesse deixado essa história para trás.

— Bem, não deixei.

— Mas a coisa certa a fazer é...

— Eu não estou mais interessada em fazer a coisa certa — ela retrucou. — Passei minha vida toda tentando fazer a coisa certa e nunca funcionou.

Mary arregalou os olhos azuis, horrorizada.

— Mas, Katie, do que você está falando?

— É só o que eu disse. Não está dando certo para mim ser amish. Eu queria não ter demorado tanto para perceber isso, mas agora eu sei qual é o meu problema... porque parece que não estou à altura dos outros por aqui. — Katie lançou um olhar aflito para a casa da fazenda, logo abaixo da encosta suave. Ela não revelaria a verdade de sua adoção; esse tipo de decisão ela deixaria para *Dat* e *Mam*. No momento, só estava ansiosa por desempenhar seu novo papel de Katherine Mayfield.

— Agora eu vou para a cidade. Então, se você me dá licença...

— Você vai... para onde? — Os olhos de Mary estavam ficando cada vez mais claros, surpreendentemente luminosos, como se o comportamento estranho de Katie estivesse roubando a cor deles. — O que você precisa fazer é entrar lá e se desculpar com todo mundo.

— Não, não vou fazer nada disso.

A voz de Mary ficou suave.

— Você não está arrependida do que fez?

— Arrependida? Eu fiz um favor para o bispo ao fugir desse casamento. Para aquelas crianças lindas também. — Katie sentiu um caroço se formar em sua garganta.

Mary franziu a testa e mordeu o lábio.

— O que você quis dizer quando disse que John não era seu irmão em Cristo?

— Você me entendeu bem, Mary. — A trança balançou quando Katie se dirigiu ao celeiro. — Cetim e eu vamos dar uma volta.

— Cetim? Quando foi que você deu esse nome estranho para ele?

— Há algum tempo.

Antes que Mary pudesse fazer mais perguntas, Katie atrelou seu pônei à charrete.

— Vou voltar antes de escurecer. Diga para minha mãe que estou bem.

— Mas você *não* está. É evidente que você não está bem, Katie Lapp.

Capítulo dezesseis

estrada estava lotada de carros e caminhões — e ônibus também. Alguns buzinavam, impacientes, ao passar, fazendo Katie comer poeira. Mas ela perseverou, seguindo em sua charrete, encarapitada na boleia para todo o mundo inglês ver.

Finalmente ela entrou no estacionamento de uma galeria, amarrou Cetim a um hidrante e soltou a charrete.

— Vou trazer água para você — ela prometeu. — Eu volto logo.

Ansiosa para ver tudo o que fosse possível, Katie passou os olhos pela sequência de lojas, até parar numa vitrine montada com elegância. Endireitando os ombros, ela se encaminhou para a butique com a intenção de experimentar algumas roupas chiques e modernas.

— Posso ajudá-la, senhorita? — Katie achou que a vendedora estava se esforçando para não arregalar os olhos. Ela devia estar uma coisa com seu vestido longo amarrotado, o avental e a trança enfeitada com folhas de salgueiro descendo pelo ombro.

— Eu gostaria de experimentar o vestido de cetim mais chique que você tiver.

— Cetim?

— *Jah.* Você tem, não?

— Bem, não, em geral não temos cetim até mais tarde na estação. — A mulher pegou os óculos, que estavam pendurados numa corrente ao redor do pescoço, e os colocou no nariz. — A roupa é para você mesma... ou outra pessoa?

Katie riu por dentro.

— Oh, é para mim mesma. Está na hora de eu ver o que estava perdendo.

Piscando várias vezes, a mulher se virou para o balcão.

— Se você quiser, posso ver com as outras lojas, em York ou Harrisburg. Elas têm um estoque maior.

— Não, não — Katie exclamou. — É importante que eu veja algo *hoje*. — Avistando uma arara de vestidos luxuosos, com corpete de brocado e detalhes em renda, ela deixou a mulher boquiaberta junto ao balcão e correu até lá. — E estes?

Ela tirou um vestido de *chiffon* da arara e o colocou à frente do corpo, diante de um espelho de três faces. Virando-se para um lado e para outro, admirou seu reflexo de vários ângulos, cantarolando uma das músicas que mais adorava. Uma música de Dan.

— Qual o seu tamanho, senhorita?

— Eu não sei, na verdade — Katie respondeu, pensando no quanto tinha costurado para si mesma ao longo dos anos. Ainda assim, era um pouco assustador ver todos aqueles vestidos, numa variedade deslumbrante de cores, estilos e tecidos, só esperando para serem usados. — Nunca me fizeram essa pergunta, então eu acho melhor descobrir logo. E se eu experimentar o vestido para ver?

A vendedora pareceu não saber o que dizer.

— Ahn... sim. É claro. Por aqui.

Sem se preocupar em olhar a etiqueta de preço, Katie a seguiu até um provador pequeno nos fundos da loja. A vendedora puxou uma cortina de veludo, deixando Katie a sós com o vestido dourado translúcido, frágil como a asa de uma borboleta.

Quando se virou, ela soltou uma pequena exclamação ao ver seu reflexo inesperado. O lugar apertado era coberto de espelhos em todos os lados, do chão ao teto.

— Será que estou sonhando? — ela murmurou, tocando o vidro com o dedo.

Saboreando cada segundo, Katie tirou sua roupa. Primeiro o avental, depois, seu vestido simples — muito simples — de casamento. Com grande cuidado, e quase reverência, ela ergueu o vestido mais belo já criado. Ele passou com facilidade por sua cabeça e caiu com leveza em seus ombros, parando no meio de suas pernas — espantoso!

Ela amou a música do tecido raspando nela, a sensação sedosa em sua pele. E, oh, que glória!, o decote aberto, livre e sem limitações.

Katie recuou um passo para se admirar, afastando-se do espelho para ver seu reflexo inteiro. Aquela não era Katie! Só podia ser Katherine. Mas, mesmo deleitando-se naquele momento, ela se sentiu enganada, roubada dos anos em que lhe negaram sua herança legítima. Algum dia ela poderia vestir as cores ricas e vibrantes dos ingleses sem ter que fazê-lo em segredo?

Ela pensou, também, na mulher que lhe tinha dado o nome de Katherine. Que tipo de mulher se permitia trazer uma criança ao mundo sem cuidar dessa vida? Dar um nome chique à bebê para depois entregá-la a uma estranha? Que tipo de pessoa faz essas coisas?

Com a alegria disfarçada, Katie saiu do vestido translúcido e colocou suas próprias roupas.

— Algum dia vou usar um vestido igual a este em público — prometeu a si mesma. — Algum dia eu vou. — Com lágrimas nos olhos, ela passou delicadamente o cabide pelas mangas bufantes e pendurou o vestido no gancho duplo.

— Volte quando puder — a vendedora disse atrás dela.

Katie não respondeu. Andou rapidamente até Cetim e a velha charrete de madeira, sem nunca olhar para trás.

No caminho de casa, Cetim começou a mostrar cansaço.

— Oh, pobrezinho... será que você aguenta mais um pouco? — Katie disse da boleia. — Nós vamos parar na casa de Elam e Annie, pegar água para você. Tudo bem?

Cetim seguiu com dificuldade quando Katie o virou na longa trilha de terra que levava à casa de seu irmão mais velho, três quilômetros a leste da casa de arenito na Travessa Hickory.

— Elam, veja quem apareceu! — Annie, na varanda da casa de tábuas brancas, chamou o marido. Ela acenou para Katie como se não a tivesse visto pela manhã.

— Achei que meu pônei não ia conseguir chegar até aqui — Katie exclamou, esquecendo-se de como devia parecer estranha com o cabelo usando a trança proibida e sem o *kapp*. — Ele está seco que dá pena. Posso dar água e comida para ele?

Elam desceu os degraus e foi logo tirar os arreios do animal cansado. O irmão olhou para Katie com severidade. A expressão de reprovação a lembrou do pai, mas Elam não disse uma única palavra de censura. Katie ficou parada, olhando, enquanto ele levava Cetim até o celeiro atrás da casa.

Ele está bravo comigo, Katie pensou. *E com razão. Causei tantos problemas para todo mundo.* Ela sabia que a pressão iria crescer até, cedo ou tarde, seu irmão explodir a respeito do casamento.

Relutante, ela subiu os degraus até onde Annie estava, as mãos juntas sobre a barriga saliente.

— Você precisava ter visto como Cetim estava se comportando na estrada — Katie disse.

— Pensei que o nome dele fosse Tobias — Annie olhou para o penteado de Katie e rapidamente desviou os olhos.

— As coisas mudam.

— Oh. — Annie abriu a porta de tela e entrou. — Entre e beba algo você também — ela disse por sobre o ombro.

Só depois que Annie lhe serviu um copo alto de chá gelado, e ela se sentou à mesa do irmão, Katie percebeu o quanto estava sedenta e cansada.

— Foi uma bobagem ir tão longe com um pônei — ela refletiu em voz alta.

Annie sentou-se com cuidado no banco ao lado da mesa.

— Aonde você foi?

— Até Bird-in-Hand. — Katie teria falado com mais prazer, mas receou que isso pudesse expô-la a todo tipo de pergunta. Além do mais, Annie Lapp não entendia nada de butiques e lojas de vestidos. Ela era uma mulher amish boa e respeitável. Mulheres como Annie nunca se sentiam tentadas a frequentar lojas inglesas modernas.

Os olhos de Annie pareciam fixos nela, Katie pensou, provavelmente porque estava tentando entender o motivo de Katie não estar usando seu *kapp*.

— Minha nossa, o que você estava fazendo lá? — Annie soltou.

Katie se encolheu. Ela deveria dizer? Deveria divulgar o prazer secreto de passar algumas horas longe de casa, experimentando o vestido de festa mais chique em todo o Condado de Lancaster?

Ela deu uma boa olhada em Annie — a irmã amada de Daniel. Ela se parecia tanto com o garoto dos olhos de mirtilo! E oh, bom Senhor, era provável que o filho do casal também se parecesse com ele. Katie estremeceu ao pensar em ser assombrada pela expressão de Dan nos rostos de seus sobrinhos. É claro que os filhos de Elam também teriam alguns traços do pai. Mas, como Daniel Fisher sempre fora marcante e atraente, Katie desconfiou que os filhos do irmão teriam grande semelhança com seu único amor verdadeiro. *Assim como eu devo ser um pouco parecida com minha mãe verdadeira...*

Aquela ideia a assustou, e Katie sacudiu os ombros, tentando lembrar o que Annie tinha lhe perguntado. Ela ficou aliviada quando a cunhada voltou a perguntar.

— Você estava nervosa hoje, Katie? Foi por isso que abandonou a cerimônia de casamento? — Annie perguntou, a voz suave. — Porque, se você precisa conversar, bem, eu estou aqui. Quando precisar.

Emocionada com a oferta, Katie estendeu o braço sobre a mesa e apertou a mão da cunhada.

— Pode ser que eu aceite — ela sussurrou quando a culpa voltou, ameaçando estragar seu momento de liberdade. Enrijeceu as costas, determinada a fazer cada minuto valer.

Elam entrou na casa, barulhento, jogando coisas na despensa e fechando a porta com um baque forte antes de chegar à cozinha. Um olhar para Katie e ele começou a menear a cabeça.

— Você precisa encontrar seu *kapp* e colocá-lo, não acha?

Katie inclinou a cabeça e observou o irmão mais velho.

— Eu não preciso *encontrá-lo* — ela declarou. — Eu sei exatamente onde está.

— Então por que não está na sua cabeça, onde é o lugar certo? E o que são esses nós todos no seu cabelo?

Annie encarou o marido de forma significativa, parecida com a maneira como sua mãe às vezes olhava para o pai. Katie chegou a esperar que

Annie falasse em sua defesa, mas, quando isso não aconteceu, Katie soube que estava por sua conta. Rebecca Lapp era a única mulher que já tinha ficado ao lado dela contra um homem.

Elam estava a ponto de ralhar com ela. Katie podia ver os sinais — os olhos agitados, as narinas abertas. Ela não queria arriscar ser humilhada, não na frente de Annie.

— Eu fiquei um pouco confusa, talvez.

— Confusa? *Jah*! Quando o papai pegar você, vai desejar ter ficado diante do pregador com John Beiler ao seu lado e ido até o fim dos seus votos de casamento!

— Não fale desse modo comigo, Elam Lapp!

— Está na hora de *alguém* falar — ele disse, quase incapaz de conter sua raiva. — *Dat* nunca conseguiu, é claro.

— Deixe o papai fora disto! — Katie exclamou. — *Dat* me criou muito bem e você sabe disso.

— Pois eu estou lhe dizendo agora — Elam continuou. — Se você aparecer em casa com o cabelo desse jeito, vai se arrepender muito.

O irmão estava certo. Naquela noite ela seria repreendida pelo pai. E no dia seguinte, logo cedo, Elam ou o pai relatariam suas várias transgressões para o Pregador Yoder ou para o Bispo John.

— Estou com vergonha de você, Katie. Você precisa tentar continuar em Jesus — ele disse. — Você precisa tentar.

Katie se levantou e se dirigiu à porta dos fundos.

— Eu vou embora agora. E não me chame mais de Katie. Meu nome é Katherine.

— Desde quando? — Elam falou, com voz de deboche.

— Desde o dia em que eu nasci — ela disse por sobre o ombro ao colocar a mão na maçaneta. De repente ficou nervosa, com receio de ter entrado num território proibido, um lugar que só poderia levar a mais revelações.

— Você está falando bobagem. É melhor prender o cabelo num coque. E não diga que não a avisei — seu irmão disse às suas costas. — Pecar contra a igreja não é brincadeira... é pecar contra Deus. — Elam se sentou ao lado da mulher na mesa e baixou a cabeça.

— Adeus, Annie — disse Katie, ignorando por completo o irmão.

A despedida de Annie foi um sussurro:

— *Da Herr sei mi du*; que o Senhor esteja contigo.

A tarde continuava quente, e o sol brilhava com intensidade nas colinas arredondadas ao sul da estrada.

Você precisa tentar continuar em Jesus. As palavras do irmão ecoaram em sua mente. Mas o lado lógico de seu cérebro contra-argumentava: Continuar em Jesus exigia que ela usasse o *kapp* o tempo todo? Ela precisava usar seu cabelo longo repartido no meio e apertado num coque? Só assim era possível?

Daniel Fisher não pensava assim. A Salvação vinha, ele lhe dizia com frequência, através da fé em Jesus Cristo — não por obras, nem por seguir regras feitas pelo homem.

Ela suspirou, deixando Cetim seguir em seu próprio ritmo. Se fosse necessário, ela desceria e caminharia o resto do percurso até sua casa.

Por que ela não tinha prestado mais atenção a Daniel, no passado? Por que tinha aceitado os ensinamentos da igreja de seus pais sem questionar, ignorando as outras igrejas cristãs fora de Hickory Hollow?

Katie sabia o porquê, claro. Ela era jovem e insegura demais para abandonar os Velhos Costumes e adotar os Novos. Era ignorante demais nas Escrituras para poder debatê-las. Dan, por outro lado, tinha entrado em segredo num grupo de estudos da Bíblia em outro lugar. Não apenas havia memorizado vários capítulos da Bíblia, como estava aprendendo o que significavam e como suas verdades podiam mudar uma vida comprometida com Cristo. Precavido, ele mantinha suas atividades ocultas do resto do Povo. Apenas Katie sabia de seu segredo. Disso ela tinha certeza.

Se Dan estivesse vivo, poderia ajudá-la agora. Ele poderia levá-la até a verdade — onde quer que estivesse.

Uma sensação ameaçadora a tomou quando avistou a casa de arenito vermelho. A verdade, ela tinha quase certeza, não estava em cobrir a cabeça nem em se negar uma trança de vez em quando.

Desafiando tudo, ela cantou — uma interpretação vigorosa de "Que amigo nós temos em Jesus". Cetim, aparentemente inspirado pelo ritmo da melodia, começou a se apressar.

— Bom garoto! — Katie exclamou para ele e lhe prometeu uma boa escovada, água fresca e feno quando chegassem ao celeiro. Eles passaram pelo amplo pátio da frente e entraram na trilha de terra que levava aos fundos.

Ela adiou entrar em casa o máximo que pôde. Enfim, quando ouviu a mãe chamar os homens, saiu da baia do pônei e se encaminhou para a porta da cozinha.

Ao entrar na despensa na ponta dos pés, lembrou-se da atmosfera festiva da casa apenas algumas horas antes — a multidão de convidados, os cumprimentos, os sermões e os cozinheiros preparando o banquete. O atual clima sombrio a condenava.

Rapidamente, Katie começou a enrolar o cabelo na mão, pronta para prendê-lo no coque de sempre, mas mudou de ideia e deixou a trança cair às suas costas. Era tarde demais para voltar atrás. O que estava feito estava feito.

— Katie, você voltou! — exclamou sua mãe ao vê-la. Ela correu e envolveu a filha com os braços, parecendo não notar o cabelo solto de Katie, livre do *kapp*. — Eu fui procurar você, depois que saiu correndo de casa — a mãe balbuciou. — Fui até o lago e a chamei e chamei. Aonde você foi?

Katie meneou a cabeça. Não estava na hora.

— Acho que você não vai entender, mamãe — ela disse, olhando para a mulher que tinha cuidado dela desde a infância —, mas ainda não posso falar disso.

— Bem... vamos deixar para depois do jantar, então.

Katie prendeu a respiração ao entrar na cozinha com *Mam* a seu lado. Mesmo com o alerta de Elam, ela não estava preparada para a demonstração de indignação religiosa de seu pai.

— Onde está a cobertura de sua cabeça, filha? Você não tem nenhum respeito pelas leis de Deus? Isso sem mencionar os sentimentos do pobre bispo, que esta noite não tem uma mulher para esquentar sua cama nem uma *Mam* para seus filhos! — Ele continuou por minutos que pareceram horas enquanto, ao lado de Katie, pequenas exclamações emocionadas escapavam dos lábios de Rebecca.

— Eu sei que o Pregador Yoder virá falar com você dentro de alguns dias — o pai continuou enquanto a família Lapp se sentava ao redor da mesa de jantar.

— Eu vou falar com ele — Katie concordou em voz baixa.

— *Gut*, que bom que você está recuperando o juízo.

Katie inspirou fundo.

— Mas não estou dizendo que vou me confessar, se é o que está pensando. É só que eu quero fazer algumas perguntas para ele... sobre as Escrituras.

Não houve resposta audível. Mas, quando *Dat* inclinou a cabeça para a oração silenciosa pela refeição, o ritual durou pelo menos o dobro do que de costume.

Eli encarou a irmã fria e demoradamente, e depois não aceitou nenhuma das travessas de comida que ela lhe passou.

Ele está me tratando como se eu fosse uma mulher banida, Katie pensou.

Benjamin, por outro lado, foi mais gentil, passando as tigelas de batatas com manteiga, cenouras, cebolas e a travessa de presunto para o irmão no lugar de Katie.

No meio do jantar, o pai explodiu.

— Não vou comer mais nada até você prender seu cabelo do modo certo e sagrado!

Assustada com a explosão, Katie se levantou e correu até seu quarto no andar de cima. Com as mãos trêmulas, escovou o cabelo e o enrolou em um coque, sem verificar no espelho de mão se o repartido estava reto. Então, encontrando um *kapp* limpo e passado, ela o colocou na cabeça e correu de volta para a cozinha como um rato assustado.

Chegando lá, seu pai tinha afastado a cadeira da mesa e murmurava algo sobre a desgraça que ela tinha causado à família Lapp.

Katie não disse nada. Ela se sentia ferida nas profundezas da alma, mas não daria ao pai a satisfação de testemunhar a dor que lhe tinha causado. Na verdade, a reação dele, ainda que esperada, apenas alimentou a determinação dela em falar com o pregador quando a hora chegasse.

Mais tarde, naquela noite, depois que a cozinha foi limpa, mas antes da oração noturna, Benjamin sussurrou para a irmã que os dois precisavam conversar fora de casa. Katie, sem querer que o pai pensasse que havia alguma conspiração em curso, concordou. Eles esperaram pelo melhor momento para escapar, durante um dos cochilos mais demorados do pai diante do fogão a lenha.

Quando saíram, Benjamin seguiu na direção da leiteria com passos rápidos.

— O que é tão importante? — Katie quis saber, fazendo o possível para acompanhá-lo.

— Eu preciso dizer para você... *Dat* não quer apenas que você se confesse — ele começou, a respiração formando nuvens no ar gelado. — Ele está furioso com o que você fez hoje.

— Bem... ele tem todo o direito.

— *Jah*, e ele não é o único que está muito bravo. — Benjamin abriu a porta pesada e a segurou para a irmã. Estava mais quente dentro da leiteria. — Você desprezou o bispo diante de todo o Povo, pelo amor de Deus! Que coisa terrível e vergonhosa você foi fazer.

Katie anuiu, mas resistiu à sensação de culpa que tentava se instalar.

— Na verdade eu não esperava que John ficasse bravo — ela refletiu. — Magoado ou decepcionado, talvez, mas não bravo.

— *Jah*, e o que eu queria dizer para você ainda hoje é: se você não for lá e prometer se confessar diante de toda a igreja neste domingo, corre o risco de ser banida, Katie. *Banida!*

Ela sentiu uma pontada de medo — como uma gota de gelo pingando, fria e incômoda. Mesmo assim, não deveria estar surpresa de ouvir aquela notícia. Afinal, tinha anunciado publicamente que John Beiler não era seu irmão em Cristo.

Aos olhos do Povo, ela era uma pecadora. Merecia ser excomungada.

— É melhor repensar tudo, Katie. Eu não gostaria nem um pouco de ver você passar pelo *Meinding*, não mesmo.

Die Meinding — o banimento. Só de pensar nisso, outro tremor desceu, incômodo, pela coluna dela.

— Já existem conversas acontecendo... — Ben parou e coçou a cabeça, como se pensasse se deveria ter ficado de boca fechada.

— O que você está dizendo, Ben?

— Bem... — ele olhou ao redor e parou, virado para a casa. — *Mam* pediu para Eli e eu irmos até a casa do bispo e pegar seu baú do enxoval, as malas e todas as suas coisas e trazer para casa.

— *Jah?* — Ela sentiu um aperto na garganta.

— Enquanto estávamos lá, Eli ouviu o Bispo John conversando sobre isso com o amigo dele, o Pregador Zook. — Ben fez uma pausa e seus olhos amoleceram. — Estou dizendo, Katie, as coisas vão ficar ruins para você. E logo.

— Não posso me confessar. Não posso.

Benjamin a fitou sem conseguir acreditar.

— Você não pode *não* se confessar.

— Mas seria uma mentira. — Ela levou as mãos ao cabelo e tirou o *kapp* de novo, puxando os grampos que prendiam seu coque. — Olhe para mim! Eu não sou a pessoa que você pensa, Ben. Não sou amish.

Ele franziu o cenho e meneou a cabeça.

— Não sou Plain. O batismo de joelhos nunca aconteceu para mim... não para a pessoa que você vê à sua frente agora.

Obviamente, Ben ficou confuso.

— Você está falando em enigmas.

— *Jah*, estou mesmo. Mas minha vida toda foi um enigma. — Ela meneou a cabeça com tristeza. — Eu queria poder falar, mas, honestamente, agora não posso dizer mais nada sobre isso. Algum dia vou poder lhe contar, eu prometo.

— Esse *algum dia* nunca vai vir se você for banida, Katie. E você não quer ficar esperando acontecer, eu garanto!

A profecia de Ben a atingiu em cheio, plantando uma semente de terror nas profundezas de sua alma.

Capítulo Dezessete

No dia seguinte o clima esfriou de novo, com gotas de chuva que picavam o chão congelado como agulhas. Colunas de vapor emanavam da respiração dos cavalos, misturando-se à neblina, enquanto o Povo de Hickory Hollow se punha a caminho de um mutirão da colcha, de um casamento ou de uma feira de fazendeiros.

Katie ainda não tinha respostas para as perguntas que a incomodavam como um enxame de mosquitos num dia de verão. O Pregador Yoder, sem dúvida, conseguiria tranquilizá-la quanto à sua maior dúvida — o que, ela esperava, poderia resolver todos os seus problemas e pôr um fim àquela conversa de banimento. Mas, para fazer essa pergunta, ela teria que contar ao Pregador Yoder o segredo de seus pais.

Será que *Dat* consentiria? Depois da explosão da noite anterior, ele permitiria que ela revelasse uma coisa dessas?

Katie decidiu falar com a mãe em vez do pai. E, enquanto as duas trabalhavam juntas desfazendo a mala dela e reorganizando seu enxoval no baú, ela tocou no assunto.

— Não, não, não! — Rebecca foi inflexível. — Ninguém vai falar por aí que você é adotada!

— Mas eu tenho que contar para o Pregador Yoder.

— Você não vai fazer nada disso. — A expressão nos olhos da mãe era quase violenta.

— Mas você não entende? — Katie continuou. — Se o pregador souber a verdade, que não sou amish de nascimento, tudo mais fará sentido para ele.

Mam olhou-a com curiosidade.

— O que faria sentido?

— Minha dificuldade em ser Plain — Katie murmurou baixo, com tanta delicadeza que não teve certeza de ser ouvida.

O silêncio pairou entre elas por um tempo imenso, e Katie se perguntou se deveria repetir o que tinha dito. Ela tocou a trança, sentindo a série de ondulações ali, e imaginou se seu pai a obrigaria a prender o cabelo no coque de novo.

— Seus problemas não vêm do fato de você ser adotada, Katie — sua mãe enfim falou, em tom de censura. — Eles vêm de sua natureza desobediente.

Katie deu de ombros.

— Mesmo assim, eu deveria contar a verdade sobre minha mãe verdadeira, não acha? Minha família inglesa?

A próxima explosão foi um choque tão grande que Katie só conseguiu ficar de boca aberta, espantada. Era essa a mãe de espírito doce que nunca tinha levantado a voz de raiva em toda a sua vida?

— Não! Você não pode contar, Katie! — Ela estava gritando de verdade. — Porque eu a proíbo!

Virando-se, Katie escondeu o rosto nas mãos e tentou se acalmar. Quando levantou os olhos, Rebecca tinha sumido.

Katie jogou suas roupas restantes na única cômoda do quarto e, com os olhos se enchendo de lágrimas, encontrou o vestido rosa de bebê num compartimento da mala. Então, enfiando-o num bolso do avental, correu escada abaixo e saiu da casa, deixando a porta de proteção atingir o batente com força.

Ela não iria esperar que o Pregador Yoder viesse até sua casa; Katie iria até ele. O que ela estava para fazer magoaria sua mãe, Katie sabia. Mas seu próprio sofrimento era tão profundo, tão doloroso, que ela simplesmente não conseguia se importar com isso.

O pregador estava atendendo um freguês quando Katie chegou ao Armazém Geral.

— Já vou falar com você — ele avisou, olhando para ver quem tinha entrado e balançado a sineta sobre a porta. O sorriso amistoso desapareceu quando ele viu o cabelo da jovem, arrumado numa trança longa e sem a cobertura da cabeça.

Afastando-se do balcão, Katie esperou que ele terminasse a venda enquanto pensava como iniciaria a conversa com o homem idoso agora que estava ali.

A entrega do troco e o tilintar final da registradora sinalizaram a conclusão da transação. Era a vez dela.

— Pregador — ela começou, um pouco tímida agora que a força das palavras de Rebecca tinha diminuído. — Soube que quer falar comigo.

O Pregador Yoder, vestindo camisa roxa e pesadas calças caseiras, de corte amplo e com as pernas largas, passou os olhos pela loja em busca de potenciais clientes e apontou para um quartinho atrás do balcão.

O local era pouco mobiliado, exceto por prateleiras que ocupavam uma parede inteira. Ali estavam guardadas bobinas de tecido, de modo bem organizado.

O rosto do pregador mostrava preocupação quando ele puxou uma cadeira para Katie. Os dois se sentaram de frente um para o outro.

— Muito bem, devo dizer que fico feliz por vê-la se apresentando para se confessar. Será neste domingo?

— Não, não. Não estou aqui para tratar de confissão.

Ele franziu o cenho, criando vincos profundos em sua testa já enrugada.

— Eu tenho que lhe contar um segredo — ela acrescentou com delicadeza. — É algo que ninguém mais pode saber.

Ele esperou para ouvi-la, o rosto impassível. Katie se aprumou.

— Promete, diante de Deus, que não vai contar para ninguém o que estou para dizer? — Aquele pedido era ousado, ela sabia, ainda mais vindo de uma jovem que na véspera mesmo tinha humilhado o bispo diante de todo o Povo.

O Pregador Yoder apoiou as mãos nos joelhos.

— Bem, acho que primeiro preciso ouvir o que você tem a dizer, antes que possa fazer qualquer promessa.

Ela inspirou fundo. Pelo que sabia, aquela era sua única chance de se purificar sem ter que confessar seus pecados. Katie começou a contar tudo: que tinha sabido de sua origem não amish apenas alguns dias antes do casamento; que seus pais guardaram esse segredo durante todos aqueles anos.

— Isso *de fato* explica algumas coisas. — Ele meneou a cabeça, perplexo, coçando a barba grisalha. — Você diz, então, que não é amish de nascimento?

— Meu nome verdadeiro é Katherine Mayfield. Tenho uma prova bem aqui. — Ela tirou o vestidinho de cetim do bolso. — Este foi meu primeiro vestido de bebê, e você é a única pessoa em Hickory Hollow, além dos meus pais e de Ella Mae, a vê-lo.

— Ella Mae? — Ele se recostou na cadeira. — Ela sabe do seu segredo?

— *Ach*, não. Não contei nada para ela do vestido nem de onde veio.

— Mas ela viu o vestido?

— *Jah*.

— E por que você está *me* contando tudo isso?

Ela inspirou fundo de novo e segurou o ar por um momento.

— Porque... bem, porque eu estava pensando se isso poderia mudar alguma coisa... cancelar meu batismo. O fato de eu ser adotada e tudo o mais não desfaz meu voto para com a igreja? — Ela fez uma pausa, esperando, mas seu questionamento foi seguido por silêncio, apenas. — Você não vê? — Katie insistiu. — Eu fui enganada, pregador... Eu não era quem pensava ser.

O velho empurrou os óculos nariz acima e a observou como se nunca tivesse ouvido conversa tão estranha.

— O juramento que você fez a Deus e à igreja valerá para sempre, quer você se chame Katherine ou qualquer outra coisa. — Os olhos dele se fixaram nos dela. — Para todo o sempre você será responsável, perante a igreja, pelo seu comportamento, pela vida que viver diante de Deus. E, se decidir não se confessar no próximo domingo, estará correndo o risco de ser banida na próxima reunião da congregação.

Ela sabia que não deveria discutir. Um protesto significava banimento instantâneo. O homem de Deus tinha falado. Não havia recurso nem esperança. Inglesa ou não, ela estava presa ao seu juramento batismal pelo resto da vida.

Quanto à promessa de preservar o segredo de sua família, o pregador jurou que o faria, mas mencionou, antes de ela sair, a esperança de que seus irmãos em Cristo, Samuel e Rebecca Lapp, fossem procurá-lo para confessar voluntariamente todos aqueles anos de logro.

Antes de Katie ir embora, o pregador lhe deu mais uma chance de confessar seus erros e pedir o perdão da igreja, "para que você não caia na armadilha de Satã".

Mais uma vez, ela se recusou. Então, a decisão de ser banida tinha sido tomada. A punição viria de sua recusa em se arrepender, e, como ela estava decidida a não se confessar, a não se casar com o bispo e não se comportar de acordo com a *Ordnung*, as engrenagens do banimento já estavam se movimentando.

A caminho de casa, ela pensou em fazer uma rápida visita a Ella Mae, mas desistiu. Por que prolongar o inevitável? Ela sabia que ouviria uma reprimenda severa dos pais com a mesma certeza de que era filha de uma família inglesa em algum lugar do mundo moderno.

K atie levantou tarde no domingo.
Frustrada e triste com o comportamento deplorável da filha durante a semana anterior, Rebecca bateu na porta do quarto da garota.

— Você não pode se atrasar para a Pregação hoje — ela entoou.

— Eu não vou — foi a resposta lacônica.

— Não vai? Katie, não seja assim — Rebecca a repreendeu. Embora relutasse em começar uma nova discussão com sua filha rebelde, e apesar disso, ela correu escada abaixo para falar com Samuel e os meninos.

Em poucos minutos os três homens estavam parados à porta do quarto de Katie. Samuel foi o primeiro a falar.

— Katie, não deixe que sua teimosia a impeça de ir à igreja no Dia do Senhor.

Sem resposta.

— Vamos lá, irmã — Benjamin implorou. — É certeza que vão falar de banir você se não for. Pelo menos venha e aja como se estivesse arrependida. Um pouco de humildade vai ajudar bastante.

— Eu já disse — Katie grunhiu. — Não posso me confessar. Agora me deixe em paz.

— Então você vai queimar no inferno — Eli ameaçou, já que tudo o mais tinha falhado. — Você vai...

— Silêncio, Eli. — O pai apontou para a escada. Samuel se inclinou para a frente, sua barba tocando a porta. — Se você escolher ficar em casa, filha, o bispo não terá alternativa a não ser o banimento!

— Eu sei — Katie respondeu. — Mas não vou até a igreja para fingir me confessar, não depois do modo como mentiram para mim por todos esses anos.

A respiração de Rebecca ficou agitada, seu coração bombeando rapidamente diante da acusação. Ainda assim, ela precisava falar.

— Não venha nos culpar, Katie — ela disse, a voz entrecortada. — Nós fizemos o melhor que podíamos.

Por que a garota não dava ouvidos à razão? Por que não seguia os conselhos da família? Se pelo menos houvesse algo que ela, Samuel ou os garotos pudessem dizer para evitar o que estava para acontecer...

Triste, Rebecca se virou e desceu a escada. Ela não conseguia suportar. Não ousava imaginar o que o Pregador Yoder iria pensar deles — dela e de Samuel — agora que Katie tinha contado tudo para ele. Katie disse que ele tinha prometido não dizer palavra para ninguém. Mas a verdade era que... a própria Rebecca e Samuel agora precisavam se confessar. Era provável que os dois tivessem que se encontrar com o pregador no quintal da casa de David e Mattie Beiler após o culto na igreja. E era melhor que fizessem isso logo, antes que o pregador os chamasse.

Mas uma coisa era certa. Eles fariam sua confissão em particular, antes que a situação se tornasse incontrolável, como um câncer que não pode ser curado.

Katie almoçou sozinha. Ela pensou no Povo e no que devia estar acontecendo na casa dos Beiler, parentes do Bispo John. E dela também, pois Mattie era prima em primeiro grau de sua mãe.

Ela podia até imaginar — Mattie soltando a língua em todas as direções antes mesmo de a Pregação começar. Ela também ficaria atenta a tudo, principalmente quando o pregador começasse a falar com a congregação após o serviço religioso. Ele mencionaria a falta de vontade de Katie de ir à Pregação no Dia do Senhor para mostrar humildade diante de Deus e de todas aquelas testemunhas. Ele diria que ela tinha sido avisada, mas que não sabia conter suas transgressões e rebeldia.

Cada membro da igreja poderia emitir sua opinião sobre a rebelde em questão. Ella Mae talvez se pronunciasse, lembrando o Povo das dificuldades que a pobre ovelha já estava enfrentando. Rebecca também talvez dissesse algo de bom a respeito da filha. Pelo menos a mãe pensaria em defendê-la. Mas no fim ela não iria em frente, porque a própria Rebecca precisava se arrepender, e o pregador sabia!

Mary Stoltzfus talvez fosse corajosa o bastante para dizer algo de bom a respeito de sua melhor amiga. Isto é, se ela fosse capaz de perdoar Katie pelas palavras duras que esta tinha lhe falado na trilha das mulas da última vez que se viram.

Em certo momento o bispo seria chamado à frente. John deveria decidir o que fazer naquela situação, e, sabendo como as coisas costumavam acontecer, Katie tinha certeza de que o Povo seria alertado a não comer na mesma mesa que ela, a não falar com ela e assim por diante, durante um período experimental de seis semanas. Depois disso, se não fosse à igreja fazer uma confissão de joelhos, ela — Katie Lapp — seria banida "até a morte".

Capítulo dezoito

M ary Stoltzfus também não foi à pregação. Alguns minutos antes de o culto começar, Rachel contou para Rebecca que sua filha estava com uma enxaqueca terrível. Mas Rebecca não podia se preocupar com algo tão pequeno quando só pensava na iminente reunião da congregação.

Rachel, contudo, queria discutir o problema de Mary, sussurrando por trás da mão que um dos pretendidos da filha — Joe Galinha — tinha levado Sarah, neta de Mattie Beiler, para casa depois de um jantar com um grupo de amigos na noite anterior.

— Mary ficou muito aborrecida com isso, e tremendamente preocupada.

— Por quê? — Rebecca perguntou, quase sem prestar atenção, pois seu coração estava pesado por causa de Katie.

— Mary... tem medo de que nunca vá se casar.

— *Ach*, é claro que vai — Rebecca disse, fazendo um gesto despreocupado com a mão.

— É uma pena que Katie não possa ajudar Mary com essa decepção — disse Rachel, olhando para o pregador e o bispo, que já confabulavam. — As garotas têm sido tão próximas há tanto tempo. Elas parecem saber como acalmar uma à outra.

— *Jah*. Mas receio que isso esteja para mudar — Rebecca disse. — A menos que o coração do bispo tenha amolecido um pouco, haverá um Banimento no Povo.

O veredito foi severo.

Rebecca ficou sentada reta e rígida no banco duro de madeira, desejando com toda a sua força que pudesse acontecer algo para mudar o curso dos acontecimentos. Sua Katie — sua pobre, querida e teimosa Katie — sendo o tópico de toda aquela conversa terrível sobre banimento, bem, era mais do que ela podia aguentar. Para evitar chorar, ela manteve um lenço pressionado contra os lábios.

Mattie deve ter ouvido o soluço abafado, porque olhou para Rebecca de onde estava, a alguns bancos. Rebecca sentiu de novo a familiar pontada do conflito entre elas. O olhar de sua prima falava muito: *Você não quis me chamar para fazer o parto da sua filha anos atrás, mas olhe para mim... meus filhos criados são melhores do que os seus. Meus filhos jamais cogitariam fazer algo para serem banidos.*

Rebecca fechou os olhos, bloqueando o olhar orgulhoso de Mattie e toda aquela cena aflitiva.

O Pregador Yoder e o Bispo John presidiam, ambos, a reunião da congregação. Rebecca ouvia as vozes, mas mantinha os olhos fechados.

O ambiente estava tomado por conversas contraditórias. "Amem o desgarrado para que volte ao rebanho", alguém sugeriu. "Imponham sanções severas para que ela saiba o que vai acontecer se não se arrepender", disse outro.

Então o Bispo John falou.

— A noiva de Cristo não pode nutrir a arrogância. Katie Lapp tem mostrado, repetidas vezes, rebeldia e insolência.

As Escrituras e a teologia que embasavam a prática do banimento eram bastante conhecidas por Rebecca, mas nesse dia o *Meinding* assumiu uma nova e devastadora dimensão. Nesse dia o banimento a acertou no coração — sua amada Katie. E, com tudo o que constituía seu ser, Rebecca desejou que houvesse outro modo.

Katie ouviu a notícia do próprio John Beiler. Ele chegou pouco antes de seus pais e irmãos voltarem à casa para a ordenha da tarde.

Ela viu o bispo descer de sua carroça e caminhar, desajeitado, até a porta dos fundos.

A ideia de fugir para a *Grossdawdi Haus* ocorreu a ela, mas Katie sabia que, cedo ou tarde, teria que ouvir a verdade dos lábios de John Beiler.

Ele bateu com firmeza. Então, empertigado como que se preparando para uma batalha, entrou na casa quando Katie abriu a porta. Só chegou até a despensa, tirou o chapéu de feltro e a encarou com uma expressão severa nos olhos cinzentos de aço.

Katie não disse nada; não o cumprimentou nem lhe deu boas-vindas à casa de seu pai.

Quando ele falou, foi com um autocontrole gelado.

— Eu a convoco a comparecer à igreja durante as próximas seis semanas. Venha como não membro e encontre-se com os ministros — com isso ela entendeu que devia procurar o próprio John —, mas você vai sair antes da reunião dos membros e da refeição comunitária dos domingos. Nenhum de nós em Hickory Hollow vai falar com você a partir de agora. Você não pode comer na mesma mesa em que estiverem membros da igreja, nem pode ter nenhum negócio conosco até o momento em que retornar e fizer uma confissão de joelhos.

Katie escutou, trêmula de incredulidade. A rapidez com que a punição tinha sido aplicada deixou-a cambaleante.

— A punição cabe a todos aqueles que se entregaram ao Senhor — ele explicou, depois citou Ezequiel, capítulo 33, versículo 9: — "Mas, se você de fato advertir o ímpio para que se desvie dos seus caminhos e ele não se desviar, ele morrerá por sua iniquidade, mas você estará livre da sua responsabilidade".

Morrerá por sua iniquidade...

Ela se manteve em silêncio, ansiosa para que John fosse embora. *Eu quase me casei com este homem cruel*, pensou, desdenhosa. *Como pude considerar algo assim?*

— Você compreende que esta punição é para que a erva-daninha não continue a se espalhar enquanto você aguarda o julgamento de Cristo? — John perguntou, solenemente. — Para trazê-la de volta ao amoroso Pai celestial?

Katie sentiu a fúria crescendo dentro de si. Começou a sacudir a cabeça.

— Não, não... eu *não* compreendo nada da minha vida com o Povo. Não compreendo nada disso.

Um olhar severo, misturado a preocupação, passou pelo rosto dele, e, por um momento, Katie receou que ele pudesse estar querendo falar com ela de modo mais pessoal. No entanto, o maxilar dele endureceu, ele deu meia-volta e saiu pela porta dos fundos sem dizer mais nada.

Quando *Dat* chegou, entrou em casa e se pôs a trabalhar, armando uma pequena mesa quadrada, dobrável, do outro lado da cozinha, a uma boa distância de onde o resto da família fazia suas refeições. Ele não falou com Katie enquanto trabalhava, nem mesmo para lhe oferecer uma pitada de compaixão, e ela soube assim que o *Meinding* tinha começado oficialmente.

A mãe entrou não muito tempo depois, os olhos inchados e vermelhos. A visão mexeu com os sentimentos de Katie, e ela quis correr até a mãe e reconfortá-la, mas se obrigou a ficar sentada, imóvel, enquanto Rebecca passava por ela e seguia escada acima.

Eli e Benjamin entraram e se mantiveram longe de Katie, movendo-se quase mecanicamente ao se aproximarem do fogão a lenha para se aquecer antes da ordenha da tarde. Seus semblantes estavam fechados, e eles mantinham os olhos para baixo, como se pensassem que poderiam se contaminar caso fizessem qualquer contato com a irmã desgarrada.

A rejeição já era insuportável. Incapaz de aguentar aquilo, Katie correu para a *Grossdawdi Haus*, mas o lugar estava gelado, então ela correu para fora e encheu o avental com lenha para acender o fogo.

Do lado de dentro, batendo os dentes e com os dedos tremendo, ela riscou um fósforo, pôs fogo nos gravetos e soprou a chama fraca. Nunca tinha sentido tanto frio em toda a sua vida.

Rebecca parou no patamar da escada do andar de cima, olhando para o quarto que dividia com Samuel, um torpor se infiltrando em cada fibra, cada tecido de seu ser. Ela não era assim. Nem um pouco. Insegura quanto a seu próximo passo. Sem saber o que fazer...

Com grande hesitação, ela se virou e obrigou suas pernas a carregá-la pelo corredor até o quarto de Katie.

A porta estava aberta. Atordoada, Rebecca entrou. Particular e feminino — assim como sua filha querida —, esse quarto tinha pertencido a Katie por vinte e dois anos. Os pertences da filha pareciam atrair Rebecca, fazendo-a a vagar pelo aposento, seus dedos roçando o mantel da cômoda, a cabeceira, os travesseiros jogados.

Por que Katie tinha que ser tão voluntariosa? Por que ela não podia ser mais flexível, mais submissa... mais *amish*?

Rebecca estremeceu ao se lembrar dos acontecimentos do dia — a reunião dos membros da igreja e a proclamação do *Meinding* pelo Bispo John — e foi se sentar na cadeira de espaldar reto ao lado da cama de Katie. A vida de sua filha querida não deveria ter tomado aquele rumo. As coisas eram muito melhores, ela disse para si mesma, antes de Daniel Fisher entrar na vida de Katie.

Rebecca se virou e olhou pela janela, lembrando. A mãe de Daniel lhe dissera — em absoluto sigilo —, anos atrás, que ele tinha sido convidado para um grupo de estudo da Bíblia em algum lugar fora de Hickory Hollow. Nancy Fisher ficou muito preocupada com o filho na época, e decidiu não contar nada para vivalma — nem mesmo para Annie, sua filha mais nova.

Rebecca tinha concordado. Não era sábio falar disso na comunidade, e ela mantivera a palavra, não contando nem mesmo para Katie. Foi a única coisa a respeito de Daniel que ela nunca comentou com a filha. E agora... agora, com esse grande fardo pairando sobre seus entes queridos, Rebecca se perguntou se Daniel, de algum modo, teve alguma influência nisso, em fazer Katie pensar por conta própria...

Quanto mais ela refletia, contudo, mais questionava sua suspeita. Katie não tinha ido em frente e seguido o Senhor no batismo da igreja apenas dezoito meses após o afogamento de Daniel? Isso não provava que ele não tivera qualquer influência maligna sobre ela, afinal?

Rebecca se levantou e inspirou o delicioso aroma de lilás que permeava o aposento. O quarto de Katie sempre tinha uma fragrância refrescante. Sua filha gostava de secar lilases e combiná-los com várias ervas, colocando essa mistura em recortes de gaze que comprava no Armazém Geral. E gostava também de colocar esses sachês dentro de suas gavetas.

Sem pensar, Rebecca abriu a primeira gaveta da cômoda e se inclinou para inspirar o aroma doce.

— Oh, Katie, eu daria tudo para fazer seus problemas desaparecerem — ela disse em voz alta. Então, enfiou a mão nas roupas, querendo encontrar um dos sachês. Mas seus dedos se fecharam ao redor do vestidinho de cetim.

Ela começou a chorar. Baixo, a princípio. Então, segurando o vestidinho junto ao peito, emitiu soluços grandes, lamentosos.

E então ela ouviu — acordes delicados, quase tímidos de um violão. Quem estava tocando? E onde?

Ela foi até o corredor e encostou a orelha na parede. Era uma parede estrutural, compartilhada por sua casa e pela *Grossdawdi Haus*. Enquanto ouvia, segurou a respiração e os sons tornaram-se mais claros. A voz de Katie, doce e aveludada, entoava a canção mais triste que Rebecca já tinha ouvido.

Então a garota tinha cometido mais uma desobediência. Katie não destruíra o violão como o bispo, certamente, tinha ordenado na confissão particular dela.

Era difícil compreender as palavras, mas o tom lamentoso chamou a atenção de Rebecca, pois era adequado a seu próprio estado de espírito. Era bom que Samuel e os garotos estivessem fora, cuidando da ordenha. Era melhor que eles não ouvissem o som do violão nem a canção que vinham da casa ao lado.

Relutante em se afastar da música sombria, ela voltou ao quarto de Katie, guardou o vestidinho de bebê na gaveta aberta e desceu a escada para preparar o jantar.

Nas sofridas horas que se seguiram, a família de Katie não apenas recusou qualquer conversa com ela como também não aceitou seus bilhetes. Katie teve a ideia de escrever para eles quando se pegou querendo mais informações a respeito de Mary Stoltzfus, que tinha ficado doente — pelo que Katie entendera. Durante o preparo do jantar, ela ouviu seus pais conversando a respeito da amiga.

— Rachel disse que ela está com uma dor de cabeça terrível — Rebecca contou para Samuel enquanto ele se lavava. — Mas não é nada contagioso. Parece que tem algo a ver com Joe Galinha ter rompido com ela.

— Bem, por que você não vai até lá amanhã e oferece um pouco da sua *gut* canja de galinha com milho? — ele sugeriu.

Katie atravessou a cozinha correndo, ansiosa para se comunicar com eles. Ela escreveu uma pergunta num pedaço de papel: *Há quanto tempo Mary está doente?*, e o mostrou para a mãe.

Tanto Samuel quanto Rebecca lhe deram as costas. Katie, não querendo se render, correu para se colocar à frente deles, apontando para as palavras no papel e estendendo-lhes um lápis para que escrevessem a resposta.

Samuel meneou a cabeça, recusando-se a responder. Os olhos de Rebecca ficaram tristes e úmidos, mas ela também permaneceu em silêncio.

Katie escreveu mais uma pergunta: *Por que ninguém me contou? Mary é minha amiga mais querida!*

Ela colocou o papel debaixo do nariz de Rebecca.

Silêncio.

— Bem, não vou ficar parada aqui quando minha amiga precisa de mim — ela anunciou. — Eu vou onde me querem! — Foi aí que ela decidiu ir ver por si mesma como Mary estava, ainda que já estivesse anoitecendo. Com certeza sua melhor amiga ficaria feliz por vê-la. Com toda a certeza.

Desesperada para encontrar alguém com quem conversar, ela pegou seu xale e saiu de casa com Melaço e a carroça da família, espantada com as emoções que o banimento começava a provocar nela. Irritada, colocou o cavalo em movimento.

Pelo caminho ela passou por várias charretes. Em vez das saudações animadas habituais dos amish, os cumprimentos de Katie provocavam apenas olhares abatidos.

Quando outra charrete se aproximou pela esquerda, ela reconheceu Elam e Annie, provavelmente indo visitar seus pais. Ansiosa para cumprimentá-los, mesmo a distância, ela gritou para eles:

— Olá! É tão bom ver vocês!

Eles responderam com o mesmo olhar inexpressivo dos outros. Lágrimas afloraram aos olhos de Katie e, a cerca de um quilômetro e meio de casa, ela fez a carroça retornar e começou a voltar.

Muito triste e solitária, ela sofreu durante sua primeira refeição banida — a cerca de dois metros da mesa da família, isolada num canto da cozinha. Ouvia o diálogo de vozes amadas e o familiar tilintar dos talheres nos pratos, mas não foi incluída na conversa. Com tristeza, ela pensou que daria no mesmo se estivesse a dez mil quilômetros de distância.

Mais tarde, naquela noite, um abatimento sufocante se instalou nela, e Katie pôs o dinheiro do dote — os mil e oitocentos dólares ganhados dos pais — num envelope e o enfiou por baixo da porta do quarto deles. Esse dinheiro não pertencia àquela alma pecadora, rebelde, e ela escreveu uma nota no envelope dizendo isso.

"Boas-noites" não foram dados, e Katie foi para seu quarto frio e escuro, despindo-se enquanto sua família fazia a prece noturna no calor da cozinha. Com um caroço na garganta, subiu na cama sem fazer a prece habitual.

Capítulo Dezenove

U m após o outro, os dias se arrastavam, cada qual mais sinistro que o anterior, ainda mais porque o inverno tinha chegado mais cedo, envolvendo a terra desolada com frieza.

Quatro dias tinham se passado desde a primeira tentativa de Katie de visitar Mary. Ela ansiava pelo sorriso iluminado da amiga, por seu rosto alegre. Será que Mary tinha melhorado? Ninguém parecia saber. Se soubessem, ninguém dizia nada. Até Benjamin tinha se fechado, embora diversas oportunidades tivessem se apresentado para ele se afastar por um momento do olhar atento de Eli e Samuel e conversar em particular com ela. E Katie sabia por quê. Benjamin, Eli, todos eles tinham medo de serem pegos, de serem banidos também.

Ela não conseguia aguentar mais. Vinte e quatro horas pareciam uma eternidade. Tantas eternidades sem Mary — dias solitários, desamparados. Katie suspirou, desejando que ela e a amiga não tivessem trocado palavras rudes na trilha das mulas na quinta-feira anterior. Estava na hora de fazer as pazes.

Rachel Stoltzfus encontrou Katie na porta da cozinha, mas, vendo quem era, começou a menear a cabeça e se afastar, pondo as duas mãos à frente.

— Eu vim ver Mary — Katie suplicou, envolta em seu xale mais quente. — Ela está melhor?

A porta foi fechada com firmeza — não batida na sua cara, mas fechada com decisão — quando a última palavra deixou sua boca.

Ferida no coração, Katie se virou para partir. De repente ela entendeu o significado da palavra *sozinha*. Entendeu-a com mais força do que tinha entendido qualquer outra coisa. Ela gritou a palavra no ar frio enquanto punha Melaço em movimento.

— Sozinha. Estou totalmente sozinha. — O som latejou em sua cabeça.

No passado — quando Dan morreu — ela tinha sentido o que significava ser separada de alguém que amava. Mas na época estava rodeada por parentes e amigos que gostavam dela e a ajudaram a superar os piores dias. E, no geral, sua vida nunca tinha sido solitária. Sempre havia algo para fazer e alguém com quem lidar em Hickory Hollow. Algum mutirão — tecer um tapete ou costurar uma colcha; casamentos e coral; jogos como "O olho da agulha" e "Raposa e ganso", e, no inverno, maratonas de patinação no gelo no lago de seu pai debaixo do céu imenso e negro, cravejado de milhares de estrelas que brilhavam sobre eles todos.

Não, ela nunca tinha ficado realmente sozinha na vida. Mas Katie estava começando a entender o que isso significava. Pior, ela sabia o que estava lhe faltando — a comunidade inteira do Povo, perdida por causa de um decreto do bispo. Ela não pôde deixar de se perguntar se aquele banimento condicional não seria um tipo de retaliação, a vingança de John Beiler por Katie não se casar com ele.

Talvez John ache que pode me reconquistar dessa forma. Fazer com que eu me arrependa — e então me case com ele. Ela forçou uma risada que terminou num acesso de tosse.

Foi então que decidiu se virar e voltar à casa de Mary. Ela deteve Melaço na entrada de terra ao lado da janela do quarto dela e o prendeu a uma árvore.

— Vou jogar pedras — ela disse ao cavalo. — Isso vai fazer com que ela apareça.

Katie foi até o canteiro seco de flores perto da árvore, evitando a elevação onde as raízes tinham criado calombos duros. Abaixando-se, pegou algumas pedrinhas e as jogou com delicadeza, na esperança de não atrair a atenção de Rachel ou Abe Stoltzfus. Esperou um instante, depois tentou de novo, mirando na janela do segundo andar. Para seu grande alívio, Mary veio ver o que era aquilo.

— Estou com saudade, Mary — Katie exclamou baixo, as mãos ao redor da boca. — Eu quero falar com você. — Ela gesticulou para a amiga abrir a janela, mas Mary pareceu não entender, ficando parada ali, olhando para baixo com uma expressão de desamparo no rosto.

— Você está bem? — Katie articulou com a boca.

Mary não disse nada, nem usou linguagem de sinais para se fazer entender. Mas o que aconteceu a seguir foi mais eloquente e dolorido do que qualquer coisa que ela pudesse ter dito. Mary simplesmente pôs a mão na janela e a manteve ali, como se para fazer contato através do vidro frio, e depois deslizou para baixo e se afastou devagar, até sumir da vista.

Não adiantaria nada implorar para que Mary ficasse, Katie sabia. Então ela se virou e se arrastou de volta à carroça, subindo à boleia com um suspiro de resignação. Então ela fez o retorno no pátio lateral e reconduziu Melaço à Travessa Hickory.

Não havia música nela agora, nenhuma vontade de cantarolar. Katie era uma proscrita em meio ao Povo. O que Daniel pensaria dela se soubesse? Ficaria com vergonha?

Ela inclinou a cabeça para trás e olhou para o céu, perguntando-se se os mortos tinham alguma ideia do que acontecia na Terra.

— É melhor eu começar a fazer meus planos — ela anunciou em voz alta. Provavelmente não seria difícil recuperar seu emprego de faxineira. Mas, se iria ser obrigada a se virar sozinha, Katie teria que aprender a dirigir um carro, provavelmente. Quem sabe até ir a alguma escola. Uma coisa era certa: ela tinha decidido que não iria se confessar ao término das seis semanas. Por mais difícil que fosse, ela podia muito bem considerar que já estava banida para toda a vida.

Cerca de quinhentos metros à frente, ela avistou a casa de David e Mattie. Por impulso, entrou na trilha da casa e estacionou a carroça atrás da *Grossdawdi Haus* de Ella Mae. Se restava alguém na face da Terra que falaria com ela, seria a Mulher Sábia.

Hesitante, Katie se aproximou da porta e bateu.

— Está aberta — veio a resposta.

Katie passou pela porta e entrou na cozinha quente.

— Sou eu, Ella Mae. Katie — ela avisou, sentindo-se como uma leprosa, como se fosse obrigada a alertar os outros de que se aproximava. — Talvez eu não seja bem-vinda.

A Mulher Sábia se aproximou, carregando o bordado em que trabalhava.

— Bobagem, minha ovelhinha. *Kumm yuscht rei un hock dich anne*; pode entrar e se sentar. Venha se aquecer junto ao fogo. Está bem frio, não é mesmo?

Ao som de outra voz humana — especialmente a voz trêmula e frágil de Ella Mae —, Katie a abraçou.

— Oh, nossa. É tão maravilhoso ver você! Ninguém mais fala comigo.

— *Jah.* — Ella Mae assentiu, pensativa. — Não parece certo insultar uma pessoa como estão fazendo.

— Você não acredita no *Meinding*? — Katie puxou sua trança sobre o ombro esquerdo, perguntando-se se Ella Mae tinha reparado que ela não estava de *kapp*.

A Mulher Sábia fez um gesto de pouco-caso, o mesmo que Rebecca fazia quando não queria falar de alguma coisa. Então Katie se sentou à mesa e deixou essa questão de lado.

Ela ficou observando, reconfortada pelo ritual familiar de Ella Mae fazendo chá; pondo a chaleira no fogo, pegando as xícaras, dois ramos de menta...

— Ouvi dizer que Mary Stoltzfus está doente.

— *Jah*, mas vai ficar bem, imagino.

— É por causa de Joe Galinha e Sarah Beiler, não é? — Katie disse, tomando cuidado com o modo como fazia a pergunta, já que Sarah era parente próxima de Ella Mae.

— Às vezes o amor é cruel com suas vítimas.

Katie se perguntou se o bispo achava que ela tinha sido cruel com ele.

— John vai encontrar alguém, não vai? — ela perguntou, na esperança de se justificar. — Uma mulher mais adequada para ele.

Ella Mae meneou a cabeça.

— Não se ponha para baixo. Você é uma mulher tão boa quanto qualquer outra, com ou sem seu *kapp*.

Elas riram juntas e a velha senhora foi admirar a trança irreverente de Katie. Foi um momento brilhante que elas tiveram, um momento de triunfo.

— Minha nossa, é tão bom receber companhia para o chá — Ella Mae disse, indo dobrar o tecido que bordava. Ela o colocou no braço do sofá antes de ir se juntar a Katie na mesa. — Eu estava pensando... você é como eu. Não aparece muita gente para me visitar... e as noites são compridas e solitárias.

— Talvez seja o clima... o frio e tudo mais.

— Não, não, não. Eu sei a verdade.

— Por quê, então? Por que ninguém vem?

— Bem, eu acho que os líderes da igreja ficaram sabendo das minhas visitas... você sabe, as pessoas que me procuram em busca de conselho.

— É uma pena. Eu imaginei que eles soubessem do grande favor que você faz às pessoas, pelo modo como escuta todos nós despejando nossas tristezas....

— *Ach*, acho só que o Pregador Yoder quer que o Povo o procure. Talvez ele pense que eu seja *Dummkoppf*, que tenha a cabeça ruim, entende? — Ela tocou o *kapp* e soltou aquela risada calorosa, maravilhosa, que, nos bons dias, quando sua voz estava forte, começava lá no fundo e jorrava para fora.

Era uma delícia ouvi-la falando. Sentada ali, na cozinha quente de Ella Mae, Katie sentiu seu ânimo melhorar. Ela estava feliz por si mesma, é claro. Mas também estava contente por fazer companhia para a velha alma que a tinha recebido — com ou sem banimento.

— Imagino que as pessoas tenham ficado sabendo que o pequeno Levi e eu tomamos um chocolate no Armazém Geral, uma manhã dessas, algumas semanas atrás — Ella Mae disse.

— Por que *isso* teria importância? — Katie ficou espantada de verdade. Como uma coisa dessas podia fazer o Povo dar as costas para a velha senhora?

— *Ach*, é difícil dizer, na verdade. Mas imagino que Levi Beiler tenha ido para casa e contado ao pai que a velha Ella Mae Zook disse isso e aquilo. — Ela estendeu a mão por sobre a mesa e tocou a mão de Katie. — Nós precisamos mesmo uma da outra, minha criança. Receio que o Povo não seja suficiente.

Katie começou a ficar preocupada. A cabeça de sua tia-avó estava começando a fraquejar? O que ela dizia não fazia sentido.

— Bem, o bispo e o Pregador Yoder só estão fazendo o que acreditam ser melhor para nós duas — Katie falou. — É o *Alt Gebrauch*, o Velho Costume, o modo como sempre fizemos as coisas aqui em Hickory Hollow.

Espantada com suas próprias palavras, Katie percebeu o que tinha acabado de falar. Ela tinha falado por hábito — defendendo o Povo daquele modo — ou tinha começado a acreditar que merecia o banimento temporário? O peso da culpa estava começando a oprimi-la? Era assim que o *Meinding* funcionava, afinal, para fazer os pecadores se arrependerem?

Ella Mae se endireitou, soltando a mão de Katie.

— Não, não, eu não estou falando do seu problema com a igreja. Você está pagando pelo seu pecado, é verdade, e provavelmente vai se confessar, cedo ou tarde. Todos nós nos confessamos. Uma pessoa não pode ficar para sempre sem comungar com os amigos. — Ela parou para tomar fôlego. — Não, não, o que estou falando é algo muito diferente. Algo que tem a ver com a eternidade, onde uma vida acaba e outra começa.

Katie soltou uma exclamação.

— Oh, Ella Mae, você não vai morrer, vai?

— Todos nós vamos morrer, cedo ou tarde. — Ela se levantou para tirar a chaleira do fogão e despejou a água fervente nas duas xícaras. Em seguida vieram os ramos de menta. — Você é jovem e pode acreditar que tem todo o tempo do mundo. Mas espero que não esteja desperdiçando seu tempo... nem um segundo.

— Não se preocupe comigo — Katie tentou tranquilizá-la, ainda confusa. O que a Mulher Sábia estava tentando dizer?

Então, do nada, Ella Mae falou, e suas palavras alcançaram os recônditos da alma de Katie, aonde ninguém mais tinha ousado ir.

— Eu nasci amish e vou morrer assim. A vida Plain é a única vida que eu vou conhecer. Mas você, Katie, tem a chance de ver o que há lá fora, o que existe do outro lado das coisas.

— Você quer dizer... o mundo moderno?

— É isso que você está procurando, não?

A pergunta atingiu Katie como uma rajada de ar frio. Era isso? Estaria ela buscando a fronteira, a proverbial cerca que isolava o Povo? Na esperança de um dia rompê-la, para encontrar seu verdadeiro eu? — Por que você está dizendo tudo isso?

— Porque você parece deslocada, de algum modo — Ella Mae disse num sussurro rouco. — Sempre pareceu.

Katie sentiu o borbulhar de uma descoberta.

— Eu venho aqui desde pequena, contando para você meus problemas, tentando ser uma boa garota Plain. E, recentemente, tenho tentado ser uma boa adulta, digna da... confiança do bispo. Eu tentei, mas falhei... — A voz dela foi sumindo.

— Você é uma pensadora — disse Ella Mae, meneando a cabeça. — Pensar e submeter-se aos Velhos Costumes não combina.

Katie passou a mão pela trança.

— Acho que você tem razão. — Ela ficou olhando para o vazio, lembrando que Dan Fisher tinha dito a mesma coisa.

Ella Mae colocou uma xícara de chá de menta diante de sua visita, debatendo-se com sua própria consciência. Ela deveria contar para Katie o que tinha visto, junto com o pequeno Levi, uma semana antes? A limusine preta e a mulher moderna... com o cabelo da mesma cor do de Katie? E a carta que a mulher queria tanto entregar?

Ela observou a pobre garota levar a xícara aos lábios e tomar um gole. Depois que recolocou a xícara no pires, começou a despejar suas preocupações num fluxo contínuo — como a infusão de chá saindo da velha chaleira.

— Eu fico pensando naquilo que *Mam* me contou antes do dia do casamento — Katie começou. — E isso me deixa mais intrigada agora do que nunca.

Ella Mae tomou um gole do chá, depois suspirou.

— *Ach*, você está falando do vestidinho que trouxe para me mostrar? Katie aquiesceu.

— Aquele vestido mudou tudo. Virou minha vida de cabeça para baixo. E a da minha família também.

Ella Mae pareceu não notar a aflição de Katie.

— Eu acho que sei o que sua mãe lhe contou, Katie. Não vou mentir para você fingindo que não sei.

Katie ficou empolgada. Enfim, alguém mais — alguém em quem podia confiar — sabia do segredo! De todas as pessoas que ela podia ter escolhido para falar disso...

— Eu a vi, Katie — Ella Mae continuou. — Eu vi sua mãe de sangue, e vi muito bem.

Katie quase engasgou com o chá.

— Minha mãe de sangue? Onde? Em Hickory Hollow?

Ella Mae anuiu, pensativa.

— Não acredito! O que ela estava fazendo aqui?

— Ela estava procurando por você, Katie. Não foi isso que sua mãe lhe contou?

— Não, não. — Katie tentou segurar as lágrimas. — Você deve estar enganada. Mamãe nunca me contou nada disso.

— *Himmel*; céus — Ella Mae murmurou.

— Mamãe me contou que meu nome verdadeiro era Katherine Mayfield, que me deram para ela e *Dat* criarem depois que o quarto bebê deles nasceu morto. Mas ela nunca me disse nada de... — Um soluço a interrompeu.

Ella Mae meneou a cabeça, pesarosa.

— *Ach*, falei demais, receio. Perdoe esta velha por colocar mais dor na sua cabeça, minha criança. — Ela colocou a xícara na mesa e tirou os óculos para enxugar os olhos. A verdade espantosa, ainda que desconfiasse dela, apertou seu coração.

— Quando você a viu... minha mãe de verdade?

— Ela veio com uma carta, uma semana atrás — Ella Mae começou, contando para Katie como a mulher chique tinha se aproximado da carroça dela no Armazém Geral. — Ela me pediu para ajudá-la a encontrar uma mulher chamada Rebecca. Eu disse a ela que havia muitas Rebeccas em Hickory Hollow, mas ela pareceu estar com muita pressa de colocar aquela carta nas mãos certas.

Sem aviso, Katie pulou da cadeira.

Seguindo a direção do olhar da jovem, Ella Mae olhou para as sombras do outro lado do aposento.

— *Ach*, Mattie, é *você* parada aí? — ela murmurou.

A filha entrou na luz do lampião, revelando-se sem dizer nada, e Katie se endireitou, sentando-se, tensa, na cadeira.

— O que é isso? — Ella Mae se virou, quase derrubando sua xícara de chá. — Pelo Todo-Poderoso, não sabe bater, mulher? — ela repreendeu a filha.

— Eu ouvi vozes — Mattie disse, recusando-se a olhar para Katie. — E, mãe, você sabe que não deve falar com uma pessoa banida... e dividindo sua mesa, além do mais! É melhor Katie ir embora ou vou ter que contar para o pregador.

— E o que ele vai fazer? — Ella Mae ironizou. — Banir uma alma velha e frágil como eu?

— *Mam*! É melhor ser reverente quando falar do *Meinding*.

Ella Mae se virou e viu Katie sentada na ponta da cadeira, estendendo a mão para pegar o chá. A xícara tremeu em sua mão. *O que acabou de acontecer aqui?*, ela se perguntou. Ella Mae sentiu uma dor no fundo da alma por ser a responsável por Mattie ter ouvido o segredo da família de Katie. *Nós deveríamos ter tido mais cuidado.* Aquela enxerida tinha ouvido toda a conversa privada das duas. Isso era algo com que se preocupar.

— Há quanto tempo você está escondida aí? — Ella Mae perguntou à filha.

— Acabei de entrar.

Mas ela sabia. E Katie também. E, antes de a noite terminar, todo mundo em Hickory Hollow também ficou sabendo — inclusive o Bispo John.

Capítulo Vinte

—Katie Lapp é adotada, e a mãe de verdade está procurando por ela. Agora, o que você acha disso? — Nancy Beiler perguntou para seu irmão mais velho enquanto os dois varriam o celeiro.

— Como você sabe *disso*?

— Ouvi hoje no recreio.

Hickory John parou por um instante e se apoiou no cabo da vassoura, olhando desconfiado para a irmã.

— Tem certeza disso?

Nancy abriu um sorriso.

— Ouvi de uma fonte confiável.

— Quem?

— Uma das nossas primas.

— Uma garota? — ele a provocou.

— *Jah*, nossa prima em segundo grau, Sally Mae. — Ela espirrou devido à poeira que tinham levantado. — Pelo que eu entendo, se veio de uma das netas da Tia Mattie, tem que ser verdade. Porque foi a Tia Mattie que ouviu a mãe dela falando de ter encontrado a mãe de verdade de Katie.

— Bem, nós sabemos como a Tia Mattie é, não sabemos? — Hickory John riu. — Não dá para acreditar em tudo que se ouve.

Surgindo em meio à névoa de poeira e palha, Levi se aproximou, para surpresa de Nancy e seu irmão.

— Vocês falaram que a mãe *verdadeira* de Katie está procurando por ela? Foi isso que ouvi vocês dizendo?

— Você estava ouvindo a conversa dos outros, Levi Beiler! — Nancy ralhou com ele. — Essa é uma coisa *greislich* para um filho de bispo fazer! Agora vá se lavar para o jantar.

Levi foi sozinho para a casa, murmurando algo sobre ser pego.

— Acho que agora o papai vai prestar atenção em mim... ainda mais quando eu conto para ele sobre estranhas de cabelo vermelho que batem na nossa porta! — Nancy ouviu o irmãozinho dizer.

Katie esperou até o pai e os irmãos saírem de casa para ajudar na construção de um celeiro em White Horse antes de se decidir por falar com a mãe. Rebecca não estava se sentindo bem — alguma coisa no estômago, Katie pensou.

Rebecca estava em silêncio, com o braço apoiado na mesa e suspirando alto.

— Depois eu faço um chá — Katie ofereceu, esperando ouvir algo de sua mãe. Mas não houve nenhum outro som.

Quanto tempo demoraria para sua mãe começar a falar quando não houvesse ninguém mais por perto para ouvi-las? Katie não queria enganar a mãe, mas estava desesperada por respostas. Respostas para perguntas que Ella Mae tinha lhe instigado no dia anterior.

Muda como um poste, Rebecca parecia determinada a se obrigar a fazer as tarefas domésticas. Ela deixou que Katie a ajudasse na hora de assar pão e seis dúzias de biscoitos de melaço e bolinhos de maçã para se preparar para um mutirão da colcha programado para o dia seguinte. Mas, por volta de dez e meia, a mãe desabou na cadeira de balanço do *Dat*.

Katie terminou de limpar os balcões e lavou as mãos. Então, dando a volta em sua mesinha de banida, parou e observou a mãe.

— Está correndo por toda Hickory Hollow a história da minha mãe de sangue tentando me achar — ela disse. — Foi Mattie quem começou com isso, aquela enxerida.

A cabeça de Rebecca pareceu fazer um movimento de compreensão, mas Katie não teve certeza se o gesto não tinha sido provocado pela cadeira de balanço.

— Eu nunca teria espalhado seu segredo por aí assim, mamãe — ela continuou. — Você sabe que estou dizendo a verdade, porque fiz o Pregador Yoder prometer não contar para ninguém. — Ela observou a mãe e esperou que Rebecca disse algo, qualquer coisa.

Nenhum comentário.

— Ella Mae disse que havia uma carta. Você sabe alguma coisa disso? O gemido mais fraco passou pelos lábios da mãe. Era uma resposta?

Katie foi até ela e se ajoelhou, descansando a cabeça nos joelhos da mãe.

— Eu daria tudo para saber, mãe — ela disse, com delicadeza.

A mão de Rebecca desceu até as costas esguias da filha. Ela começou a acariciá-la em movimentos circulares, reconfortantes — como fazia quando Katie era uma garotinha. Aos poucos, as palavras começaram a sair.

— Eu fiz uma coisa horrível com a carta — Rebecca admitiu. — Eu a joguei no fogão. Por puro medo, mas ela foi queimada do mesmo modo.

— Você a queimou? — Katie levantou a cabeça e o carinho nas costas cessou, mas só por um instante. — Por que você a queimou?

— Apenas escute — Rebecca sussurrou. E Katie, aparentemente deleitando-se com o som da voz da mãe, fez o que esta lhe pediu. Rebecca pôs a mão na cabeça de Katie e sentiu a filha relaxando outra vez em seu colo.

— Fiquei tão preocupada e nervosa naquele dia — ela continuou, a voz falhando às vezes. — Eu pensei que aquela mulher... sua mãe verdadeira... viria tirar você de nós. Mas, vendo tudo o que aconteceu, eu queria ter guardado a carta, para que você a pudesse ler agora.

— Você sabe por que ela quer me encontrar? — Katie perguntou, sem levantar a cabeça dessa vez.

— O médico disse... que ela está morrendo. — A mão de Rebecca parou por um instante, depois continuou com o movimento calmante.

Após um silêncio assustador, Katie levantou os olhos. Rebecca viu as lágrimas se acumulando nos olhos da garota.

— Qual o nome dela? — Katie perguntou.

— É... Laura. Laura Mayfield-Bennett. Ela deve ter acrescentado o sobrenome do marido ao de solteira. Ouvi dizer que costumam fazer isso no mundo moderno.

Katie sussurrou o nome peculiar.

— Laura Mayfield-Bennett.

— Espere aqui. — Rebecca levantou e foi pegar papel e lápis numa gaveta da cozinha. — Vou escrever para você do jeito que me lembro.

Katie estudou o nome no papel — o estranho nome inglês. As letras a encararam, dizendo-lhe, de um modo desconcertado, coisas importantes sobre ela. Coisas que Katie não entendia por completo.

— Ela... Laura escreveu o endereço dela na carta?

— Sinceramente, não me lembro agora. — Os olhos brilhantes da mãe eram prova de que dizia a verdade. — Ela mora em algum lugar de Nova York, eu acho.

— Na *cidade* de Nova York? — Katie exclamou. — *Ach*, espero que não!

— Não, não, é em algum outro lugar do estado.

— Bem, acho que vou ter que arrumar um mapa — Katie disse. — Um mapa do estado de Nova York, já que nunca estive fora do condado de Lancaster.

— Então... você vai tentar encontrá-la? — A voz de Rebecca soou frágil e patética, quase infantil, quando ela se recostou na cadeira de balanço.

Embora Katie se sentisse, por um momento, distraída pela compaixão que sentiu pela mãe, uma determinação espantosa a tomou, surpreendendo-a com sua força.

— Eu tenho que procurar por Laura, mamãe, você sabe disso. Não posso me esquecer dela agora. — Katie se levantou, mantendo as mãos de Rebecca nas suas, puxando-a delicadamente da cadeira de balanço. — Não quero magoar você com tudo isso. Você compreende, não é?

A mãe não conseguiu falar por causa das lágrimas, e Katie continuou antes de fraquejar.

— Eu não posso continuar aqui por muito tempo, afinal, não com o banimento. Pensei em me mudar para a *Grossdawdi Haus,* mas não faz sentido. Não vou conseguir me confessar agora... nem depois. Está na hora de eu pensar em ir embora.

— Oh, menina, não! — Então, com mais suavidade: — Para onde você vai?

Katie inspirou fundo.

— Lydia Miller tem um quarto para alugar. Eu vi a placa ontem, voltando da casa de Ella Mae.

A mãe meneou a cabeça e tentou encontrar um lenço.

— Você não vai embora de Hickory Hollow, vai?

— Laura Mayfield-Bennett não mora perto de Lancaster, mora? — Katie abraçou a mãe, que chorava. — Oh, mamãe, estou tão feliz por você finalmente falar comigo. Tão feliz.

— Não pode acontecer de novo — Rebecca declarou, tendo em seguida um acesso de tosse e depois pigarreando. — Eu não... posso falar com você de novo... não até você se arrepender.

— Eu sei, mamãe — Katie respondeu. — Você é uma boa mulher amish e eu compreendo.

Quando os soluços desesperados de Rebecca cessaram, as duas se abraçaram como se aquele fosse o último abraço de suas vidas.

Mattie ficou empolgada quando Elam Lapp apareceu para chamá-la para fazer o parto do primeiro filho de Annie, seis semanas antes da data provável.

Já estava na hora de eu pegar um bebê Lapp de novo!, ela pensou enquanto voltava com Elam para a fazenda do jovem casal. Foi uma tolice ficar tanto tempo magoada por não ter sido chamada para ajudar no nascimento de Katie Lapp. Mas agora ela sabia a verdade e se sentiu envergonhada por fazer uma tempestade em um copo d'água.

De qualquer modo, era difícil acreditar que Samuel e Rebecca tinham conseguido guardar um segredo daqueles. Mas, quando tentou puxar o assunto com Elam, ficou óbvio, por seus olhos apertados e olhar intenso, que ele tinha coisas mais importantes na cabeça — por exemplo, tornar-se pai nas próximas horas.

Quando o cavalo puxou a carroça na trilha da casa, Elam pulou da boleia e correu na frente de Mattie, deixando-a para cuidar do animal.

— Esses papais novos — ela riu. — Vou lhe dizer!

Quando as contrações de Annie estavam com menos de dois minutos de intervalo, a notícia já tinha se espalhado por várias fazendas amish, incluindo a de Rebecca Lapp — graças ao telefone e ao carro chique de Lydia Miller.

Katie ouviu os gritos do mais novo Lapp enquanto ajudava a mãe a descer da carroça.

— Parece que chegou um belo par de pulmões. Deve ser menino. — Ela sorriu para a mãe, embora dessa vez não esperasse uma resposta.

Rebecca não disse nada, os lábios, apertados.

Elas foram apressadas até os degraus da varanda, encontrando Elam quando ele irrompeu pela porta para encontrá-las.

— Mãe, bem-vinda! — ele disse, sem nem olhar na direção de Katie. — Você ganhou um neto bonito e saudável!

Ele as levou até o quarto do térreo, onde Annie jazia, suada e exausta, segurando o pacotinho.

— Ele é muito lindo — Katie sussurrou quando a cunhada entregou o bebê para Elam.

— Mamãe, quero que conheça meu primeiro filho... Daniel Lapp. — Elam levantou o bebê para que Rebecca e os outros vissem. — O nome é em homenagem ao irmão de Annie, você sabe.

A referência a Dan doeu no coração de Katie. Mas ela estava tão atraída pelo sobrinho como uma abelha por uma flor.

— Posso segurá-lo?

Elam ignorou o pedido, colocando o bebê nos braços de Rebecca.

— Ele é um pouco prematuro, mas é um garoto bonito e forte, não acha?

— *Jah*, ele é forte, mesmo. — Rebecca começou a falar com o menino em alemão da Pensilvânia. — Ah, mas o vovô Samuel e seus tios não vão ficar surpresos quando voltarem para casa?

Mattie, agora parada ao lado de Rebecca, começou a acariciar a bochecha macia de Daniel.

— Acho que está na hora de eu falar com você sobre algo, Rebecca — Mattie disse, olhando de frente para a prima.

Sem querer ficar ali para testemunhar a enxerida tentando fazer as pazes com sua mãe — não depois de Mattie espalhar por toda Hickory Hollow a história da adoção —, Katie saiu do quarto sem que a notassem. Ela refletiu sobre o parto prematuro de Annie. O que tinha feito sua cunhada entrar em trabalho de parto tão antes da hora? Ela tinha contado errado... ou o quê?

Katie foi até a sala da frente, parando para examinar as belas peças no armário de canto. Ver a porcelana chique lembrou-a dos alegres planos de casamento que ela e o Bispo John tinham feito. Ela o decepcionara de um modo terrível. Todo o Povo, na verdade. Agora Elam tinha decidido puni-la ainda mais ao não permitir que segurasse seu filho. Quem já tinha ouvido falar de uma coisa dessas? Não deixar a irmã segurar seu filho? Isso não fazia parte do banimento!

No silêncio, ela ouviu seu nome ser falado e voltou na ponta dos pés na direção do quarto, parando onde conseguia ouvir a conversa. Era Mattie, dizendo algo sobre o comportamento horrível de Katie no casamento.

— Eu acho que foi toda essa coisa vergonhosa com a Katie que deixou Annie tão nervosa.

Elam também deu sua opinião a respeito.

— Eu acho que o *Meinding* deixou Annie muito mais nervosa do que qualquer um de nós conseguiu imaginar — ele concordou. — Ela entrou em trabalho de parto cedo demais. Ela é muito sensível.

Katie recuou em silêncio e correu para a porta da frente. *Estão me culpando!* Ela estava tremendo, só não sabia se de medo ou de raiva. *Quem sabe... eu podia ter matado o pobrezinho!*

Ela se recusou a chorar, mas inspirou fundo e correu para a carroça a fim de atrelar o velho Melaço.

Daniel... eles batizaram meu sobrinho de Daniel. Como puderam?

Por um instante ela se entregou aos soluços, revivendo a dor de ter perdido seu amado. Eles não compreendiam? Ninguém podia tomar o lugar dele!

Ela estalou as rédeas e o cavalo começou a trotar. Seu irmão mais velho arrogante teria que se afastar do precioso bebê para levar a mãe para casa, mais tarde.

Por outro lado, aquele era um bom momento para ir visitar Lydia Miller e falar do quarto que ela tinha para alugar.

Capítulo vinte e um

O sol de fim de outono se derramava como ouro derretido pela parede de vidro do jardim de inverno. Esta se debruçava sobre os gramados extensos, parte dos jardins suntuosos, agora cobertos de neve. Calçadas bem cuidadas revestiam a área diretamente ao sul da velha mansão em estilo inglês, protegida no verão pela copa de árvores magníficas.

Desse local, Laura Mayfield-Bennett podia ver a água da cascata cair no laguinho com ninfeias, dois andares abaixo. As ninfeias flutuantes cintilavam em verde e prata sob a luz matinal.

Laura pegava seus óculos escuros quando a empregada entrou no aposento banhado pelo sol, com as samambaias verdes, a hera e as árvores de fícus. Rosie ajustou a espreguiçadeira para acomodar sua patroa.

— Se é sol que deseja, Sra. Bennett, é sol que terá — ela disse, alegre.

— Isso está lindo. Obrigada por subir até aqui outra vez. — Laura mexeu os dedos dentro das pantufas de veludo, apreciando o calor dos raios de sol nos pés e nas pernas.

— Mais alguma coisa, madame?

— Não, obrigada.

Laura suspirou fundo, ouvindo os passos que se distanciavam rapidamente nos degraus de mármore. Lá embaixo, na entrada de carros circular, um dos motoristas encostou um veículo, à espera de seu marido. Ela observou Dylan Bennett dobrando seu corpo esguio para entrar no assento de trás.

O carro partiu pela travessa longa e ladeada por árvores, deixando Laura sozinha com seus pensamentos.

— Bem, Senhor, somos só nós dois de novo — ela começou a rezar, os olhos abertos para admirar a vista panorâmica. — Eu venho a você, hoje, grata pela vida... — Ela fez uma pausa para olhar pela claraboia. — E pelo céu tão claro e limpo, com seu manto azul pálido. Agradeço por tudo que tem nos fornecido, principalmente por seu Filho, Jesus Cristo.

"Por favor, toque meus entes queridos com sua atenção carinhosa neste dia, em especial Katherine, onde quer que ela esteja. E, bom Senhor, embora eu não consiga entender por que a família amish dela não entrou em contato comigo, eu lhe entrego Katherine, sabendo que você faz tudo bem-feito."

Inspirando fundo, mas ainda assim sem fôlego, ela continuou.

"Talvez não seja sua vontade que minha filha me veja deste modo. Mas, se for... por favor, permita que ela me encontre enquanto estou lúcida o bastante para saber que é minha garotinha querida que veio até mim. Conceda isto, eu lhe peço, antes... antes que você me chame para casa. Em nome de Cristo, amém."

Que gesto de compaixão do Pai celestial se Ele lhe concedesse esse último desejo, seu desejo moribundo. Mas, para confiar totalmente no Senhor e Salvador, Laura tinha aprendido, ao longo dos anos, que devia abandonar seus desejos e suas vontades egoístas.

Ela pegou um copo de água na mesa com tampo de mármore e bebeu devagar, relembrando sua recente viagem à Pensilvânia — a Hickory Hollow — e seu encontro com a idosa amish sentada na carroça diante do Armazém Geral. Laura lembrou que a mulher lhe parecera muito relutante para dar informações; parecera quase ofendida por ser abordada. Mas, ao aceitar a carta, houve um acordo tácito: Laura esperava, sinceramente, que ela a ajudaria a entregar a carta para a Rebecca correta, a única Rebecca que compreenderia sua pressa.

É claro que ela não podia ter certeza de que a carta tinha circulado pela comunidade Plain. E agora o tempo estava contra ela. Estava fora de questão pensar em fazer outra viagem daquelas, cinco horas de carro da região dos lagos Finger, em Nova York, até a zona rural do condado de Lancaster. Laura não estava em condições — não nesse momento —, e piorava a cada dia. Seu médico não iria nem querer ouvir falar disso, mesmo que ela fosse teimosa o bastante para tentar.

Então, restava-lhe aguardar, no alto da colina, dentro da nobre propriedade de sua infância, que lhe fora transmitida por sua mãe, Charlotte

Mayfield, falecida doze anos antes. Inspirando a tranquilidade, Laura gostaria de retomar a atmosfera da comunidade amish. Alguma coisa a tinha atraído para aquela região alemã da Pensilvânia — algo além do carinho que sua mãe tinha pelo local. Ela nunca esquecera o modo como tinha conhecido o condado de Lancaster, nem os eventos ligados ao dia do nascimento de Katherine...

Sua mãe a tinha convencido a fazer a viagem de carro naquele dia de junho. Com 17 anos e nos estágios finais da gravidez, Laura sofria com frequentes ataques de pânico e, no geral, precisava de uma mudança de cenário, precisava se distanciar das colegas do colégio que não compreendiam por que ela estava sendo ensinada em casa.

Jovem e pequena como era, Laura tinha feito um ultrassom — devido à insistência do médico — para determinar sua capacidade de ter um parto natural. Durante o exame, descobriram que o bebê em seu ventre era, provavelmente, uma menina. Então, para que Laura ocupasse seu tempo, a mãe lhe sugeriu um projeto de costura, um vestidinho de cetim.

Por semanas, no entanto, ela se sentiu solitária e doente de tristeza pela perda de seu primeiro namorado de verdade, e foi incapaz de controlar as lágrimas na maior parte do tempo. Uma depressão profunda a deixou agitada, e, quando conseguia dormir, seu sono era irregular. Quando fechava os olhos à noite, só conseguia pensar em sua situação humilhante e na culpa de ter entregado sua inocência para um garoto que nem mesmo a amava de verdade.

Receando que sua filha estivesse à beira de um colapso emocional, Charlotte Mayfield consultou um terapeuta, que recomendou a curta viagem à Pensilvânia, apesar do estado avançado de sua gravidez.

No carro dirigido pelo motorista, elas seguiram o Rio Susquehanna em direção ao sul, até Harrisburg, virando a leste para Lancaster.

Logo não havia mais bairros residenciais, lojas de máquinas, fábricas nem centros comerciais. A paisagem se abriu, revelando o amplo céu azul emoldurado pelas árvores — como se visto pela lente de uma câmera.

Os campos formavam uma colcha de retalhos perfeita, como as colchas artesanais feitas pelos amish que viviam ali. Debaixo de um sol benfazejo, os agricultores estavam ocupados trabalhando a terra, usando as mesmas ferramentas simples de séculos passados. Parecia uma cena tirada de um livro infantil.

Como por milagre, Laura começou a relaxar. Talvez fosse a estrada que serpenteava pelos campos férteis, ou a visão nostálgica de carroças puxadas por cavalos, ou o ranger suave de uma ponte coberta, ladeada por bosques de salgueiros, suas frondes longas agitando-se sob a brisa preguiçosa.

O que quer que fosse, a mãe notou a mudança de humor em Laura e pediu para o motorista ir mais devagar, para que as duas pudessem observar um grupo de garotas amish descalças colhendo morangos. As garotas riam enquanto trabalhavam, transformando a tarefa extenuante em uma brincadeira.

Laura largou o trabalho manual que tinha trazido — o vestidinho de bebê — para observar. Havia algo naquelas pessoas estranhamente comuns. Algo que tocou o coração dela. Seria o jeito inocente delas? O entorno sereno?

Meses antes, ela havia mudado de ideia várias vezes quanto a entregar da criança em adoção, um dia decidindo que seria melhor para aquela vida preciosa dentro dela, no outro tendo certeza de que não conseguiria se separar da bebê que tinha carregado por todos aqueles meses.

Observando o prazer simples daquelas garotas que colhiam frutas maduras numa estrada de terra no centro da região amish, Laura soube o que deveria fazer. Ela tinha ouvido a voz do seu próprio coração, aquela voz fiel, segura, na qual sabia que podia confiar. Ela daria sua bebê para adoção.

Quando as contrações inesperadas começaram, o motorista levou-a rapidamente para o hospital, onde Laura deu à luz a filhinha, que logo chamou de Katherine. Após segurá-la, com Charlotte próxima, ela entregou o pacotinho para a enfermeira, que insistia que Laura descansasse.

Foi então que, meio adormecida, meio acordada, ela ouviu uma das enfermeiras falar com o médico de plantão junto à porta do quarto dela.

— O jovem casal amish no fim do corredor acaba de perder o bebê. Natimorto... gravidez completa. Uma menina.

Ela tinha ouvido os passos apressados do médico e, mais tarde, o sussurro triste das outras enfermeiras. A tragédia apertou o coração de Laura, e ela imaginou com era ser criada como amish — algo que perguntara à mãe mais cedo.

Lá estava ela, solteira, sem um pai nem um lar de verdade para oferecer à sua filha. Mas aquele casal, que tinha acabado de perder sua bebê, poderia dar a Katherine tudo de bom, simples e honesto. Foi uma decisão fácil. Quando Laura contou para a mãe, sua voz estava surpreendente de tão calma.

— Eu sei o que quero fazer com Katherine...

Uma rajada de vento balançou as árvores nuas, e, por instinto, Laura se envolveu com os braços frágeis, tremendo sob o sol de novembro que, de repente, perdeu a capacidade de aquecê-la. Ela devia chamar Rosie e pedir que trouxesse uma manta.

Ela queria ser capaz de se mover sem ajuda constante, e imaginou se seus dias de mobilidade completa tinham acabado. Mas Laura decidiu não chamar Rosie ainda. Ficaria sentada ali mais um pouco.

Uma sensação funesta de solidão obscureceu a luminosidade do dia, e ela recordou o pensamento que tinha se insinuado em sua consciência tantas vezes ao longo dos anos. *E se Katherine, minha criança preciosa, nunca tiver chegado à idade adulta? E se algo aconteceu com ela?*

Afastando a ideia terrível, Laura direcionou seus pensamentos à sua mais recente viagem a Lancaster, e a última, disso ela tinha certeza. A lembrança de seu tempo lá, embora decepcionante nas descobertas, servira para aliviar seu estado de espírito — pelo menos por algum tempo.

Ela se lembrou do garoto encantador de 8 ou 9 anos — de olhos brilhantes, cabelo dourado e sardas salpicadas no nariz — que tinha ido atendê-la na porta de casa. Respondendo à sua pergunta, ele lhe indicou o caminho de volta à estrada principal, dando orientações excelentes para alguém tão novo.

As crianças... Elas continuaram surgindo, grupos delas, com seus chapéus pretos de feltro e boinas de inverno, lotando a parte de trás de uma carroça ou caminhando para a escola pela estrada. A maioria delas era loira, ela lembrou, embora houvesse alguns, maiores, com cabelo mais escuro. Ela procurava por uma ruiva solitária entre os mais velhos; até mesmo passou pelo pátio de uma escola amish durante o recreio, procurando a garota de cabelo castanho avermelhado, antes de se lembrar, com tristeza, que seu bebê já era uma mulher adulta, não mais uma criança que brincava na escola.

Onde tinham ido parar todos aqueles anos? Anos perdidos. Anos que ela nunca recuperaria. Anos cheios de vazio e angústia. Mas, na época — uma adolescente perturbada —, ela tinha feito o que acreditava ser o melhor para a pequena Katherine. O melhor...

Laura levantou os óculos escuros e enxugou as lágrimas. *Katherine, minha menina querida. Como eu gostaria de conhecê-la.*

Ela se recostou na espreguiçadeira, deixando que o sol banhasse seu rosto com luz e calor, e se perguntou quantas mulheres sentiram as mesmas dores após darem seus bebês... Dores tão reais quanto as do próprio parto.

— Se eu soubesse naquela época o que sei agora — ela disse em voz alta —, eu nunca, *jamais* teria dado você. — Ela falou para a parede de vidro, sonhando acordada na calmaria da manhã, esperando que os anjos do Senhor carregassem as palavras que saíam do coração partido de uma mãe diretamente até o sul, até o lugar onde Katherine estaria vivendo. Se ela ainda estivesse viva...

CAPÍTULO VINTE E DOIS

Todos os moradores de Hickory Hollow se preparavam para comparecer ao casamento na terça-feira. Haveria cerca de trezentos convidados no evento; a própria Mattie tinha cuidado disso. Ela tinha feito uma longa lista de convidados para sua neta — e até mesmo oferecera sua casa para a realização do casamento.

Ela estava comprando açúcar no Armazém Geral, na manhã de sábado, quando Rachel Stoltzfus e Rebecca Lapp entraram juntas. Mattie esperou até Rebecca estar longe para se aproximar de Rachel e conversar.

— Vai ser um belo casamento, da minha neta com o menino King.

— *Jah*, vai mesmo.

— Hickory John e Levi Beiler vão ser *Hostlers*. E acho que o Bispo John concordou em ser um dos ministros.

— Que bom. — Rachel foi até o corredor com apetrechos de costura, voltando as costas para Mattie.

— Você vai comparecer, não vai? — Mattie perguntou.

— Pode ser... se Mary se sentir melhor.

Mattie anuiu.

— Minha nossa, esqueci de perguntar. Como está sua garota?

— Bem, não acho que seja sério o que ela tem. — Rachel seguiu em frente, querendo evitar mais perguntas. A verdade era que Mary tinha caído de cama desde que Joe Galinha pedira para Sarah Beiler ir aos Cânticos com ele. Foi o medo de nunca se casar que provocara em sua filha uma disenteria feia. Isso e o banimento de Katie Lapp.

Nesse momento Rebecca apareceu no corredor, e Rachel ficou quieta. Não era bom que Rebecca as encontrasse conversando como comadres.

— Ora, olá, Mattie — Rebecca a cumprimentou.

— Bom dia, Rebecca.

Ao ver as duas mulheres juntas — Rebecca e Mattie Beiler —, ficou claro para Rachel que a velha inimizade tinha enfraquecido. As coisas estavam bem diferentes entre elas, e Rachel imaginou que isso tinha a ver com a notícia de um bebê natimorto e uma mãe solteira de muito tempo antes. Parecia que o segredo de Rebecca tinha amolecido Mattie de um modo notável, embora ela, e só ela, tivesse passado adiante aquela grande fofoca.

Aliviada por ver Rebecca — por saber que a presença dela poria fim às tagarelices de Mattie sobre o casamento —, Rachel se ofereceu para segurar a cesta da amiga enquanto a outra verificava sua lista de compras. Não seria bom para Rebecca Lapp ficar ouvindo bobagens. Não enquanto ainda se recuperava da recente desgraça de sua filha.

Como ela desconfiava, contudo, Mattie não iria cuidar da própria vida, e foi atrás delas na loja, fazendo o que era possível para atraí-las para uma conversa sobre o casamento da neta. Várias vezes ela mencionara Katie, perguntando como a "garota querida" estava.

— Ela está perto de se confessar, você acha?

Foi a gota-d'água. Rachel deu um passo à frente e encarou Mattie de frente.

— Apenas reze por Katie, sim?

— Com certeza farei isso. — Mattie sorriu, um pouco acanhada, e correu até o balcão para pagar por suas compras.

Voltou a ficar seguro para Rachel e Rebecca se separarem; Rachel foi até o local do café moído; Rebecca, até o balcão dos fatiados.

Mattie estava saindo da loja quando o Bispo John entrou com seu filho Jacob. Ao ver o bispo e Mattie se cruzarem, Rachel receou que a enxerida decidisse ficar no armazém. Mas, para seu alívio, a mulher seguiu em frente até sua carroça.

O Bispo John retirou o chapéu e se aproximou de Rachel com um sorriso pastoral.

— Sentimos falta da sua Mary na igreja, domingo passado.

— Ela tem andado ruinzinha.

— Sinto ouvir isso. — John remexeu no cabelo de seu filho mais novo. Jacob sorriu e olhou para Rachel.

— A Mary cozinha bem, *jah?*

— Cozinha sim — Rachel anuiu. — E espero que ela esteja se sentindo bem para ir ao próximo casamento da comunidade, na terça-feira. — Pensando no que tinha acabado de dizer, Rachel sentiu vontade de morder a língua. Pobre Bispo John, como deveria se sentir quando tivesse que fazer um sermão de casamento logo após a tristeza que foi o dia que deveria ser o do seu casamento.

— Então não é Mary que vai casar? — Jacob perguntou, os olhos brilhando.

— Não. Não Mary. — Rachel riu do olhar ansioso da criança. — Estou achando que você é um pouco novo para minha filha. Mas digo a Mary que você perguntou dela.

Jacob coçou a cabeça e olhou para o pai, depois correu até o balcão de doces.

O bispo passou a mão pela testa.

— Ora essa, parece que eles começam a prestar atenção nas garotas bem cedo atualmente, não é mesmo?

Rachel riu de novo, despediu-se e foi encontrar Rebecca. Mas ela teve a sensação estranha de que o pequeno Jacob tinha outro motivo para perguntar por Mary. Será que... como Katie Lapp não iria ser a nova mãe dele, o garoto esperava que pudesse ser Mary? Hum. Era melhor não dizer nada sobre essa especulação. E, se fosse dizer, Rebecca Lapp seria a última pessoa para quem diria.

Katie esperou até ter absoluta certeza de que Abe e Rachel Stoltzfus dormiam profundamente antes de entrar na casa pela porta da frente. Ela tinha deixado Melaço e a carroça na estrada, o cavalo amarrado a uma árvore próxima, para não causar nenhuma comoção. *Tem que ser deste jeito*, ela decidiu. *Deste jeito, ou de nenhum.*

O penúltimo degrau da escada rangeu, e Katie parou onde estava por um segundo, depois deslizou pelo corredor até o quarto de Mary. Esta soltou uma pequena exclamação de surpresa quando Katie apareceu à sua porta, por um instante iluminada pela lua pálida. Katie entrou depressa e fechou a porta com cuidado atrás de si.

— Xiu, não tenha medo. Sou eu. Não precisa se preocupar com o lampião, eu trouxe uma lanterna. — Katie ficou parada ao pé da cama, sentindo-se constrangida por ter invadido daquele modo a privacidade da amiga. — Eu sei que você não deveria falar comigo, mas eu não podia ir embora sem vê-la uma última vez.

Mary sentou-se subitamente e segurou o braço de Katie, depois tateou em busca da lanterna. Mary a pegou e acendeu a luz em seu próprio rosto, sacudindo a cabeça. Seus olhos estavam imensos no rosto branco.

— Se você falar comigo esta noite, agora, não vou contar para ninguém. Não precisa se preocupar com o *Meinding*, Mary. Pode confiar em mim. Eu juro.

Mary continuou encarando a amiga, arregalando ainda mais os olhos.

— Não vá, Katie — ela implorou num fio de voz. — Nunca vou perdoar você se for embora.

— Como eu posso ficar? Vou ser banida para sempre, você não percebe? Praticamente morta. E minha família não vai poder tomar a comunhão se eu permanecer sem me confessar.

No silêncio desconfortável que se seguiu, Katie torceu sua longa trança.

— Você *nunca* vai se confessar, é o que quer dizer?

— Nunca. — Katie suspirou.

— E para onde é que você vai?

— Para a casa dos primos menonitas da minha mãe, no fim da travessa. Peter e Lydia Miller. — Ela entregou um pedaço de papel para Mary. — Este vai ser meu novo endereço, pelo menos por enquanto. Quando eu tiver economizado dinheiro suficiente, irei para Nova York.

— Não, Katie, por favor, não!

— Eu tenho que encontrar... minha mãe verdadeira — Katie explicou. — Ela está morrendo, e pode ser que eu não consiga vê-la com vida se não for logo.

Mary só voltou a falar depois de um silêncio demorado.

— Ouvi um boato... As pessoas estão dizendo que você é adotada, mas eu não quis acreditar. Agora você está me dizendo que tem que procurar sua outra mãe? — Mary franziu o nariz. — Oh, Katie, eu queria que você pudesse continuar aqui, onde é o seu lugar.

Katie pegou a mão da amiga e a apertou entre as suas.

— Meu lugar não é aqui. Nunca foi, na verdade.

— *Ach*, Katie, você está errada. Está tão errada quanto a isso.

— E você está certa? — Ela riu baixo. — Você sempre teve razão a meu respeito, Mary. Sempre. Até agora. Mas isso não muda o fato de que eu amo você e sempre vou amar.

— Acho que eu vou morrer se você for embora — Mary insistiu.

Katie sorriu do drama da amiga.

— Você não vai morrer. Eu prometo.

— Mas olhe para mim. Estou doente, não estou?

— Você é jovem e forte. Tenho certeza de que vai sair dessa. Além disso, eu vou embora para encontrar minha verdadeira família, então não se preocupe comigo. Eu vou ficar bem. — Katie suspirou. — E não vai demorar para que um rapaz bom apareça, e logo você vai estar casada e com todos os filhos que sempre quis.

O silêncio se instalou. Então Mary falou de novo.

— Você nunca vai se esquecer de mim, vai?

— Como eu poderia? — Os olhos de Katie tinham se acostumado à escuridão do quarto, e ela não deixou de notar o tremor no lábio inferior de Mary. — Você é uma irmã para mim. — Elas se abraçaram com fervor; a lanterna tremulou e quase se apagou.

— E quando você vai? — Mary sussurrou.

— Na próxima terça-feira, quando todos estiverem na casa dos Zook... para o casamento. — Katie se levantou para sair.

— Eu vou ver você de novo?

— Algum dia, Mary. Algum dia eu volto. — Katie saiu do quarto de costas, memorizando a silhueta rechonchuda sentada com os cobertores e a colcha ao seu redor. Então desceu a escada na ponta dos pés e saiu em silêncio da casa dos Stoltzfus.

Por mais que fosse difícil, ela não olhou para trás para ver se Mary, que conhecia seu coração melhor do que todas as outras pessoas, tinha saído da cama quente para espiar pela janela e sussurrar um último adeus.

Annie estava amamentando o pequeno Daniel quando um cavalo puxando uma carroça passou pela casa, por volta de meia-noite. Ela se levantou da cadeira de balanço para fazer o pequeno arrotar e, parada junto à janela da sala de estar, observando a lua subir, avistou a figura solitária na carroça.

Foi impossível ver quem estava passando na travessa tão tarde. Mas, quando olhou com atenção, reconheceu o leve coxear do cavalo. Era o velho Melaço, o cavalo de carroça dos Lapp.

Na manhã seguinte, durante o café, ela mencionou o que tinha visto para Elam.

— Sua irmã estava fora tarde da noite. Pelo menos tenho certeza de que foi Katie quem eu vi.

Elam se serviu de uma segunda xícara de café.

— Era de pensar que ela estaria tentando se ajustar, se comportar... com o banimento e tudo. Mas não a Katie cabeça-dura. — Ele tomou um gole, fazendo barulho. — Acho que eu deveria ter percebido, em todos esses anos, que a garota não é do mesmo sangue que eu.

Que coisa horrível de se dizer!, Annie pensou, mas guardou para si mesma.

Enquanto isso, Daniel começou a uivar no berço próximo do fogão. Annie se levantou rapidamente.

— Pronto, pronto, meu bebê — ela entoou, beijando a cabecinha peluda quando o pegou. Ela se sentou à mesa de novo e começou a amamentá-lo. — Você acha que fizemos mal em não deixar Katie segurar o sobrinho?

— Por piedade, a garota está banida! — Elam soltou. — Não quero que ela segure nosso bebê enquanto estiver contra a igreja. Quanto mais duro for o banimento, tanto antes ela irá se arrepender.

— Pode ser — Annie disse —, mas você mesmo disse que ela era cabeça-dura.

— Ela é teimosa mesmo. Quem sabe quanto tempo ela vai aguentar?

— E se ela não se arrepender? O que vai acontecer?

Elam meneou a cabeça, evidentemente incomodado com a pergunta.

— Bem, esse seria um erro terrível.

Katie não vai cometer esse erro, Annie desejou com fervor. E, por um momento, ela pensou em seu irmão falecido, desejando que Daniel estivesse vivo para conhecer o filho dela e para ajudar Katie — que Deus abençoasse aquela alma teimosa — a encontrar seu caminho e passar pelo banimento.

A terça-feira chegou e, antes que Samuel, Rebecca e seus irmãos saíssem para o casamento Zook-King, Katie se virou para falar com eles de onde estava, em sua mesa isolada no canto da cozinha.

— Quando vocês voltarem para casa, vou ter partido com minha mala — ela disse quando eles terminaram o café da manhã.

Ninguém se virou para ela, mas Katie sabia que a estavam escutando, e continuou.

— Vocês já têm o endereço dos Miller, de Peter e Lydia. Vou alugar um quarto deles, para o caso de alguém precisar entrar em contato comigo por carta.

Seus irmãos olhavam para ela, boquiabertos. Katie continuou:

— Eu sei que vocês não podem falar comigo por causa do *Meinding*, e eu entendo. Mas, se vocês pudessem dizer algo, se pudessem falar comigo para se despedirem, dizendo *"Vá com Deus, Katie..."* bem, eu sei que estariam sendo sinceros... sinceros de todo o coração.

Ela se virou para que não pudessem ver suas lágrimas repentinas e começou a arrumar sua mesinha. As lágrimas pingaram na água do enxágue quando ela se debruçou sobre a pia e percebeu que essa seria a última vez que lavaria a louça de sua família. Estava mesmo partindo, e o processo de dizer adeus era mais doloroso do que ela podia ter imaginado.

Quando o resto da família terminou, ela se ofereceu para arrumar a cozinha, para que eles pudesse ir logo para o casamento. É claro que ninguém disse nada. Minutos mais tarde, depois que Katie imaginava estar sozinha, ficou surpresa ao ver a mãe entrar apressada na cozinha, como se tivesse esquecido algo.

— Aqui, Katie — ela disse, sem fôlego. — Quero que fique com isto. — Ela colocou um envelope na mão molhada da filha.

Quando olhou para baixo, Katie soube no mesmo instante que era o dinheiro do dote.

— *Ach*, não, mamãe. Não posso ficar com isto. Não seria certo.

— Bobagem. Você vai precisar comprar roupas diferentes e vai para Nova York procurar sua... sua primeira mãe. Agora pegue isto e não diga nada para ninguém, promete?

Antes que Katie pudesse tentar recusar de novo, ou lhe agradecer, Rebecca se virou e partiu em direção à porta dos fundos.

— Mamãe, espere! — Katie correu até ela, abriu os braços e pegou a mãe num abraço caloroso. — Eu te amo, mamãe. De verdade. E... não importa o que você possa achar, sempre vou sentir sua falta.

Rebecca anuiu, as lágrimas enchendo seus olhos.

— Você não pode continuar aqui, Katie... Eu sei disso.

— Oh, obrigada — ela sussurrou quando a mãe se virou para sair. — Obrigada por me amar tanto.

Katie estava decidida a deixar seu quarto bem-arrumado — e a cozinha, também. Assim, boa parte da manhã foi gasta lavando, espanando e passando pano no chão. Após fazer a mala — deixando para trás vários vestidos velhos e capas pendurados nos ganchos de madeira —, ela encontrou o vestido de cetim na gaveta da cômoda e o levou até a janela. Ali, mais uma vez ela inspecionou a roupinha com carinho e amor.

Seus dedos passaram de leve pelos pontos minúsculos que escreviam *Katherine Mayfield*, e, sob a luz do sol, ela notou uma mancha minúscula do vestido. Olhando mais de perto, imaginou que sua mãe devia ter vindo até seu quarto, encontrado o vestidinho e chorado. A mancha parecia exatamente uma lágrima.

Ondas de emoção a assaltaram, carregando-a numa maré ondulante — tristeza... alegria; confiança... incerteza. Ela estava fazendo a coisa certa? Mary tinha feito essa pergunta a ela tantas vezes enquanto cresciam. Mas e agora? Ir embora de Hickory Hollow seria "a coisa certa" a fazer?

Horas mais tarde, com a mala feita e o estojo do violão, tendo guardado seu enxoval com cuidado em caixas no sótão, Katie foi até o celeiro. Seu pônei pareceu agitado quando ela parou ao lado dele.

— Eu queria poder levar você comigo, Cetim, queria mesmo. Mas você vai ser muito mais feliz aqui, com os outros animais.

Ela colocou o violão no chão e foi pegar a escova do pônei. Conversou com ele enquanto escovava sua crina com movimentos longos. Então ela deixou as lágrimas escorrerem, livres, enquanto cantarolava uma de suas músicas favoritas.

— Quem sabe um dia eu volte para buscar você, meu garoto, e o leve para morar comigo... onde quer que seja meu novo lar.

Ela lhe deu um punhado de feno e acariciou seu focinho.

— Não cresça rápido demais e não fique tão triste. A coisa não é tão ruim assim. Eli e Benjamin vão cuidar bem de você... e *Dat*, também. — Falar alto o nome dos irmãos e o tratamento carinhoso do pai fez surgir um bolo em sua garganta que pareceu ficar grudado. Ela sabia que deveria ir embora sem olhar para trás, como tinha feito na casa de Mary. Talvez assim não desmoronasse por completo.

Katie inspirou fundo e beijou a marca branca debaixo do olho direito de Cetim. Então, recolhendo o estojo do violão, andou com pressa até a porta e saiu para o pátio.

A casa pareceu quieta demais para Rebecca quando ela entrou na cozinha depois do casamento. E, enquanto os homens preparavam as vacas para a ordenha, ela subiu até o quarto de Katie, esperando encontrar um bilhete de despedida da filha. Alguma recordação para ela ler e reler várias vezes.

O quarto de Katie estava do mesmo jeito de sempre. Só faltavam alguns vestidos; ela não tinha levado muitos. As roupas velhas de trabalho continuavam penduradas nos ganchos de madeira, junto com os *kapps* de organdi.

Olhando o tampo da cômoda, Rebecca viu que o espelho de mão não estava lá, bem como a escova e o pente de Katie. Os sachês de lilás também tinham sumido das gavetas.

O quarto de hóspedes de Lydia logo vai estar cheirando maravilhosamente, eu acho. Essa ideia fez seu peito doer, e ela levou a mão ao coração e a deixou ali ao atravessar o corredor até o quarto que dividia com Samuel.

Lá, sobre a cama, ela viu o vestidinho de cetim sobre seu travesseiro. *Oh, Katie, você me deixou algo. Você deixou o vestidinho.*

O coração dela inchou com o amor pela filha, sua preciosa, mas inflexível Katie. Ela se inclinou e pegou a roupinha, levando-a ao rosto e notando o aroma fraco de lilás.

Lydia Miller diminuiu a velocidade do carro ao se aproximar do cemitério sombreado.

— Eu posso levar você até lá — ela ofereceu. — Você não precisa andar tanto.

Katie negou com a cabeça.

— Obrigada, mas nem é assim tão longe. E eu preciso do exercício. — Ela saiu do carro e subiu a pequena encosta, a ladeira que levava ao túmulo de Dan Fisher.

O que você vê quando olha para o seu futuro?, ele lhe perguntara anos atrás.

— Não isto — ela murmurou para si mesma. — Isto, nunca.

Dan tinha ido para o céu, era a esperança dela. E logo ela também iria embora de Hickory Hollow para sempre. *As coisas parecem nunca funcionar do modo que nós as planejamos*, Katie pensou.

Ela se aproximou da área plana reservada para o corpo de Dan. Baixou os olhos para a grama seca, morta. O local estava frio e vazio.

— Eu vou embora — ela sussurrou. — Não posso continuar amish. Mas acho que você já sabia disso. — Ergueu os olhos para as nuvens cinzentas, tempestuosas, no alto. — Sabe, eu sou moderna por dentro... e logo vou ser por fora também. E a música, nossa música... bem, vou poder cantá-la e tocá-la o quanto quiser daqui em diante.

Ela não chorou nessa visita, mas abaixou-se e ajoelhou no lugar em que o corpo de Dan estaria enterrado se o tivessem encontrado.

— Vou cuidar bem do seu violão para você — ela disse, aproximando a cabeça do solo. — Eu prometo.

Capítulo vinte e três

Katie foi à cidade de carro com Lydia na manhã seguinte para fazer um depósito em sua conta bancária. Depois, foram juntas ao mercado. Em razão do presente generoso de sua mãe, Katie decidira postergar a procura por empregos de faxineira, na esperança de encontrar alguma pista sobre o paradeiro de sua mãe verdadeira.

— Antes de fazer qualquer coisa, preciso passar em um lugar — Katie disse para Lydia. — Isso vai atrapalhar você?

— É só falar o que precisa. — Lydia sorriu. — Fico feliz por ajudar um parente na hora do aperto.

Katie aquiesceu. Sua situação era mais desesperadora do que um "aperto", mas ela não disse nada e ficou atenta à entrada da propriedade de Mattie.

O moderno carro azul parou no pátio atrás da casa principal e Katie saiu. Estava na hora de se despedir da Mulher Sábia.

Quando Ella Mae apareceu na janela, não houve cumprimento alegre nem sorriso acolhedor. Apenas um olhar vidrado.

Katie sentiu um peso no coração. O *Meinding* e suas obrigações tinham atingido Ella Mae, também. Era isso ou a velhinha querida tinha ficado senil.

O movimento de uma sombra alertou Katie do motivo real da expressão vazia nos olhos castanho-claros. Atrás de Ella Mae estava Mattie Beiler, meneando a cabeça com severidade.

— Eu só vim dizer adeus — Katie gritou alto o suficiente para ser ouvida através da porta. — Estou indo embora de Hickory Hollow. — Ela se virou e apontou para o carro. — Essa é a prima da minha mãe, Lydia Miller. Vocês devem se lembrar dela... — Sua voz sumiu quando ela olhou para a janela e viu que Mattie continuava ali, olhando feio para ela através do vidro.

Mas foi a lágrima solitária escorrendo pelo rosto enrugado de Ella Mae que partiu o coração de Katie. E que a reconfortou, também. Afinal, ela não estava sozinha no mundo.

— Vou sentir saudade de você para sempre — Katie exclamou, tentando segurar as lágrimas.

A Mulher Sábia piscou e então abriu um sorriso frágil, o que criou as familiares covinhas em seu rosto. Um dos traços de família que Katie sempre amara.

Uma última e demorada olhada e Katie se virou, voltando para o carro que a aguardava.

Samuel puxou sua cadeira de balanço para perto do fogão, tirou as meias e mexeu os dedos, aquecendo-os enquanto esperava o almoço. Rebecca sentiu novamente o vazio sem Katie para ajudar a colocar a mesa, e olhou para o marido, que parecia tranquilo em sua rotina diária.

Como ele está lidando com isso?, ela pensou, observando Samuel várias vezes antes de anunciar que a refeição estava pronta.

O lugar que sempre tinha sido de Katie na mesa grande parecia excepcionalmente vazio à luz do sol, apesar do fato de ela não ter se sentado ali nos últimos dez dias, desde o início do banimento. Mesmo assim, Rebecca não se acostumava. Ela nunca se acostumaria.

Olhando rapidamente por sobre o ombro, ela esperava ver a mesinha no canto, e ficou incomodada por não se lembrar de ver Samuel retirando-a, o que ele devia ter feito na noite anterior. Rebecca tinha estado tão presa em seu desespero que bloqueara a imagem em sua mente?

— Quando foi que você tirou a mesa de Katie? — ela perguntou para Samuel, que estava ocupado comendo o ensopado de carne.

— Não mexi com isso — ele respondeu, esticando o pescoço para olhar para o lugar vazio.

Rebecca ponderou a situação enquanto cortava a carne no seu prato. Ela estava ficando louca?

Então a resposta lhe ocorreu, e ela entendeu muito bem o que tinha acontecido. A própria Katie tinha assumido a tarefa de dobrar a mesa e guardá-la no porão. Um gesto de amor, sem dúvida, pois Katie sabia que assim poderia suavizar o golpe para sua mãe.

Rebecca começou a contar para Samuel o que estava pensando, mas o marido a interrompeu, abrupto.

— Deste dia em diante não se fala mais nenhuma palavra sobre Katie nesta casa. Nós não vamos falar o nome dela. Nunca mais!

Assustada e magoada, Rebecca baixou a cabeça. Suas mãos cobriram seus olhos, escondendo as lágrimas apressadas. Foi então que ela sentiu a mão quente de Samuel em seu braço. A mão dele continuou ali por algum tempo depois de ela recuperar a compostura. E, por causa disso, ela se sentiu reconfortada.

Annie estava cuidando do pequeno Daniel, numa manhã fria de janeiro, quando bateram à porta da frente. Ela colocou o bebê no berço, na cozinha quente, e correu até a sala da frente para abrir a porta.

Um carteiro de rosto redondo a aguardava na varanda.

— Tenho aqui uma carta para Annie Lapp — ele disse, lendo o nome no envelope marcado como Correio Prioritário.

— *Eu* sou Annie Lapp — ela disse, hesitante, perguntando-se quem neste mundo pagaria tanto dinheiro por uma carta, e por que essa pessoa achava necessário que a carta chegasse tão rápido.

— Aqui está, madame. — Ele lhe entregou o envelope. — Tenha um bom dia.

Annie fechou a porta contra o vento cortante e se sentou na sala de estar, voltando sua atenção para o envelope grande de papelão. Uma seta pequena apontava para uma tira picotada, e, quando a puxou, Annie ficou surpresa com a facilidade com que o envelope abriu.

Antes de ver o que ele continha, Annie o virou à procura do endereço do remetente, mas não havia.

— Que estranho — ela disse em voz alta.

A ideia de que pudesse ser uma saudação de Ano-Novo atrasada de Katie a empolgou, e ela rapidamente tirou um envelope menor de dentro, esperando que fosse isso mesmo. Deixando de lado o invólucro maior, Annie leu o nome na correspondência menor. Não parecia ser a caligrafia de Katie, mas ela podia estar enganada; afinal, Annie não tinha tido tantas oportunidades de ver a letra de sua cunhada. Mas essa... essa escrita parecia estranhamente familiar. Onde ela a tinha visto antes?

Annie abriu o envelope pequeno e tirou de dentro uma carta escrita em papel pautado, parecido com o papel em que ela tinha aprendido a escrever na escola amish, muitos anos antes.

Curiosa, ela começou a ler:

Minha querida Annie,

Faz muitos anos que quero entrar em contato em segredo com você. Espero que esta carta não a assuste demais. Se não estiver sentada, talvez devesse se sentar, porque, sabe, sou seu irmão Daniel. Estou vivo.

Annie se levantou da cadeira num pulo, trêmula, ainda segurando a carta.

— *Ach*, como pode? — Ela começou a andar freneticamente de um lado para outro, indo parar diante da janela, olhando para o nada, depois se sentou de novo e leu o parágrafo seguinte.

De fato, houve um acidente no mar, mas não morri afogado no meu décimo nono aniversário, como você deve ter pensado durante todos esses anos.

Ela correu até a cozinha, passando pelo berço onde estava seu filho adormecido, e saiu pela porta para encontrar o marido.

— Elam! Venha, rápido! — ela chamou. Como não o encontrou no celeiro, correu até a leiteria. — Elam, onde você está?

Ela sentia o coração batendo forte e respirava em arfadas curtas, desesperadas. Como não conseguiu encontrar o marido, parou no pátio, tremendo de frio e de emoção, e continuou a ler a carta do irmão havia muito falecido.

Agora, contudo, desejo ir a Hickory Hollow para uma visita. Preciso fazer o que é cristão e pedir perdão, começando com o pai, porque foi a ele que eu mais fiz mal.

Se não for muito atrevimento, vou lhe enviar outra carta dentro de alguns dias e depois, se concordar, quero falar com você frente a frente sobre como dar a notícia a nosso pai.

E Katie Lapp. Eu imagino como ela está, e espero que não tenha se casado, embora não possa imaginar que ela tenha esperado todos esses anos por um morto.

Se me permitirem voltar a Hickory Hollow, é Katie quem quero ver em primeiro lugar...

A cabeça de Annie rodava devido à breve explicação do irmão. Tanta coisa havia por ser explicada. Mas o coração dela estava despedaçado — por Katie. A pobre e querida garota. Mesmo que alguém quisesse correr o risco de ser banido por contar a ela a novidade inesperada, Katie já tinha partido para Nova York.

Ela meneou a cabeça, pesarosa, ao voltar para a casa. Um sentimento de expectativa — a possibilidade de reencontrar o irmão querido — a agitou por dentro.

Quando seu filhinho começou a se remexer e a resmungar, ela o pegou e andou com ele pela cozinha. Pensativa, Annie começou a contar para o bebê a história de seu belo tio que estivera morto e agora reaparecia, e da tia teimosa que estava praticamente morta por causa do banimento — e de como esses dois se amavam.

Ela pôs os lábios no topo da cabecinha querida e beijou o local quente e macio que latejava. Algo tão assustador de imaginar, aquela triste história de amor, com seu fim tão diferente do começo simples.

— Algumas coisas não são tão simples, na verdade — ela se ouviu dizer. — Algumas coisas não são.

Ela se virou para a janela da cozinha, olhando para oeste. Segurando o bebê Daniel bem perto, mirou a grande extensão de pasto que margeava a floresta. O sol tinha sumido no horizonte, projetando longos fios vermelhos no céu — como o cabelo de uma mulher flutuando sobre as árvores, livre e solto.

EPÍLOGO

Minha vida mudou com muita rapidez, mas espero que as coisas em Hickory Hollow continuem no mesmo ritmo de sempre. As línguas estão agitadas ultimamente, mas tudo que eu sei são boatos.

Fofoca não vale muito, mas dizem que minha mãe parou de contar histórias. Meu coração dói demais pelo que ela deve estar passando. Mesmo assim, não sei como eu poderia ter ficado, com o banimento e tudo o mais. Eu teria me tornado um fardo para minha família. De qualquer modo, o Povo acabaria me expulsando. Uma despedida triste era minha única alternativa.

Dizem que o tio de Mary Stoltzfus — o irmão mais novo do pai dela — está pensando em se mudar para algum lugar de Indiana. É provável que esteja procurando uma fazenda. Só espero que minha partida não tenha provocado comoção no Povo.

Uma coisa é certa. Agora estou livre. Nada de *Ordnung* pairando sobre minha cabeça. Nada de bispo dizendo como devo me vestir, como prender meu coque, como não cantar nem cantarolar.

Mas a liberdade veio com um preço alto demais — deixar minha família e dar as costas para a única vida que eu conhecia. Honestamente, às vezes preciso de consolo, e é nesses momentos que paro e rezo: *Oh, Deus, ajude-me a ter coragem.*

Ainda assim, quando me lembro do banimento, percebo que é, verdade seja dita, uma bênção dolorosa, um trampolim para a liberdade. Liberdade de viver o que a querida Mulher Sábia só podia imaginar. Liberdade de procurar e, espero, encontrar minhas raízes.

Mais do que tudo isso, fui libertada para descobrir quem realmente sou... quem eu devia ser. E, para a parte de mim que é Katherine Mayfield, isso é algo maravilhoso.

AGRADECIMENTOS

É um mito que os escritores trabalham sozinhos. Quanto a este livro em particular, quero agradecer às seguintes pessoas: Sociedade Histórica do Condado de Lancaster, Centro de Informação Menonita, Biblioteca Pública de Lancaster e *The People's Place*; *Fay Landis*, John e Ada Reba Bachman, Kathy Torley e Dorothy Brosey.

Durante minha pesquisa, bem como ao longo dos anos em que cresci no Condado de Lancaster, fui abençoada com amigos e contatos amish. A maioria dessas pessoas pediu para permanecer anônima. Um *Denki!*, de coração, pela hospitalidade e gentileza de vocês.

Sou muito grata a Anne Severance, minha editora e amiga, que agraciou estas páginas com seu conhecimento e entusiasmo.

Agradecimentos especiais a Carol Johnson e Barbara Lilland, que acreditaram nesta história desde sua concepção, e a toda a equipe editorial e de marketing da BHP.

Pelo encorajamento contínuo, agradeço a Judy Angle, Barbara Birch, Bob e Carole Billingsley, Bob e Aleta Hirschberg, Herb e Jane Jones.

Vou agradecer para sempre o interesse do meu marido no meu trabalho, e sua disposição para conversar comigo sobre o enredo e outras ideias. Obrigada, Dave... por estar sempre disponível.